5
반에서
두 번째로 귀여운
여자애와
친구가 되었다
타카타
[일러스트] 휴가 아즈리

「……뭐?」
「정말, 릿군도
참·둔감하네.」
✦시미즈 시즈쿠
리쿠의 소꿉친구로 온천여관 '시미즈'의 외동딸.
✦아사나기 리쿠
우미의 나이 차이가 많이 나는 오빠.
무리 끝에 일을 그만두고, 지금은 무직.

「아니, 그냥 금방
잠들 수 있을 뿐이거든……」
「마키는 내가 곁에 없으면 못 자는
어리광쟁이니까…… 그치?」
✦아사나기 우미
성적도 좋고 친근한 성격에, 남학생들 사이에서는 '반에서 두 번째로 귀여운 여자애'로 불린다.
✦마에하라 마키
전학이 잦아 친구 사귀는 법을 모른 채 고등학생이 됐지만, 취미가 같은 우미와 의기투합했다. 드디어 우미와 연인 사이가 됐다.

우미가 마지막에 입어본 수영복은
완벽한 비키니 타입이었다.
노출도는 가게에 있는 옷 중에서
중간 수준이었지만…….
그래도 몸매가 좋은 우미가 입으니
역시 여러 가지가 강조되는 부분이 있어서
솔직히…… 눈을 어디 둬야 할지 모르겠다.

"오랜만에 모험해 봤는데……
어때? 어울, 려?"
"어, 그야 물론, 응."

"마키, 어때?
내 유카타 차림.
두근두근거려?"

"마키, 왜 그렇게 구석에 있어?
사양 말고 이쪽으로 좀 오지."
"……어, 어어."

Asanagi

마~키.

Maehara

응. 왜 그래?

오늘은 우리 둘만 있네?

그야 뭐, 여기는 평소에 애들이랑 떠드는 곳이 아니니까.

알고는 있어도 장단 좀 맞춰 주지.

마키 쪼잔해. 미워.

평소부터 청빈한 정신을 가슴에 새기고 있어서.

……돈 문제는, 이번 연휴에 전부 쓸 생각이지만.

사랑해.

전환 속도가 엄청나네.

에헤헤.

그래도, 그만큼 기대하고 있단 말이거든?

마키랑 첫 여행…… 둘만 있을 수 없는 게 불만이지만.

그건 어쩔 수 없지. 그래도, 기대되네.

응. 함께 온천에 들어가거나, 같은 이불에서 껴안고 자거나. 그치?

그건, 어……. 어떠려나.

반에서 두 번째로 귀여운 여자애와 친구가 되었다

5

타카타

I became friends
with the second cutest girl
in the class.

목차

design work ✦ AFTERGLOW

illustration ✦ 휴가 아즈리

프롤로그

새 학기가 시작되고 한 달이 지났다.

새로운 환경에 드디어 익숙해진 우리에게 어느새 잠깐의 휴식이 찾아왔다.

4월 말부터 5월 초까지 이어지는 골든 위크, 달력상으로 중간에 평일이 2, 3일 들어가지만 마음은 너무나도 편하다.

그리고 오늘은 그런 골든 위크 초반에 해당하는 월말 연휴를 내일로 앞둔 방과 후.

내일을 염려할 필요가 없는, 그야말로 무적이라도 된 듯한 시간이다.

"——우미, 어때? 뭐 먹을지 정했어?"

"마키……. 으음, 두 개까지는 범위를 좁혔는데 어느 쪽으로 할지 아직 고민돼."

"그렇구나. 그렇게 고민되면 차라리 둘 다 사지 그래? 딱히 예산이 정해져 있는 것도 아닌데."

"음, 그건 안 돼. 그러면 두 개 다 먹어야 하잖아. 아, 설마 마키는 연휴 끝나고 살이 두둑이 오른 나를 사람들 앞에서 창피 주려는 취향이라도 있는 거야?"

"그런 특수한 취향은 없는데요……."

나와 우미는 집 근처 편의점에서 아까 들린 대여점에서 빌려온 영화와 함께할 간식거리를 고르는 중이었다. 감자칩을 고를지, 초콜릿이 잔뜩 묻은 프레첼을 고를지……. 물론 둘 다 상당히 칼로리가 높긴 하지만 먹는 양을 적당히 조절하면 괜찮……다고 말해도 될 분위기는 아닌 것 같다.

물론 본인의 말대로 설령 내 여자친구가 통통해진다고 해도 그건 그것대로 귀여울 것 같기도 하지만.

"그런데 마키는 정했어? 아까 마실 것 담당 장관으로 임명됐는데 말이지."

"응, 이거."

수제 콜라라니, 이거 참 절묘한 걸 골랐네……. 하긴 가끔은 이런 것도 종종 마시고 싶으니까 그 선택에 그다지 불만은 없지만. 그럼 그 조합을 고려해서 과자는 역시 감자칩으로 할까. 하여간 이렇게 자유로운 남친과 사귀는 나는 정말 멋진 여친 아니니? 마키."

"……그거 동의 안 하면 내가 큰일 날 소리잖아."

그렇지만 우미가 나한테 좋은 여자친구라는 사실은 의심할 여지가 없다.

입맛도 똑같고, 사고방식도 잘 통하고, 같이 있으면 편안하고.

게다가 너무나도 귀엽다.

우미와 갓 사귀기 시작했을 때만 해도 그다지 큰 실감은 없었지만, 둘이서 함께 보내는 시간이 늘어갈수록 우미와 연인 사이가 된 게 얼마나 큰 행운이었는지 알 수 있었다.

주변을 둘러봐도 우미 같은 여자애는 쉽게 찾아볼 수 없다.

그런 생각을 하고 있자니, 우미와 바짝 붙어 있고 싶다는 욕심이 뭉글뭉글 샘솟았다.

지금 우리는 가게에 있지만, 다른 손님은 없다. 조금 정도는 괜찮을 것이다.

"……있잖아, 우미."

"? 왜?"

"저어, 손, 잡아도 되나 해서."

"……."

내 말에 우미는 순간 어리둥절한 표정을 지었지만 금세 무슨 뜻인지 알아차렸는지 입꼬리가 서서히 올라갔다.

"……우후후~."

"뭐, 어때서 그래. 우리 연인 사이잖아."

"응, 좋아. 근데 오늘은 참 어리광쟁이인 것 같아서. 아, 기왕 이렇게 된 거 '오구오구, 착하지~' 도 해줄까?"

"그건…… 안 해도 돼."

"후후, 사양 안 해도 되는데."

우미는 장난스럽게 웃더니 내 팔을 끌어안으며 나한테 바짝 밀착했다.

교복 너머지만 우미의 부드럽고 봉긋한 곳의 느낌이 선연히 전해져서 나는 살짝 놀랐다.

"……나는 손만 잡아도 괜찮았는걸."

"그래? 하지만 마키는 이걸 더 좋아할 것 같아서. 싫으면 그만 할게."

"아니, 이대로도 좋습니다."

이제 와서 가게 직원이 근처에 있다는 걸 알아차렸지만 한번 이렇게 되면 나도 우미도 애정 행각을 멈출 수가 없다.

저 멀리서 젊은 직원의 한숨과 혀 차는 소리가 들리는 것 같아, 나는 내심 미안해졌다.

……닭살 커플이라 정말 죄송합니다, 하고 생각했다.

한차례 애정을 나눠서 만족한 후에 계산까지 마친 우리는 늘 놀던 장소인 우리 집 거실로 향했다.

얼마 전 반 대항전에서 했던 약속대로 연휴 중 나의 남는 시간은 모두 우미를 위해 바칠 예정이다. 언제나 그랬듯 우미가 우리 집에서 느긋하게 뒹굴뒹굴하고 싶으면 나도 같이 그렇게 할 거고, 둘이서 최대한 멋을 내고 시내에서 데이트하고 싶다면 우미가 만족할 때까지 이곳저곳을 돌아볼 생각이다.

오늘은 둘이서 그 세부 계획을 상의하기 위한 시간이기도 했다.

"있잖아, 우미. 연휴인데 다른 사람이랑 약속은 없어? 아마미나 닛타와 만날 계획도 그렇고, 너도 집안 행사가 있을 것 같은데."

"그건 괜찮아. 내가 물어보니까 유우는 할머니 댁에 간대. 중간에 낀 평일에도 학교 결석한다던데? 유우가 그러니까 니나도 다른 애들이랑 논다고 그랬어."

"그랬구나. 아마미네 할머니라면 혹시 그 해외에 사신다는……."

"그래, 외갓집이야. 작년부터 거기 가기로 했대. 유우도 기대하더라. 아마 지금쯤 짐 싸느라 바쁘지 않을까?"

해외라고 하니 의사소통에 어려움을 겪는 나한테는 불안하게만 느껴졌지만, 아마미라면 분명 보디랭귀지 등으로 잘 극복할 것 같다.

나한테 해외는 아무런 인연도 없는 장소지만, 앞으로 언젠가 나갈 기회가 찾아오지 않을까.

훗날 내가 취직한 회사 업무로 출장을 간다거나 혹은 우미와 신혼…… 아니, 그건 너무 앞서나간 생각이지만.

"그렇구나. 하긴 연휴니까 그럴 수도 있겠다."

"아……. 미안해, 마키. 괜한 기억을 들췄네."

"괜찮아. 부모님 일로 좀처럼 만나 뵐 기회가 없어서 그렇지, 날 싫어하고 그런 건 아니라서. ……근데 너야말로 그런 얘기 잘 안 하잖아."

"아~……. 응. 너니까 하는 말인데, 우리 집도 별로 사이가 양호한 편은 아니거든. 마키도 들어서 알겠지만, 우리 부모님이 결혼을 워낙 빨리 하셨잖아? 그런 것도 있어서."

"아아……. 그러고 보니 그러네."

내가 알기로 다이치 아저씨는 아주 일찍(아마 학생일 때) 결혼

(+소라 아주머니는 리쿠 씨를 임신 및 출산)을 경험하셔서, 아마 그 부분에 원인이 있는 모양이다.

그러고 보니 소라 아주머니가 종종 고부 관계로 푸념을 쏟아내는 걸 들은 적도 있는 듯하다.

"그래서 아빠는 여전히 일하러 나가고, 엄마한테서는 별다른 말은 못 들었으니까 나도 연휴 중에는 계속 한가해. 마키, 귀여운 여친이랑 계속 같이 있으니까 좋지? 기쁘지? 아니, 안 좋아하면 두들겨 맞을 줄 알아, 이 자식."

"뒷부분부터 말이 무서워……."

나는 '우미를 독점해서 다른 사람에게 미안한데……' 라는 생각만 있었을 뿐이라, 그 점만 해결되면 별문제는 없다.

2학년이 되고 다른 반이 된 만큼 빈 시간은 다른 부분으로 메워야겠다.

연휴 중에는 아르바이트가 바빠지기도 해서 추가 근무도 들어가야 하겠지만, 그것 말고는 최대한 우미와 둘만의 시간을 보내고 싶다.

"흠, 일단 그럼 마키랑 나 모두 골든 위크에 다른 일은 없다는 거네……. 그럼 남은 건 '그것' 뿐이겠어……."

"그러네. 오히려 그게 제일 큰 벽일 것 같은데."

내용은 둘째 치고 봄에 있는 대형 연휴 일정은 우미로만 다 채워지는 게 확정됐으나, 나와 우미가 꼭 짜야 하는 계획이 아직 남아 있다.

나는 영화 및 게임과 함께 즐기려 사둔 과자와 주스가 담긴 비닐봉지에 들어 있던, 한 권의 여행 잡지를 천천히 꺼내 테이블 위에 내려놓았다.

그 누구의 방해도 끼어들지 않는 우리 둘만의 여행.

대략 한 달 전쯤 있었던 반 편성 때 나와 다른 반이 되어 풀 죽은 우미를 기운 나게 해주려고 떠올린 약속이었지만, 그쪽도 착착 준비를 진행 중이었다.

1. 인내심 가득한 골든 위크

처음에 여행 계획은 우미가 더 적극적이었지만, 계획을 짜다 보니 나도 '꼭 가고 싶다' 라는 마음이 생겼다.

테마 파크, 온천, 유명한 관광지 등…… 예산으로 인해 아주 멀리는 갈 수 없지만, 1박 2일 정도라면 지금 아르바이트로 버는 돈을 다 쏟아부어서 어떻게든 될 것 같다.

둘이서 일정을 논의한 결과, 지금부터 약 2개월 후인 6월 말부터 준비를 시작하기로 했다. 마침 그 시기가 우리 학교 개교기념일(학교가 쉼)이고, 주말을 포함해서 3일을 연이어 쉴 수 있어서 여행 가기에는 안성맞춤으로 보였기 때문이다.

"원래라면 여름방학에 가는 여행 계획을 짜는 게 좋지간……. 그치?"

"그러게. 우리 학교는 여름방학에 오히려 더 바쁘잖아. 특히 올해는 체육제도 있고."

우리 고등학교는 문화제와 체육제를 격년으로 개최하는데, 체육제는 가을에 열리는 문화제와 달리 여름방학이 끝나고 바로 9월 초순에 (어째서인지) 하는 것이 통례다.

여름방학은 한 달 반 정도지만, 8월에 있는 오봉 명절이 끝난 이후부터 학교에서는 체육제 준비와 종목별 연습을 시작한다. 그리고 이건 일반 학생에 해당하는 것으로, 체육제 실행위원이나 학생회 임원 등 운영과 직접 관련된 학생들이면 오봉 연휴 며칠을 제외하고는 거의 매일 학교로 불려가게 된다.

우리 고등학교는 여름방학에 무슨 원수라도 졌나.

어쨌든 이미 정해진 일을 불평해 봤자 아무 소용도 없으니, 할 수 있는 범위에서 최대한 시간을 맞춰보는 수밖에 없다.

따라서 여름방학은 앞서 말한 대로고.

그리고 겨울 이후는 내년부터 시작될 입시 준비도 고려해야 하니까……. 6월 연휴만이 우리 둘에게는 '바로 지금 이때밖에 없다' 라는 타이밍이다.

"……있잖아, 마키. 여행 말인데 마사키 아주머니께는 말씀 드렸어?"

"아직. 오늘은 일찍 퇴근할 테니까 그때 부탁해 보려고……. 그럼 우미도 소라 아주머니께 말씀 안 드렸구나?"

"……에헤헤."

우미도 아직 허락해 달라는 말을 못 꺼낸 모양이다.

연인끼리 가는 여행은 별 대단한 일도 아니지만, 우리는 아직 고등학교 2학년……. 한마디로 어린애다. 당연하게 들고 다니는 스마트폰 구입이나 아르바이트 월급이 입금되는 은행 계좌 개설까지 뭘 해도 보호자의 허락과 동의가 필요하다.

사실 여행에까지 그런 규칙이 있는 것도 아니고, 사람에 따라 '젊으니까 여행 정도는 가야지. 아, 가는 김에 그런 것도 하고'

라 말하는 어른(예를 들어, 에미 선배)도 개중에는 있지만, 일반적으로 생각했을 때 무슨 일이 생길 수도 있으니 역시 부모님 허락이 필요하다. 근처 번화가나 유원지 등에서 노는 것과는 상황이 다르기 때문이다.

"여행 계획에 관해서는 최대한 일찍 말씀드리기로 하고……. 근데 느낌은 좀 어때? 소라 아주머니가 허락해 주실 것 같아?"

"……솔직히 좀 어려울 것 같아. 너는?"

"아마 우리 집도."

나도, 우미도 우리 둘만 여행 가고 싶다며 확실히 말한 건 아니지만, 슬쩍 부모님 의향이 어떤지 살펴보긴 했다.

그런데 역시나 우리 엄마(그리고 아마 소라 아주머니와 다이치 아저씨)의 반응도 그리 좋아 보이지는 않는다. 졸업 여행이나 그 이후라면 마음대로 하라고 그러겠지만……. 하긴, 부모님 입장에서 보자면 아직은 여러모로 걱정이 많을 수밖에 없다.

하지만 아무리 부모님 심정을 이해한다고 해도 나와 우미에게 남은 자유 시간은 의외로 적다.

인생에서 딱 한 번 있는 고교 생활도 벌써 2년이 되어간다. 나와 우미의 관계는 졸업해도 계속 이어지겠지만(그러고 싶다), 지금 이런 시기이기에 남길 수 있는 추억도 분명 있을 테니까.

안 되는 줄 알지만, 내 뜻이라도 확실히 전해야만 한다.

"우미, 오늘 너 집에 갈 때 내가 바래다주는 김에 잠깐 들러도 될까? 내가 직접 아주머니께 부탁드리고 싶어서."

"그래도 돼? 네가 같이 있으면 나도 설득하기 쉽지만……. 그럼 엄마한테 연락해 놓을게. 모처럼 가는 거 저녁도 같이 먹자."

그렇게 흔쾌히 소라 아주머니의 허락도 받았겠다, 갑자기 잡히긴 했어도 오랜만에 식사 모임을 하게 됐는데…… 일단은 앞으로 쏟아질 엄청난 설교는 각오해야 할 성싶다.

우리 둘만의 여행에는 그것 이외의 의미도 포함되어 있으니 말이다.

이건 내 개인적인 고민일지도 모르지만, 우미와의 여행 계획 말고도 내 머릿속에는 또 한 가지 생각이 자리하고 있었다.

그건 바로 우미와의 교제에 관해서다.

특별히 지금 우리 교제에 무슨 문제가 있는 건 아니다. 나와 우미의 연인 관계는 아주 순조로우니까.

크리스마스, 새해, 밸런타인데이에 화이트데이, 그리고 사귀면서 처음으로 맞이한 우미의 생일, 얼마 전에 있었던 반 대항전까지……. 어떤 이벤트가 있을 때마다 나와 우미의 서로를 향한 마음은 점점 커지기만 해서 지금은 주변 친구나 가족들이 어이없어할 정도로 닭살 돋는 커플로 성장(?)한 상태다.

연인 사이가 되고 나서도…… 아니, 오히려 연인이 된 후부터 우미에 대한 내 애정은 더 깊어졌다.

……우미와 더욱 가까워지고 싶을 정도로.

6월 말의 여행이 무사히 실현된다면 그 시점에서 나와 우미는 사귄 지 반년을 맞이하게 된다.

사귄 지 반년……. 이제 우리 둘도 '한 걸음 더 나아간 관계'

가 되어도 좋지 않을까.

"마키, 저녁 먹을 때까지 아직 시간 있으니까 간식 먹으면서 빌려 온 그거 보자. 자, 여기 내 옆으로 오련?"

"아, 응. 그럼 실례 좀 할게."

나는 아까 편의점에서 사 온 과자와 주스를 테이블 위에 놓으면서 우미가 앉은 소파로 향했다.

3인용 소파여서 두 사람이 앉아도 공간이 넉넉할 텐데도, 우리는 그 한가운데에 몸을 바짝 붙여 앉았다.

다가붙어서 서로 팔짱을 끼고, 거기에 손까지 꼭 잡는다.

이게 우리의 평소 스타일이다.

"후우~. 얼마 전에는 추운 날도 좀 있었지만 곧 5월이 되어서 그런지 더워졌네. 마키, 칠칠치 못한 모습을 보여서 미안하지만 나 블레이저 좀 벗어도 돼?"

"응, 커튼 레일 있는 곳에 옷걸이 있으니까 그거 써."

"알았어, 고마워."

평소에는 단정하게 교복을 입는 우미지만 여기 있을 때는 옷매무새가 살짝 편해진다.

우미가 블레이저를 벗고 리본 타이를 푼 다음에 블라우스의 첫 번째와 두 번째 단추를 풀자, 평소 감춰져 있던 그 흰 살결이 슬쩍 보여 나도 모르게 눈길을 돌려버렸다.

"……음후후, 마키, 너 왜 그래? 얼굴이 빨간데?"

"아니, 아무것도……. 그, 오늘, 날이 덥잖아."

"흐음~? 그렇다면 다행이고~?"

그러면서 소악마 모드로 변한 우미는 자신의 가슴을 들이미는 것처럼 내 팔에 엉겨 붙었다.

우미의 언동을 보니 이미 내 속마음도 다 들킨 것 같긴 한데, 요즘 나는 자꾸만 우미를 야릇한 눈으로 보게 될 때가 좀 많다.

블라우스 틈새로 살짝 엿보이는 가슴골이나 교복 스커트로 다 가리지 못한 허벅지.

사귀기 시작했을 무렵만 해도 그런 건 일상적으로 의식하지도 않았다. 그저 내 옆에 있기만 해도, 피부와 피부가 맞닿는 것만으로도 충분했지만, 순조롭게 교제를 거듭하면서 연인끼리의 행위에도 다소 여유가 생기자 더 아찔한 곳을 보거나 만져보고 싶다는 욕망이 갑자기 샘솟기 시작했다.

평소 학교에서는 얌전히 생활하는 나도 결국 한 겹 벗기면 성적인 것에 관심이 많은 아주 평범한 남자 고등학생 중 한 명이다.

눈앞에 이렇게 귀엽고 몸매 좋고 나를 '많이 좋아한다' 라고 당당하게 말해주는 여자애가 있으니 솔직히.

……당연히 하고 싶을 수밖에.

"오, 이 장면 제법 박력 넘치는데? 시리즈 전체로 이 정도 퀄리티가 이어지면 나쁘지 않을 것 같아, 그치?"

"으, 응. ……아마 그런 것도 어른들의 사정이겠지만."

둘이서 이렇다 저렇다 수다를 떨면서 영화 감상하는 것도 즐겁지만, 지금 내가 놓인 상황에서는 영화의 반도 집중할 수가 없었다.

얕은 여울에서 모래밭으로 튀어 올라갔음에도 여전히 사람들을 공격하는 상어.

내 팔에 느껴지는 우미의 부드러운 감촉.

매끈하고 흰 피부.

상어에게 한입에 잡아먹히는 남자 단역 배우.

코를 간질이는, 땀내 섞인 우미의 달콤한 향기.

때때로 귓전에 닿는 희미한 우미의 숨소리.

……반은커녕 70~80퍼센트는 우미한테만 의식이 쏠렸다.

추운 겨울이 지나 따듯해진 날씨 영향도 있겠지만, 내 머릿속은 오늘 이렇게 폭주 상태였다.

우리 둘이서 알콩달콩하게 지내는 행복한 시간이지만 지금은 조금, 아주 조금 빨리 이 순간이 지나면 좋겠다는 심정이었다.

꼭 이럴 때는 영화 본편의 재생 시간이 길게만 느껴진다.

그뿐만 아니라…….

"……마키, 빈틈 발견."

"……윽, 우미, 갑자기 옆구리 찌르지 마. 아무리 익숙해졌다고 해도 불시에 그러면 예민하게 반응한다고."

"에헤헤, 마키가 너무 멍한 표정을 짓고 있길래 그만."

"이, 이게 내 평소 스타일인데 뭘."

"오~? 정말~? 에잇, 에잇."

"흐아아……. 그, 그러니까 그렇게 간질이지 말래도……."

……우미의 스킨십이 평소보다 더 잦은 듯한 것도.

그 이후도 시각에 촉각, 후각 등 여러 의미에서 자극적인 정보에 휘둘리면서도 나는 영화 한 편 분량의 시간을 평정심으로 간신히 버텼다.

"……음~. 처음에는 뭔가 했는데 끝나고 보니까 이것도 은근 재밌었어. 마키, 제법 괜찮은 선택이었어. 그 노고를 치하하겠노라."

"고마워."

영화 본편이 끝나고 촬영 중의 NG 장면과 함께 엔딩 크레딧이 흐를 때, 우미가 몸을 활처럼 젖히더니 기지개를 쭉 켰다.

기지개를 켠 그 순간, 무의식적으로 내 시선이 기지개를 켜느라 팽팽해진 우미의 블라우스 쪽으로 향……하려던 찰나에 겨우 정신을 붙들었다.

내가 은근 밝힌다는 건 자각하고 있긴 했지만, 이런저런 쓸데없는 생각을 한 바람에 오늘은 평소보다 여자친구한테 관심이 넘치는 상태다.

"아, 엄마한테 연락이 왔네. ……어디 보자. '오늘은 큰맘 먹고 초밥 시켰으니까 빨리 마키 데리고 와' 라는데? 마키, 오늘 맛있는 거 먹겠는걸?"

"매번 죄송한데……. 그래도 고마워."

약속 시각보다 조금 이르긴 하지만 모처럼의 훌륭한 요리를 기다리게만 하는 건 좋지 않다. 바로 준비를 하고 나와 우미는 우리 집을 나섰다.

머릿속이 번뇌로 휩싸여서 잊어버릴 뻔했지만, 오늘 목적은 어디까지나 여행 허락받기다. 소라 아주머니의 허락만 받으면 우리 엄마 설득도 쉬워질 테니까 어떻게든 아주머니께 부탁드리고 인정을 받아야만 한다.

우리는 어떻게 소라 아주머니를 설득할 것인가를 두고 상의하면서, 이미 나한테는 상당히 익숙해진 우미의 집으로 향했다.

소라 아주머니가 취미로 하는 가드닝이나 정원 텃밭 때문인지, 현관에 들어서면서 바로 상큼한 꽃향기가 나를 맞이해 주었다.

내가 우미와 아직 친구로 지내는 중에 이곳으로 불려왔을 때만 해도 잔뜩 긴장하기 바빴지만, 한 달에 한두 번 정도 밥을 얻어먹거나 아파서 며칠 이 집에서 지내며 요양도 하고 보니 이제 많이 익숙해졌다.

우미의 귀가를 알아차린 소라 아주머니의 타박거리는 발소리가 거실 쪽에서 다가왔다.

“엄마, 나 왔어. 마키도 데려왔고.”

“안녕하세요, 아주머니.”

“후후, 다녀왔니? 초밥도 이미 도착했으니 빨리 와. 손도 잘 씻고.”

요즘은 이렇게 소라 아주머니도 내가 집에 오면 다녀왔느냐며 맞아주신다. 마치 자기 집 자식처럼 맞이해 주시니 어쩐지 낯간지러웠지만 그리 기분이 나쁘진 않다.

나에게는 이제 여기도 제2의 집과 마찬가지다. 물론 너무 실례되는 일이 생기지 않도록 예의는 갖추지만 말이다.

우미와 둘이 사이좋게 세면실에서 손을 씻고 거실로 들어가자, 테이블에는 늘 그랬듯 맛있는 요리가 가득 차려져 있었다. 테이블 중앙에는 주문한 초밥 나무통이 있고, 그 옆에는 알록달록한 채소가 담긴 샐러드와 과일, 그리고 닭날개 튀김, 소고기가 잔뜩 들어간 고기 감자조림, 건더기도 가득 들어 뜨끈한 김을 뿜는 된장국 등을 중심으로 요리가 빼곡했다.

"넉넉히 만들었으니까 마키는 남은 요리를 좀 담아 가렴. 얼마 전에 마사키 씨한테서 살짝 푸념…… 아니, 연락을 받았거든. 이번 연휴도 바쁘다고 하던데."

"네……. 온 세상이 연휴인데 우리 집은 평소와 다를 게 없어요."

부모와 자식 모두 아사나기 가족에게 큰 신세를 지고 있다. 특히 우리 엄마는 소라 아주머니 같은 또래 친구가 생긴 덕분에, 이제 조금씩 예전에 가족 셋이서 살았던 시절의 발랄한 성격을 되찾아가는 중이라 그런 면에서도 큰 도움을 받았다.

아무튼 오늘도 즐거운 식탁이라 다행이지만, 웬일로 오늘은 특별한 사람이 동석해 있었다.

"——여어."

"아, 리쿠 씨……. 아, 안녕하세요. 오늘도 실례하겠습니다."

"윽, 오빠……."

옆에서 은근 싫어하는 눈치를 보이는 우미는 일단 놔두고, 오늘은 우미의 오빠인 리쿠 씨도 저녁을 같이 먹으려는 모양이다.

연말연시, 밸런타인데이, 우미의 생일 등 우미와 연인이 되고부터도 빈번히 아사나기 가족의 신세를 지는 내가, 이렇게 리쿠 씨와 제대로 얼굴을 마주하고 식사하는 건 참 오랜만이다.

내가 이 집을 찾을 때만 그런 것일지도 모르지만 이 시간에 리쿠 씨는 대체로 2층 자기 방에 틀어박혀 있을 때가 많다. 종종 화장실에 갈 때만 시야 끝자락에 언뜻 모습을 비추는 게 전부다.

게다가 오늘은 평소와 같은 추리닝 차림이 아니라 봄 셔츠에 청바지까지 제대로 된 사복 차림으로 소파에 앉은 모습이었다.

……솔직히 순간적으로 누구인지 알아보지 못했다.

"왜 오빠가 여기 있어? 오늘 눈이라도 왔나?"

"나도 여기 사는 사람이니까 그렇지. 바보냐? 10년 이상의 인생 선배를 이상 기후 현상 취급이나 하고……. 매일 머릿속이 꽃밭이고, 남자친구에 빠져 사는 연애 뇌세포뿐인 너한테 그런 말 듣고 싶지 않아."

"뭐? 매일 집에 틀어박혀서 칙칙하게 사느라 머릿속에 이끼가 돋아난 누구보다는 나아."

"어엉?"

"어쩌라고."

우미와 리쿠 씨 남매 사이는 결코 나쁘지 않을 텐데도 내가 있을 때는 대개 이런 식이어서 툭하면 가벼운 말다툼을 벌이곤 한다.

마음 같아서는 우미 편을 들어주고 싶지만, 이번에 먼저 시비를 건 사람이 우미여서 그렇게 생각하니 어쩐지 감싸주긴 좀 그렇다.

"자, 둘이 그만하고. 아무리 익숙한 마키라고 해도 우리 집 손님이잖니. 부끄러운 짓 좀 하지 마."

"윽……."

"으앗……!"

둘 사이에 끼어든 소라 아주머니가 두 사람의 이마에 각각 딱밤을 날리자, 잔뜩 달아올랐던 남매의 기세가 순식간에 가라앉았다.

"미안하구나, 마키. 모처럼 같이 밥 먹는데 우리 집 바보들 때문에 입맛이 뚝 떨어지겠네."

"아, 아뇨. 저는 신경 안 쓰셔도……."

꽤 성장한 우미와 완전한 성인인 리쿠 씨가 저도 모르게 이마를 꾹 누르며 웅크리고 있는 걸 보니 가해진 충격이 보통이 아니었나 보다……. 오늘 설득이 어떻게 되느냐에 따라 자칫하면 나도 저걸 당할 가능성이 있을 것 같아 무섭다.

소라 아주머니의 일갈(일격?) 덕분에 원래의 편안한 분위기로 돌아가자, 다시금 오랜만의 식사 모임이 시작됐다.

주문한 초밥도 그렇지만 역시 아주머니가 만들어준 요리가 나한테는 제일 맛있다. 나와 우미, 리쿠 씨까지 젊은이 세 명의 입맛에 맞도록 조금 진하게 간을 한 닭튀김이나 고기 감자조림을 먹으면 초밥을 먹고 있음에도 갓 지은 뜨끈한 흰 쌀밥이 당긴다.

"음? 아, 마키는 또 고기만 먹는다……. 채소도 먹어야지, 안 그럼 다시 옛날로 돌아간다? 자, 이거 집어줄 테니까 접시 이리 줘."

"……넵, 죄송합니다."

"하여간 내가 안 챙겨주면 바로 이렇게 칠칠치 못해서. …… 자, 여기."

"응, 고마워, 우미."

"나도 이 정도쯤은…… 아니, 엄마? 왜 그렇게 우릴 빤히 보면서 웃는 거야?"

"후후, 그거야 내가 안 보는 곳에서도 벌써 마키의 아내라도 됐다는 식으로 구니까. 근데 그렇게나 소중한 남자친구의 영양관리까지 챙겨주고 싶으면 이제 요리 좀 배우지 그러니?"

"그, 그건 애쓰는 중이라구……."

밸런타인데이 이후부터 우미는 초콜릿 만들기 이외에도 노력하는 모양이다.

얼마 전의 가토 쇼콜라도 잘 만들었으니, 노력가인 우미는 요령만 알면 평범한 요리도 잘 해낼 게 분명하다.

언제가 될지는 알 수 없지만, 우미가 만든 요리나 도시락을 먹게 되는 날을 기대하게 된다.

……물론 그중에 생겨날 실패작이라도 우미가 만든 거라면 기꺼이 먹을 각오가 되어 있다. 그게 설령 숯덩이(라는 이름의 쿠키)라고 할지라도.

"그런데 오빠, 오늘은 왜 차림새가 그래? 편의점에 다녀온 것 치고는 너무 꾸민 듯한데?"

"얘, 우미. 그거 말인데, 네 오빠가 오늘 웬일로 의욕이 생겨서——."

"윽……. 엄마, 얘한테 그거 일일이 말하지 않아도 된다니까."

"뭐 어때서 그래. 우미도 동생이라고 오빠 걱정을 얼마나 하는데. 안 그러니?"

"어? 아니, 나는 고등학교 졸업하면 바로 독립할 거라 오빠는 그렇게까지 뭐……."

"걱.정.되.지?"

"아, 네. 그렇죠."

부모의 '압박감' 에 순간 머뭇거린 우미였지만, 리쿠 씨와 크게 관련이 없는 나도 다소 그 이유가 궁금해졌다.

우미와 소라 아주머니, 다이치 아저씨와는 지금까지 대화하면서 어느 정도 이해했지만 리쿠 씨에 관해서는 그럴 기회가 없어서 그런지 아는 게 별로 없다.

리쿠 씨는 이미 나이가 서른 가까이 됐지만 현재 일하러 다니는 것도 아니고, 하루 종일 집에서 느긋하게 하루를 보내는 (것으로 보이는) 상태다……. 무슨 사정이 있는 듯한데, 리쿠 씨 마음속에서 어떤 심경의 변화라도 생긴 것일까.

그래도 오늘 리쿠 씨가 어디서 뭘 했는지 어느 정도 예상은 된다.

"저어, 리쿠 씨……. 제가 이런 걸 물어도 되는지 모르겠지만 혹시 우리가 여기 오기 전에 취업 지원 센터 같은 곳에 갔어요? 아까 집에 들어왔을 때 그런 자료를 숨기는 걸 봤거든요."

"앗? 정말? 오빠, 오늘 일자리 알아보러 나갔어?"

"……왜, 난 그러면 안 되냐?"

"안 되긴! 오히려 기쁜 일이지. 근데 왜 갑자기?"

"그래, 그건 이 엄마도 궁금했어. 리쿠, 무슨 일 있니?"

“모녀가 뭘 그렇게까지 질문 공세를……. 물론 갑작스러운 타이밍이었다는 건 맞지만.”

아무래도 내 예상이 맞아떨어졌는지 나와 우미가 상어 영화를 감상하며 꽁냥거리는 중에 리쿠 씨는 심기일전하고 용기를 내서 새로운 한 걸음을 내디디려 노력했었나 보다.

소라 아주머니와 다이치 아저씨가 걱정하던 건 나도 옆에서 들어서 아니까, 아주머니가 이렇게나 기뻐하는 모습이 이해가 된다.

계기가 어떻든 간에 자발적인 행동만큼은 좋은 일이다.

다만 그런 것치고는 리쿠 씨의 낯빛이 그리 좋지 않은 점이 마음에 걸린다.

오랜만에 하는 구직 활동에 지친 것일까. 이 정도나 되는 요리를 앞에 두고도 젓가락질이 시원치 않아 보인다.

“내 얘기는 이제 됐어. 취업 지원 센터에 간 건 맞지만 특별히 무슨 성과도 없었고.”

“아르바이트 같은 건 안 해? 마키가 일하는 피자 가게도 아직 직원 모집하잖아. 그치?”

“응, 배달하는 사람이 그만둬서 점장님이 운전면허 가진 사람이 바로 필요하다고 하셨거든.”

모집은 하지만 그리 좋은 조건으로는 고용하지 못한다고 해서, 나처럼 학생이나 단시간 근로자라면 모를까 한창 일할 나이의 리쿠 씨한테는 별로 권하고 싶지는 않다.

“그런데 마키, 나야 그렇다 치고 너도 무슨 할 말이 있는 것 같은데? 주거니 받거니 하려는 건 아니지만, 너도 오늘 토트백에 뭘 가지고 왔잖아. 잡지인지 뭔지."

"뭐야? 본 거야? 남의 남친 가방이나 엿보고 진짜 저질이다."

"괜찮아, 우미……. 먼저 말을 꺼낸 건 나였잖아."

평소 같으면 빈손이었던 내가 웬일로 가방을 들고 있어서 리쿠 씨만이 아니라 소라 아주머니도 의아하게 여겼을 것이다.

실은 여행 계획을 인정받기 위한 설명 자료로 나와 우미는 미리 여행 잡지 등을 준비해 왔다.

"흠흠……. 너희 얘기는 이제 알겠으니까 일단 밥부터 먹자. 내일부터 쉬는 날이니까 좀 늦어도 괜찮잖니? 마키, 기왕 이렇게 온 거 오늘은 우리 집에서 자고 가렴. 갈아입을 옷은 전에 입었던 것을 줄 테니까."

"네, 그럼 감사히 그렇게 할게요."

이제 잘되든 안 되든 오늘 밤은 좀 길어질 성싶다.

준비된 요리를 열심히 먹고 나서도 닭튀김과 고기 감자조림 등 남은 음식을 아주머니가 밀폐 용기에 담아주셨다. 그러고 나서 나와 우미, 소라 아주머니까지 우리 셋은 손님방으로 이동했다.

이미 익숙해진 다다미에서 풍기는 풀 내음. 평소 내가 자고 갈 때 쓰는 방인데, 이렇게 테이블을 사이에 두고 아주머니와 마주 앉아 있으니까 평소와는 분위기가 다르게 느껴진다.

"그래서 너희 둘은 오늘 무슨 이야기를 하려고 그러니? 설마 무슨 사고를 쳤다거나…….”

“그럴 리가 있겠어? 그런 건 아직…….”

“응? 아직?”

“내가 무슨 말을 했다고, 엄마도 참!”

“그래도 너희는 사이가 워낙 좋잖니……. 지금도 계속 붙어 있고.”

“그거야…… 뭐 어때서. 우린 연인 사이니까.”

뺨을 붉히며 부끄러워하면서도 우미는 내 곁에서 떨어질 생각을 하지 않았다.

일단 내가 먼저 이야기를 꺼내야겠다.

“아주머니, 우리 고등학교가 6월 말에 개교기념일이 있다는 건 알고 계시나요? 달력상으로는 네 번째 월요일인데.”

“그래, 마침 주말과 붙어 있길래 너희한테는 3일 연휴니까…… 마음껏 데이트는 해도 되는데?”

“……엄마, 일부러 그런 말 하는 거지? 겨우 하루 데이트하는 것으로 새삼 우리가 이런 분위기를 내겠어?”

“그래, 하지만 아직 그렇게 하겠다고 정한 건 아니잖니. 그럼 너희 입으로 확실히 용건을 말해야 하지 않겠니? 너희가 부탁하는 입장이고, 난 부탁을 ‘들어주는’ 입장이지. 그건 알고 있겠지?”

“으으…….”

완전히 아주머니에게 제압당한 우미가 뚱한 표정으로 내 옆구리를 살짝 꼬집는다.

평소 교실에서는 완벽하게 행동하는 우미의 인간미 넘치는 일면은 사랑스럽지만, 그걸 대가로 매번 배가 빨개지도록 꼬집히는 일은 없으면 좋겠다.

엄마 너무해, 하고 아주머니한테서 고개를 홱 돌려버린 우미의 머리를 쓰다듬으며 달랜 나는 다시금 본론에 들어가려는 자세를 취했다.

“저어, 아주머니. 단도직입적으로 부탁드릴 것이 있어요. 그 3일 연휴 동안 우미와 같이 여행을 가고 싶어요.”

“……그럼 둘이서 가겠다는 뜻이겠구나?”

““네.””

나와 우미는 합창이라도 하듯 고개를 끄덕였다.

이 기세를 몰아 그냥 확 말해버리고 싶었지만, 자료 등을 포함해 이것저것 테이블 위에 펼쳐놓는 건 아직 이른 것 같다.

우선 소라 아주머니의 반응을 보고 나서부터이기에……. 진지한 눈빛으로 바라보는 나와 우미를 향해 아주머니는 의외로 태연한 말을 꺼냈다.

“음~……. 그래, 좋아.”

“네?”

“……어?”

뜻밖의 대답에 나와 우미도 어리둥절한 반응밖에 보일 수 없었다.

그래도 되는 걸까. 이렇게 쉽게 허락을 받다니.

“왜 그러니? 내가 무슨 이상한 말이라도 했어?”

"아뇨, 그렇지는 않지만……. 그래도, 좀."

"으, 응."

너무나도 쉽게 부탁을 들어주셔서 나와 우미는 당황하고 말았다.

부탁한 순간 아주머니가 난색을 표하는 것을 시작 지점이라고 생각해서 우리도 이것저것 준비했는데, 이런 상황이니 어쩐지 맥 빠지는 기분이다.

"그거야 뭐……. 4월부터 우미가 혼자 계속 불평하는 걸 들어서 그런지 그 정도는 인정해 줘도 되지 않을까 하는 생각이 들었거든. 나도 젊은 시절에 너희랑 비슷했고, 뭐라고 거들먹거릴 입장은 아니니까."

반 편성 직후 상당한 불만이 쌓였던 우미가 직접적으로 푸념하지는 않았어도 아주머니한테는 다 그 마음이 전해졌었나 보다.

"그래서 너희는 어디까지 계획을 세웠니? 마키도 우미도 성실한 면이 있으니 제대로 생각은 해뒀을 것 같은데."

"아, 네. 그게 말인데요……."

우미의 재촉에 맞춰 나는 토트백에 넣어둔 여행 잡지와 출력한 Web 페이지 자료를 소라 아주머니 앞에 내밀었다.

후보로 꼽아둔 여행지나 숙박 장소, 교통수단, 그걸 다 포함한 예산 등, 최대한 계산한 것이다.

마치 사업 제안이라도 하는 듯한 상황이지만 이게 나와 우미 콤비의 모습이니 어쩔 수 없다.

우린 어이없을 정도로 성실하지만 서로를 너무 좋아한 나머지, 이런 식으로 가끔 엉뚱한 행동을 벌일 때도 있다.

……그렇게 주변 사람들도 어이없어할 만큼의 (닭살) 커플.

"그렇구나. 아주 먼 곳으로 가는 것도 아니고 시기상 사람들로 심하게 북적거리는 것도 아니니 문제가 생길 가능성이 적다는 거네?"

"네, 만약 무슨 일이 생기면 바로 연락드릴게요. 그리고 교통편도 좋아서 만약의 경우에는 당일치기를 해도 괜찮고요."

"그럼 '역시 외박은 안 된다. 당장 돌아와' 라며 마음이 바뀌어도 괜찮겠니?"

"……응, 그렇게 되면 나도 버티려 들긴 하겠지만 아빠 엄마가 그렇게나 걱정된다니까."

당일치기라면 형식상 '여행' 이라기보다 조금 멀리 나가는 '외출' 이 되니 그 정도라면 허락도 떨어지기 쉬울 것이다. 외박이 아니어서 아쉽긴 하지만 그 정도는 되어야 양보라 할 만하다.

"흠, 의외로 너희가 생각을 잘했구나. 그래, 이러면 나도 네 아빠한테 말하기 쉽겠지……."

"네, 그래서 허락해 주시면 감사하겠습니다."

"엄마, 제발. 앞날을 생각하면 지금 이 타이밍밖에 기회가 없단 말이야."

이제 우리 뜻은 전했으니 마지막 결정은 소라 아주머니에게 맡겨졌다.

방금 전 '(여행 가도) 좋아' 라고 말씀해 주셨던 것처럼 아주머니도 무조건 반대할 마음은 없는 듯했지만, 아주머니 혼자 전면적으로 결정하기 어렵다는 건 나도 우미도 잘 안다.

우리 엄마와 우미 아버지인 다이치 아저씨를 설득하기 위해 소라 아주머니를 우리 편으로 만들 수 있을지.

이번 일은 거기에 모든 게 걸려 있다.

우리의 자료를 보며 생각에 잠긴 아주머니의 반응을 기다리고 있자니, 장지문 너머로 집 전화 소리가 들렸다.

"? 어머나, 이 시간에 누구지……? 잠깐 자리 좀 비울게."

벨 소리가 멈추지 않는 전화를 받으려고 아주머니가 손님방에서 나가자, 팽팽한 긴장감을 품던 공기가 조금 느슨해졌다.

"……마키, 그래도 어떻게든 될 것 같아."

"그러게. 만약 안 되면 그 돈을 졸업 여행 예산 같은 데 돌려도 되니까."

"그렇게 되면 진짜 더 신나게 놀아야겠다. 유우랑 니나도…… 같이."

"노조무도 꼭 끼워주자. 졸업하면 만날 기회도 거의 없어질 텐데."

아직 먼 훗날의 일이어서 아마미를 비롯한 다른 친구들에게 말하지 않았지만 졸업 여행은 지금 친하게 지내는 다섯 명이 가면 좋겠다.

연인인 우미 다음으로 소중한 세 친구와 함께 지금처럼 어울릴 수 있는 것도 이제 약 2년 남았다.

지금까지 혼자 그런 행사를 버틴 대가가 이제 와서 한 번에 몰려와 정신이 없긴 하지만, 외로움을 잘 타는 나한테는 아마도 이 정도가 딱 좋다.

"——얘들아, 기다렸지? 자, 얘기를 마저 해볼까."

마침 우리의 짧은 잡담이 끊겼을 때, 전화를 마친 소라 아주머니가 돌아왔다.

시간상으로는 몇 분 정도밖에 되지 않았지만, 방을 나섰을 때보다 어쩐지 아주머니의 얼굴이 피곤한 듯…… 아니, 웬일로 언짢은 듯해 보였다.

그 표정이 우미가 아주 똑같아서 바로 알 수 있었다.

"엄마, 누구 전화였어?"

"어머님."

"어머님……이라면 미조레 할머니?"

"그래, 일방적으로 용건만 말씀하시더니 내가 무슨 말을 꺼내기도 전에 전화 끊으셨어."

"……둘 다 여전하네. 이제 좀 화해하지 그래?"

"우미, 늘 말하지만 난 잘 지내보려고 한다고. 하지만 어머님이 워낙 완고하시니까."

"어휴, 이 얼어붙은 눈이 녹으려면 아직 더 시간이 걸릴 것 같네."

이야기를 들어보니 다이치 아저씨의 본가에서 온 전화인 모양이다.

"우미, 그 미조레 할머니는……."

"응, 아빠의 어머니……. 그러니까 친할머니지. 내가 태어나기 전에는 우리 가족도 할머니와 거기서 같이 산 적도 있다는데 왜 둘이 그렇게 사이가 안 좋은지…….”

“우미? 마키한테 엉뚱한 소리 하지 마, 알겠니?”

“난 있는 그대로의 사실을 말한 것뿐인데…….”

두 분이 그다지 사이가 좋지 않다는 건 우미한테 들어서 알긴 하지만……. 이 점에 관해서는 내가 참견하지 않는 게 좋을 듯하다.

늘 방글거리며 잘 대해주는 소라 아주머니를 겨우 몇 분 만에 이렇게 지치게 하다니……. 할머니가 보통 까다로운 분이 아닌가 보다.

그건 어쨌든 간에 지금은 여행 이야기를 마저 마무리해야 한다.

“아까도 말했지만 난 너희가 여행을 가도 좋다고 봐. 돈이나 혹시 무슨 일이 생겼을 때 어떻게 해야 하는지……. 그런 걸 둘이서 잘 상의한 것도 알았으니까.”

“그럼 마키랑 둘이 여행 가도 되는 거네? 와아!”

“얘가, 그렇게 들떠서 결정을 내리면 어떡하니? 정말이지, 이런 면은 그이랑 꼭 닮아서……. 아니, 그게 지금 중요한 게 아니라.”

“……아주머니 의견은 OK이지만, 역시 아직은 허락하기 그렇다……는 뜻인가요?

“……그래, 미안하지만 마키 네 말이 맞아.”

소라 아주머니는 난처한 듯 웃더니 우리가 준비한 자료를 다시 되돌려주었다.

처음에 '좋다' 라는 반응이 의외였지만, 결론적으로는 대충 예상했던 그대로의 대답이었다.

"물론 나도 너희를 믿는단다. 매일 우미한테서 네 얘기를 듣고 있고, 마키도 이렇게 집까지 찾아와서 보고하는 데다 나뿐만이 아니라 남편이나 리쿠한테도 예의 바르게 행동하잖아. 둘이서 너무 찰싹 붙어 있는 게 좀 마음에 걸리긴 하지만, 그래도 제대로 선을 지키며 교제하는 것 같으니까…… 1박 2일 정도의 여행이라면 마키한테 우리 딸을 맡겨도 될 것 같아. 아마 남편도 이 얘기를 들으면 허락해 주겠지."

"……그래도 딸인 나한테 무슨 일이 생기면 큰일이다, 이거네?"

"그렇지. 물론 그건 마키한테도 해당하는 일이고."

아마 우리 엄마도 결국 그렇게 대답할 게 뻔하다.

집에서 외부로 나가는 이상, 학교에 가거나 방과 후에 근처 번화가에서 놀기만 해도 골치 아픈 일에 휘말릴 가능성이 전혀 없지는 않다. 하지만 외박하는 여행이라면 더욱 상황이 달라진다.

생활권에서 제법 멀리 떨어진 지역에서 아무리 고등학생이라고 해도 아직은 '어린애' 인 둘뿐이라면……. 너무 걱정이 과하다고 볼 수도 있겠지만 자식을 가진 부모 입장에서는 신중해질 수밖에 없다.

"너희 둘도 평소 생활 속에서 느끼겠지만 그래도 '원칙' 은 중요해. 너희 둘의 마음을 생각하면 당연히 보내주고 싶지. 그렇지만 만약 무슨 일이 생기면 여러 사람에게 폐를 끼치는 결과가 생기잖니. 너희가 사귀기도 전에 아침에 귀가했던 일, 기억나니? 솔직히 몇 분만 더 마사키 씨 연락이 늦었더라면 경찰에 신고하려 했었어."

""…………""

그 일을 언급하면 도저히 할 말이 없다.

당시는 우리 엄마가 빨리 대처해서 별 탈이 없었지만, 그게 없었더라면 큰 소동이 일어났을 것이다. 그로 인해 동네에서 아사나기 가족을 호기심 어린 눈으로 볼 가능성까지 있었을지도 모른다.

늘 남의 시선을 의식해야 하다니 답답하기 짝이 없지만, 그래도 그 덕분에 지금 우리가 안전한 생활을 하는 것이라고…… 나는 생각한다.

"그래서 결론. 지금 조건으로는 아직 인정할 수 없어. 굳이 가고 싶다면 우선 대학 입시 합격을 하고, 고등학교를 졸업한 다음에 하렴."

"……이 상태로 보면 당일치기도 안 될 것 같네."

"그 부분은 좀 고민인데, 그래도 어른이 한 명이라도 따라가면 좋겠어. 그러면 얘기가 확 달라질 텐데."

그러니까 인솔(아니, 감시?) 담당을 한 명 붙이라는 뜻인데, 현재 서로의 가족 이외에 그런 사람은 없다. 내가 순간적으로 생각해 낸 사람으로는 에미 선배 정도가 도와줄 것 같긴 한데, 선배도 알바 일정이 있을 테니 폐를 끼치기도 미안하다.

……그리고 우미가 에미 선배를 그렇게까지 좋게 생각하지 않는 것도 있다.

"으으~……. 마키랑 둘이서 열심히 생각했는데……. 엄마 너무해."

"그래도 아주머니 심정도 이해는 가잖아. 전혀 안 된다는 것도 아니니까 지금은 일단 물러나자."

"그래, 우미. 지금은 안 되지만 어쩌면 상황이 달라질지도 모르잖니?"

"그렇게 우리 뜻대로 일이 잘 풀리긴 할지……. 그래, 마키 말대로 오늘은 일단 물러날게."

"후후, 역시 옆에 마키가 있으면 설득하기가 편하다니까. 우미는 평소 한 번 결정하면 쇠고집이면서."

"뭐, 뭐라고?! 난 언제나 마시멜로처럼 부드러운 머리……. 마키, 지금 웃었지? 나 다 봤어."

나중에 혼날 줄 알라는 식으로 우미가 내 옆구리를 꽉 꼬집는다. 잔뜩 뚱해져서 투덜거리는 우미는 몇 번을 봐도 귀엽지만, 아까 벌게진 부위만 정확히 노려 꼬집는 건 좀 안 했으면 좋겠다.

어쨌든 나와 우미가 한꺼번에 덤벼도 교섭으로 소라 아주머니를 이길 수 없다는 걸 다시금 깨달았다. 아주머니는 시종일관 분위기를 험악하게 만들지 않고 우리의 떼를 다 받아주시다가, 최종적으로는 우리를 완전히 설득해 버리셨다.

속이 다 시원해질 정도의 완패였다.

"자, 그럼 적당한 시간에 이야기도 마무리 지었겠다, 너희도

어서 씻으렴. 아, 물론 둘 다 따로따로야."
"……엄마, 그렇게 자꾸 놀리면 마키 앞에서라도 나 화낼 거야."
"어머나, 무서워라. 마키, 우리 딸이 날 이렇게나 괴롭히는데 좀 도와주겠니?"
"아, 그건…… 모녀간의 대화로 해결해 보심이……."
손님이라는 이유로 제일 먼저 목욕탕에 들어가게 된 나는 그대로 도망치듯 떠들썩한 모녀가 있는 손님방을 뒤로했다.

욕조에 몸을 담근 채 느긋하게 오늘 하루의 피로를 푼 나는 소라 아주머니가 미리 준비해 준 잠옷을 입고 탈의실을 나왔다. 키가 큰 리쿠 씨가 입었던 옷이어서 사이즈는 좀 컸지만, 이 정도로 헐렁한 옷은 우리 집에서도 가끔 입어서 오히려 이런 게 더 편하다.
거실로 돌아가자 우미가 나를 맞이해 주었다. '대화' 도 이제 끝난 모양이다.
"마키, 물은 따듯했어? 자, 이거 시원한 보리차."
"고마워, 우미. 밥까지 얻어먹고 자고 가라는 허락도 받고, 이거 미안한데."
"괜찮아. 몇 번이나 말하지만 우리가 그렇게 해주고 싶은 거니까. 마키는 편하게 받기만 해. ……에헤헤, 마키한테서 우리 집 샴푸 냄새가 나네."
우미는 기쁜 표정을 지으며 어리광이라도 부리듯 내 가슴에

빰을 묻더니 킁킁 냄새를 맡았다.

지금은 소라 아주머니가 목욕 중이셔서 거실에는 우리 둘뿐이지만, 이렇게 우미와 애정 행각을 벌이면 아무리 숨어 있어도 꼭 누가 쳐다보는 것 같아 도무지 진정이 안 된다.

그래서 지금은 머릿속이 냉정함을 유지하고 있다.

"후암……. 이러고 있으니까 잠 온다. 칠칠치 못한 것 같지만 오늘은 그냥 이대로 잘까? 마키랑 같이."

"안 돼. 오늘은 자기 방에서 자라고 아주머니도 그러셨잖아."

"우으~. 얼마 전에 마키를 간호할 때는 괜찮았는데……."

우미의 심정은 이해하지만, 그때는 정말 '특별' 한 때여서 그날 이후부터는 아주머니도 각자 다른 방에서 자라고 하셨다.

아무리 전례가 있었다 해도, 이번에는 나도 우미도 모두 건강하다.

연인 사이이고, 시간이 흐를수록 사이가 더 가까워지는 두 사람이 같은 방에서 하룻밤을 보낸다.

이전에는 감기 때문에 그럴 틈도 없었지만, 이번에도 참을 수 있을지 보장할 수 없다.

상상해 봐라.

캄캄하고 조용한 방에서 나 아니면 우미 어느 한쪽이 상대방의 이불 속에 숨어들어서 바짝 밀착한 채로 잠든다.

두 사람의 세상에 빠진 상태에서 우미가 '……괜찮아.' 라고 허락이라도 한다면.

……그런 실수가 벌어지지 않도록 소라 아주머니가 신경 쓰

는 것이다.

우미는 나와의 '교제' 에 대해 지금 어떻게 생각할까.

아주 민감한 문제지만 사귀는 이상 제대로 이야기를 해보고 싶다. 여자친구 집에서 할 이야기는 아닌 것 같지만, 타이밍을 놓치고 흐지부지 넘어가는 것도 좋지 않다.

"우미……. 잠깐 얘기 좀 할까?"

"……응, 뭔데?"

대화하기 전에 일단 우리 주변에 아무도 없는 걸 확인했다.

리쿠 씨는 자기 방에, 소라 아주머니는 욕실에서 아직 나올 것 같지 않다……. 지금이라면 괜찮다.

혹시 몰라 손님방으로 자리를 옮기고 나서 나는 다시금 말을 꺼냈다.

"이렇게 마주 보고 말하는 것도 좀 부끄럽지만…… 그, ———에 대해서 말인데."

"……으, 응."

우미는 내 분위기를 보고 알아차린 것 같지만 내가 그 단어를 입에 올린 순간, 우미는 고개를 푹 숙이며 흰 뺨을 살며시 붉혔다.

나처럼 수줍어하는 듯했지만 이야기는 할 생각인가 보다.

"나도 알아. 이번 주에 마키는 특히나 나를 야릇한 눈으로 봤잖아. 미리 말해두지만 난 다 파악 완료라고."

"……정말, 죄송합니다."

"아이참, ……나도 어느 정도 알고 행동했으니까 화를 내고 뭐고 그런 건 아니지만. 네 착한 마음을 시험해 보려 해서 오히려 내가 미안해."

오늘 우미의 스킨십은 의도적이었던 모양인지, 나도 모르게 욕망에 휩쓸려 우미를 덮치지 않길 잘했다.

……물론 우미는 마음씨도 곱고 나에 관해서라면 뭐든 다 받아주니까, 만약 그런 일이 생겨도 아마 허락해 주긴 하겠지만.

"마키, 나도 묻겠는데…… 그, 나랑…… 하고 싶어?"

"……응."

"이번 여행도 진짜 목적은 그거지?"

"외박까지 하니까 분위기가 좋으면 뭐…… 그럴 수도, 네."

"솔직하긴. 마키 바보, 야해, 밝힘증."

"네."

학생일 때는 건전한 교제를 해야 한다고, 머릿속으로는 이해하고 있지만 우미의 매력을 눈앞에 두면 버티기 너무 힘들다.

물론 서로의 타이밍이나 마음의 준비가 다 되어야 한다는 전제가 필요하지만, 만약 이곳이 내 방이고 '한다' 는 것에 아무런 장애가 없다면 심정적으로 당장에라도 가능하다.

"다른 사람들은 이런 걸 어떻게 할까? 나는 모든 게 처음이라서 하나도 모르겠어."

"그건 나도 마찬가지인걸. ……아마 사람마다 다르지 않을까. 니나처럼 사귀면 바로 하는 사람도 있을 테고, 졸업까지 참는 사람도 있는 것 같던데."

"그렇지. ……음? 지금 엄청난 말을 들은 거 같은데?"

"니나 말이야? 걔는 분위기에 따라 과장해서 말하니까 진짜

인지는 알 수 없지만, 제법 사실처럼 보였어. 본인한테는 그리 좋은 추억이 아닌 모양이지만."

닛타에게 사귀었던 남자친구가 있었던 건 패밀리 레스토랑 사건으로 알고 있으나, 사람에 따라서는 실패로 치는 과거도 될 수 있다는 게 참 어렵다.

그 자리에서는 좋아도 나중에 돌이킬 수 없는 일이 벌어지거나 본인 말고 다른 사람에게도 폐가 갈 수도 있다니……. 닛타 일은 처음 알게 됐지만, 소라 아주머니와 다이치 아저씨 부부에 대해서는 전부터 들은 바가 있다.

"아마 엄마는 우리가 그런 걸 하지 말라는 뜻은 아닐 거야. 제대로 때와 상황을 인지하고 난 다음에라는…… 거지. 제대로 된 대책이라고 해야 하나. 그렇게 하면 뭐."

"맞아……. 그렇겠지."

소라 아주머니도, 또 우리 엄마도 '상식 범주 안에서' 라고만 말했지만 문제가 생기지 않도록 잘하면 우리 둘이 몰래 하는 것 정도는 묵인해 줄 듯하다.

그래서 한 걸음 나아갈지 말지는 타이밍에 달렸다.

만약 여행이 현실화되면 시기적으로 알맞으니 개인적으로는 좋은 타이밍이 아닐까 기대도 됐지만.

물론 가능성이야 아직 남아 있으니 지금은 잠시 참아야만 할 것 같다.

"일단 지금 내 솔직한 심정은 이래. 번뇌에 휩싸인 상태라 미안하지만, 그래도 그만큼 우미 네가 너무 좋아서 견딜 수 없다고 해야 하나……. 그것만큼은 알아주면 좋겠어."

"알았어. ……음, 그럼 나도 내 마음을 말하는 게 좋을까? 이렇게 마키가 부끄러움을 무릅쓰고 솔직히 말했으니까 그러는 게 더 공평하잖아."

"얘기해 준다면 나야 좋지만……. 그건 일단 참을게."

"……그래도 돼?"

"응, 여자친구한테 그런 말까지 시키는 건 좀 비겁한 느낌이 들어서."

나와 우미는 서로 대등한 관계로 지내려 하지만, 민감한 화제에 대해서는 내가 부끄러움을 느끼는 게 더 낫다.

그저 우미는 평소처럼 장난스러운 미소를 지으며 은근한 태도를 보이거나 스킨십만 해주면 된다.

그렇게 적당히 이야기가 정리됐을 때, 마침 목욕을 마친 소라 아주머니가 장지문 틈새로 얼굴을 쏙 내밀었다.

"어머나, 둘이 내 눈이 안 닿는 곳에서 뭘 속닥거리니? 이 엄마도 끼워주렴."

"엄마하고는 전혀 상관없는 얘기야. ……마키, 나도 목욕하고 올 테니까 기다려. ……지난번처럼 먼저 쿨쿨 자면 화낼 거야."

"응, 이번에는 괜찮아……. 아마도."

"걱정되는데……. 만약 이제 막 목욕을 마친 여친을 앞에 두고 자고 있으면 이마를 힘껏 두 동강 내버릴 테니까."

"그럴 때는 그냥 '딱밤을 때린다' 라고 하는 게 좋지 않을까……?"

밸런타인데이 날 우미네 집에서 묵을 때, 목욕 시간이 긴 우미를 끝까지 기다리지 못하고 잠든 바람에 이튿날 잔뜩 삐진 우미를 어르고 달랬던 기억이 난다.

아니, 잘 생각해 보니 나는 왜 그런 귀한 기회를 놓친 걸까. 목욕을 마친 우미의+파자마 차림이라니, 사귀는 중에도 쉽게 볼 수 있는 광경이 아닌데.

전혀 관심이 없을 때도 있는가 하면 지금처럼 우미밖에 눈에 안 들어올 때도 있어서……. 알고는 있었지만 나도 참 괴짜다.

이런 나를 질리지 않고 끝까지 챙겨주는 내 여자친구. 이 행운은 절대로 놓칠 수 없다.

목욕을 마친 후에도 잠이 올 때까지 우미와 둘이서 수다를 떨기로 약속하고, 나는 늘 그랬듯 이부자리를 펼 준비를 했다.

전에는 아무것도 모르기도 해서 소라 아주머니가 잠자리 정돈을 다 해주셨지만, 이 집에서 묵는 횟수가 늘어나면서 이제는 이불 위치나 개는 법 등까지 아사나기 집안의 방식을 잘 알게 됐다.

평소 버릇으로 나도 모르게 우미 몫까지 2인분의 이불을 벽장에서 꺼내버렸지만 그건 애교인 셈 치고.

약 3평 정도 되는 크기의 손님방 왼편에 이부자리를 폈을 때, 거실에서 쉬고 있던 소라 아주머니가 나에게 이리 오라고 손짓했다.

"——마키, 잠깐 괜찮니?"

"? 아주머니……. 네, 왜 그러세요?"

방금 전 우미와 했던 이야기는 아주머니도 듣지 못했을 것이고 설교를 들을 분위기도 아닌 듯하지만……. 우미 없이 아주머니와 일대일로 대화하는 건 연말연시 이후 처음이라 좀 긴장됐다.

"후후, 그렇게 긴장 안 해도 돼. 무서운 짓은 안 할 테니까 안심하렴."

"그럼 무서운 것 빼고 다른 건 한다는 뜻 같아서 무서운데요……."

"괜찮아, 괜찮아. 자, 사양하지 말고 여기 옆으로 와."

그러면서 아주머니는 자기 옆의 소파 자리를 툭툭 두드렸다.

물론 아주머니의 지시를 따르긴 하겠지만, 우미를 포함해서 무슨 이야기를 할 때 바로 옆으로 오라고 부르는 건 이 집안만의 방식인 걸까.

소라 아주머니가 나를 가족처럼 예뻐해주니 고마운 일이지만……. 믿는 사람한테는 유난히 가까운 거리를 유지하려는 태도는 우미와 똑같다.

내가 사양하느라 소파 가장자리에 앉자, 아주머니는 내 쪽으로 얼굴을 들이밀었다.

"……응, 이렇게 네 얼굴을 똑바로 보는 건 참 오랜만인데, 처음 만났을 때보다 훨씬 듬직해졌구나. 얼굴 전체는 마사키 씨와 닮았지만, 눈은 네 아버지를 닮은 모양이야."

"글쎄요……. 혹시 엄마한테서 우리 아빠 이야기 들으셨어요?"

"그래, 우리 둘이 얘기할 때 술도 자주 마시기도 하니까 당시 이야기나 푸념이나 뭐 이것저것. 그렇게 생각하니 지금 마키가 인기 많은 것도 알겠네. 우미가 그러던데 마키의 친구들은 지금 거의 여자애들뿐이라며?"

특별히 의도한 건 아니지만, 2학년이 된 이후 나카무라나 아라에 등등 새로운 교우 관계나 알게 된 사람들이 정말로 모두 여자애들뿐이다.

의지할 친구 중 남자는 노조무뿐이지만 매일 동아리 활동으로 바쁘고 아마미를 목표로 접근하려는 사람들은 차단하는 듯해서, 남자 교우 관계를 넓히고 싶다면 나 스스로 노력하는 수밖에 없다.

새 학년으로 올라간 이후 나도 반 아이들과 아예 말을 안 하는 건 아니어서, 그중에는 나와 친해지고 싶다고 여기는 사람이 있을 수도 있지만……. 우미나 아마미, 닛타, 노조무, 또 요즘에는 나카무라를 비롯한 11반 애들까지 학년에서 여러 의미로 눈에 띄는 학생들이 주변에 많아 은근 사양하는 듯한 분위기가 없진 않다.

선배든 후배든 그런 걸 전혀 신경 안 쓰는 사람이 있다면 참 좋을 텐데.

"그런데 아주머니, 하실 말씀이 뭔가요? 칭찬해 주셔서 감사하지만 굳이 옆에 앉혀놓고 하실 이야기는 아닌 것 같은데."

"사실이라 칭찬한 것뿐이야. 그리고 내가 봐도 마키는 귀엽고, 우리 애들이랑 달리 이렇게 살갑게 이야기도 나누잖니. 아무튼 그건 다음에 천천히 얘기하고……. 아까 남편한테 오늘 일을 알려줬는데 말이야."

"……죄송합니다. 저 갑자기 급한 일이 있어서 오늘은 이만 실례하도록 하겠——."

"요 녀석, 어딜 도망가려고~?"

남편(그러니까 다이치 아저씨) 이야기가 나온 순간, 나는 슬쩍 그 자리를 벗어나려 했지만 바로 목덜미를 붙들리고 말았다.

정말로 무슨 아픈 짓을 당한 건 아니었지만, 다이치 아저씨 이름이 나오니 엄청난 부담감이 몰려왔다.

크리스마스 때 일도 아직 감사 인사를 못 드렸고, 언제 제대로 만나서 보고도 드리고 싶었지만 마음의 준비가 아직 안 됐다.

"그러니까 그렇게 무서워하지 말래도. 오늘 네가 여기서 자고 간다는 허락도 받았고 여행도 이해해 줬어. 그게 아니라 난 너한테 '제안'을 하고 싶거든."

"……?"

아주머니는 자세한 건 우미가 씻고 나왔을 때 이야기하겠다고 했지만, 말투를 보아하니 나와 우미한테 나쁜 제안은 아닌 것 같았다.

골든 위크 동안 조용히 시간을 보낼 셈이었지만, 어쩐지 조금 정신없어질 것 같은 예감이 들었다.

골든 위크 전반전의 연휴가 끝나고, 후반전 연휴를 앞둔 평일 중간 날. 할머니 댁에 가려고 학교를 결석한 아마미를 제외한 우리 넷은 늘 그랬듯 모여서 학식으로 함께 점심을 먹고 있었다.

무드 메이커인 아마미가 없어서 활기와 발랄함이 좀 부족했지만, 가끔은 이런 차분한 분위기도 나쁘지 않다.

"아~. 징검다리 연휴라니 심심해~. 나도 유우찡처럼 해외로 나가서 수업이나 공부 같은 건 싹 잊고 싶은데~. 야, 위원장, 나 좀 데리고 가주라~."

"그건 네가 돈 모아서 가야지……. 아마미가 매일 사진 보내주니까 그 심정 모르는 바는 아니지만."

아마미가 이 자리에 없지만 우리 다섯 명의 그룹 채팅방에 거의 매일 사진이 첨부된 메시지가 전송되고 있다.

나는 자세한 건 몰라서 그곳이 어느 나라인지 알 수 없었지만, 마치 판타지 세계를 여행하는 듯한 성과 풍경, 맛있어 보이는 요리와 길거리 등과 함께 찍힌 아마미의 얼굴 및 사진과 함께 보낸 메시지를 보니 오랜만의 여행을 만끽하는 모양이다.

"오, 이 사진에 유우찡이랑 같이 찍힌 여자애는 누구지? 유우찡만큼 대단한 미소녀 같은데 우미, 얘 누군지 알아?"

"응? 음~……. 아니, 나도 잘 몰라. 아마 친척일 것 같은데……. 근데 참 예쁜 은발을 가진 애네. 얼굴도 유우랑 닮은 듯하고."

전송된 몇몇 사진 중 딱 한 장에만 아마미와 나란히 찍힌 예쁜 쇼트커트의 은발 머리 소녀가 있었다.

활짝 웃는 아마미 옆에서 무표정으로 덩그러니 서 있지만, 둘이 뺨을 바짝 붙인 채 아마미와 똑같이 브이 사인을 만들며 찍힌 걸 보니 싫은 눈치는 아니다.

메시지에 따르면 소녀의 이름은 '모니카'란다. 금세 친구가 됐나 보다.

아마미가 연휴를 마음껏 즐기는 것 같아 친구로서 참 다행이다.

"……그리고 여기 남은 우리 넷의 리더이신 위원장님께서는 옆의 너무너무 귀여운 여친의 아버님 부르심을 앞두고 긴장하고 있군. 이거 참~. 모처럼 마음 편히 쉴 연휴인데 고생이 많으셔."

"닛타, 남의 일이라고 너무 즐거워한다……."

반박하고 싶지만 솔직히 내가 바짝 긴장한 건 사실이어서, 지금은 그럴 여유도 별로 없다.

설마 골든 위크 후반전 시작부터 이런 이벤트가 준비되어 있었을 줄이야.

"마키도 참, 하여간 아빠 앞에서는 겁을 먹어서……. 하긴 이번에는 식사 말고 할 얘기가 있는 것 같으니 나도 좀 신경은 쓰이지만."

얼마 전 우미네 집에서 묵었을 때 소라 아주머니한테서도 들었지만, 마침 5월의 공휴일에 맞춰 쉬는 날이 생겼다며 괜찮으면 나도 같이 식사하는 게 어떠냐는 권유를 받았다.

우리 둘의 여행 문제도 포함해서 다이치 아저씨가 나와 우미에게 하실 말씀이 있다는데……. 자세한 건 만났을 때 한다고 해서 우미네 집에서 묵었던 날부터 줄곧 궁금했다.

"근데 마키도 아사나기도 무슨 나쁜 짓을 한 건 아니니까 그냥 당당히 있으면 되지 않을까? 둘이 혼날 짓을 한 건 아니잖아?"

"아이고, 세키, 그런 눈치 없는 발언을. 아무 일도 없는데 위원장이 이렇게 쫄겠냐고……. 그치, 우미?"

“……니나, 너무 그렇게 까불면 나도 가만 안 있어.”

노조무의 말대로 아직 꾸중 들을 짓을 한 건 아니지만, 그런 비슷한 계획을 몰래 세우기도 해서 100퍼센트 부정할 수 없다는 게 괴롭다.

“아무튼 내일 저녁 6시, 우리 집으로 오면 돼. ……마키, 가게에는 미리 말해뒀지?”

“응, 근데 그때 상황에 따라 좀 늦을지도 모르니까 그렇게 되면 미리 연락할게.”

“알았어. 아빠가 그 부분도 염려하는 것 같아서.”

다이치 아저씨와 대화를 나누는 건 약 5개월 만이라 긴장된다. 하지만 지금 이렇게 충실한 나날을 보낼 수 있는 것도 부모님 일로 고민할 때 아저씨가 해주신 조언 덕분이다.

그래서 예전과 달라진 모습을 보여드려서 내 걱정을 하실 아저씨를 조금이라도 안심시켜 드리고 싶다.

그렇게 생각하니 내일이 조금 기대됐다.

이튿날.

예정대로 약속 시각 한 시간 전에 아르바이트를 마치고 집으로 돌아온 나는 마음의 준비와 몸단장을 마치고 아사나기 가족의 집으로 향했다.

우미가 보낸 메시지에 따르면 다이치 아저씨는 조금 전에 집에 돌아오셨고, 지금은 소라 아주머니의 요리가 테이블 위에 차려지는 것과 내 도착을 기다리는 중이라고 한다. 그래서 조금

일찍 와도 괜찮단다.

시각은 오후 6시 조금 전……. 평소처럼 천천히 인터폰을 누르자, 늘 그랬듯 소라 아주머니가 아니라 낮고 약간 가라앉은 근엄한 목소리가 마이크 너머로 들려왔다.

『――누구세요.』

"마에하라예요. ……저어, 다이치 아저씨, 오랜만에 뵙습니다."

『마키구나. 기다리고 있었단다. 우미가 문 열어줄 테니 어서 들어오거라.』

"알겠습니다."

현관에서 맞이해 주는 우미와 함께 둘이서 거실로 들어갔다.

"……우미, 그럼 잘 부탁해."

"으, 응."

다이치 아저씨 앞에서도 평소대로 행동해도 되는지 고민했지만 아주머니가 우리 행동을 모두 전하는 듯해서, 우리는 언제나처럼 바짝 달라붙은 채 아저씨 앞으로 갔다.

아저씨는 사이좋은 우리를 흘끔 보시더니 한숨을 푹 내쉬었다.

"……우미, 마키를 좋아하는 건 알지만 너무 어리광을 부리는 것 같구나."

"뭐 어때서 그래? 우린 늘 이런 식이니까 아빠 딸이 하는 거에 너무 불만스러워하지 마. 그렇지? 마키."

"그건 뭐……. 아무튼 아저씨, 오랜만에 봬요."

"그래, 오랜만이구나. 우선 거기 앉아라. ……우미, 마키랑 둘이서 얘기하고 싶으니까 잠시 자리 좀 비켜주겠니?"

"네에~."

아저씨가 시키는 대로 나는 맞은편에 있는 1인용 소파로 향했다.

무슨 설교를 듣는 건 아니겠지만, 성실하고 꼼꼼한 아저씨 성격을 생각하면 자꾸만 긴장된 태도를 취하게 된다.

"작년 크리스마스 일은 아내와 우미한테서 들었단다. ……너도 최대한 받아들일 만한 답을 찾은 것 같아 다행이구나."

"네, 우미와 소라 아주머니, 친구들……까지 여러 사람의 도움을 받았지만 잘 떨쳐낼 수 있었어요. ……저어, 이거 작년 크리스마스 때 찍은 사진이에요."

나는 스마트폰을 꺼내 지금도 소중히 저장해 놓은 가족사진을 아저씨한테 보여주었다.

아저씨한테 스마트폰을 건넨 순간 거기에 우미와 둘이서 찍은 스티커 사진을 그대로 붙여놓은 것이 문득 생각났지만, 그 점에 대해 딱히 아저씨가 뭐라 하시지는 않아 일단 안도했다.

내가 우미의 뺨에 키스하는 모습이 담긴 사진을 붙여놓지 않아 정말 다행이다.

"……그래, 잘됐구나. 앞으로도 힘내렴."

"네."

"그래."

주방에서 이곳을 살피는 우미와 소라 아주머니가 어이없어할 정도로 분위기가 굳어 있었지만, 이건 이것대로 서툰 다이치 아저씨답다.

그 두 사람도 그걸 잘 알아서 우리를 가만히 지켜보는 듯하다.

“마키, 그래서…… 여행 말이다만.”

“아, 네. 그…… 갑자기 이상한 부탁을 드려서 죄송합니다.”

“아니, 널 꾸짖으려는 게 아니다. 지금 이렇게 무게를 잡고 있지만, 나도 젊은 시절에…… 그랬던 때도 있었으니까.”

“어머나? 당신, ‘그랬던’ 이라는 게 구체적으로 어떤 ‘그랬던’ 인데?”

“……여보, 지금 그 얘기는 안 해도 되잖아.”

다이치 아저씨의 젊은 시절 저지른 일이 궁금했지만, 지금은 여행 문제에 관해 마저 이야기해야 한다.

계획했던 우미와 단둘이 갈 여행은 현재 기각 상태지만, 조건에 따라서는 아직 가능성도 남아 있다.

그게 오늘 내가 이 집에 불려온 진짜 이유다.

“우선 어디부터 말을 꺼내야 좋을지……. 마키는 오늘 내가 집에 온 이유가 뭔지 알지?”

“네, 여기 오기 전에 우미한테서…… 일 때문에 갑자기 쉬는 날이 생겼다고.”

다이치 아저씨의 휴일 일정이 달라진 건 얼마 전 식사 모임이 있던 밤에 소라 아주머니가 우리 일을 알려줬던 때였다고 한다.

원래 다이치 아저씨의 휴가는 다음 달이었지만, 마침 직장동료의 관혼상제 일정으로 인해 시일을 미뤄야 해서 갑작스럽게 골든 위크 휴가를 받아 이렇게 집으로 돌아왔단다.

그 정도는 회사에서 일하면 종종 있는 일일 것이다.

다만 아사나기 가족의 경우, 그로 인해 다소 문제가 발생한 모양이다.

“별건 아니지만 사실 다음 달에 우리 본가에 일이 있어서 말이지. 어머니도 손주 얼굴 좀 보여달라고 계속 말씀하시기도 하고, 그래서 거기에 맞춰 휴가를 냈던 건데.”

“그래, 마키, 지난 주말 밤에 우리 셋이서 얘기하다가 전화 걸려왔잖니? 그게 그거였어.”

“아하…….”

소라 아주머니에게 있어 천적(아마도)인 ‘아사나기 미조레’ 씨와 이 이야기가 연관이 있나 보다.

“저어, 아저씨, 원래 휴가 날짜는 언제였나요?”

“6월 말……. 그러니까 달력으로 말하자면 네 번째 토요일과 일요일이지.”

“그렇군요……. 우미는 알고 있었어?”

“아니, 다 정해지고 나서 말하려 했다고 들었어.”

이제 어떤 상황인지 알 것 같다.

“그래서 바로 그걸 어머님께 연락드렸는데…… ‘그럼 손주들 얼굴이나 보여주면 된다’ 라고 하셔서……. 그러니까 애들 아빠는 빼고 가도 된다는 거지. 마키, 제삼자의 시선으로 보면 어떤 생각이 드니? 어머님은 이미 준비를 시작해서 변경은 안 된다며, 내가 따지기도 전에 전화를 뚝 끊어버리시는 거야. 너무하지 않니?”

“여보, 마음은 이해하는데 마키가 난처해하잖아…….”

겉으로 보기에 평화롭고 평온해 보이는 아사나기 집안도 갈등이 있는 듯하다.

가족과 친척들 사이에도 이러니 원활한 인간관계를 쌓기란 참 어려운 일이다.

아무튼 이런 사정으로 인해, 여기서 이야기가 우리의 '여행 계획' 과 얽히려나 보다.

우리 둘만의 여행은 어렵지만 그 대신이 될 '뭔가' 가 있다면 ――.

"마키, 실은 우리 본가 주변이 작은 온천 마을로 좀 유명하거든. ……여행 대신이라고 하긴 그렇지만, 우미와 같이 가지 않겠니?"

지금은 이게 좋은 일인지 아닌지 감이 안 잡히지만, 이 타이밍에 두 가지 상황이 딱 맞아떨어지는 것도 분명 어떤 인연일지도 모른다.

어떻게 할 것인지는 이따가 우미와 차분히 상의해 볼 생각이지만……. 어쩌면 이건 그리 나쁜 제안은 아닌 것 같다.

2. '아사나기'의 고향으로

"——오오~. 그러면 다음 달 말에 있는 3일 연휴에 마키와 같이 할머니 댁에 가는구나? 우미는 좋겠다~. 나도 우미네 할머니 댁에 놀러 가고 싶어~."

"유우, 넌 그저께 해외에서 실컷 놀고 왔잖아. 참아."

"뿌우~. 뭐 어때서! 그러면 난 니나치랑 나기사랑 셋이서 잔뜩 놀 거야. 니나치, 3일 연휴 동안 엄청 재밌게 놀자, 알았지?"

"그것도 좋지만, 아라엣치와 같이 노는 건 좀 사양하고 싶은데……. 그래도 걔가 요즘 성격이 유순해졌으니 무슨 문제는 없겠지."

짧은 연휴도 순식간에 지나 어느새 월요일.

며칠 만에 여행지에서 돌아온 아마미까지 포함해 우리 다섯은 연휴 기간에 있었던 일에 관해 가볍게 잡담을 나누고 있었다.

이야기의 중심은 물론 아마미의 해외여행 일화. 그리고 여행지에서 샀다는 과자 등의 기념품. 초콜릿과 비스킷 등 그리 신기한 건 없었지만, 평소 맛보았던 과자와는 다른 풍미가 느껴져 제법 나쁘지 않았다.

"그런데 아사나기네 집에서 자고, 그다음에는 할머니 댁 방문이라니. 사귄 지 반년밖에 안 됐는데 벌써 그렇게 빨리 진도가 나가냐? 마키, 너 설마 내년에 결혼하는 거 아니야?"

"아니, 그럴 리가……. 이번에는 우연이 막 겹쳐서 생긴 결과라고 해야 하나."

남은 연휴 동안 우미와 둘이서 상의한 결과, 다음 달에 있을 할머니 댁 방문에 나도 함께하기로 결정이 났다. 이미 그 소식은 다이치 아저씨가 본가에 전했고, 의외로 쉽게 허락이 떨어졌다고 한다.

다이치 아저씨와 미조레 할머니 사이에 어떤 일이 있었는지 알 수는 없지만……. 그렇게 쉽게 허락해도 되는 걸까?

"아까 스마트폰으로 검색해 봤는데 아사나기네 할머니 댁이 있는 곳에 작은 온천 마을이 있더라. 제법 깊은 산속에 있어서 교통편도 좋지 않아 찾는 사람이 많지 않대."

"응, 그래도 좋은 곳이야. 자연 속에 있어서 공기도 맑고, 깨끗한 물이 흐르는 폭포가 있으니까 강에서 놀 수도 있는걸. 나도 아주 어릴 때 가고 안 갔지만 제법 즐거웠던 기억이 나."

우미에게도 할머니 댁 방문은 아주 오랜만인가 보다.

여전히 우리 둘만의 여행을 허락받지 못해 아쉬움이 남지만 그건 그렇다 치고, 우미도 할머니 댁에 가는 걸 기대하는 것 같아 나로서는 일단 안심이다.

물론 이걸로 여행 문제를 없었던 일로 할 마음은 없지만.

"그래서 다음 달 되면 그때 입고 갈 옷이나 이것저것 좀 사려고. 마키는 여름옷이 한 벌도 없어서."

"아니, 티셔츠나 반바지, 그리고 샌들 정도는 집에……."

"외출용 말이야. 동네에서 놀 때는 그렇게 입어도 되지만 이번에는 할머니 댁에 가는 거잖아. 좋은 인상을 줄 수 있도록 내가 위에서 아래까지 다 골라줄게."

나는 여름에 그저 시원한 차림이면 될 거라고만 생각했지만 그래도 너무 구깃구깃한 옷도 좋지 않으니, 마침내 우미의 생일 이후 여행을 위해 아르바이트로 부지런히 모은 돈을 개방할 때가 온 것 같다.

외출용이라 돈이 좀 들지도 모르겠지만 우미한테 맡기면 마음이 놓인다. 예산 안에서 제대로 된 코디네이트를 해줄 테니까.

……이렇게 되니 우미가 내 아르바이트 월급까지 다 관리하는 기분이 들지만, 내가 마음대로 돈을 쓰면 금방 파산할 것 같으니 차라리 이게 낫다.

"여름이라고 해서 생각났는데 우미랑 유우찡, 올해 수영복은 어떻게 할 거야? 난 별로 몸매 변한 게 없어서 작년 거 입을 건데, 너희 둘은 그…… 안 그래?"

"에헤헤~. 니나치도 참. 그렇게 우리 몸을 빤히 보면서 대체 무슨 말을 하고 싶은 건데? 그치, 우미?"

"니나, 죽고 싶은 모양이구나?"

"아, 아니, 농담이라니까, 농담. 너희 둘 다 몸매는 좋으니까 올해 새 수영복도 기대한다 이 말이야. 야, 너희 남자들도 그렇지?"

"……노 코멘트."

"나는…… 뭐, 계절 상관없이 동아리로 바쁘니까."

아마미에 관해서는 잘 모르겠지만, 우미랑은 거의 매일 스킨십을 하느라 작년과 달라진 점이 뭔지 확연히 안다.

나와 사귀기 시작한 후부터 우미의 몸은 살짝 달라졌다.

친구들 앞에서 말할 생각은 없지만 가슴이 더 풍만해졌다고 해야 하나.

그만큼 몸무게가 늘어나긴 했어도 여성에게는 신경 쓰이는 부위일 것이다.

그리고 나와 노조무도 이 자리에서 차마 솔직하게 '수영복 차림에 관심이 있습니다' 라고 말할 수도 없고.

괜한 말실수로 인해 우미가 닛타에게 벌을 주겠다며 아이언클로 기술을 가하는 모습을 곁눈질하며 우리 남자들은 침묵으로 일관했다.

아무리 허물없이 지내는 친구 사이라도 괜히 함부로 입을 놀려서는 안 될 일 몇 가지는 있는 법이다.

"하여간 니나치도 참……. 아, 근데 수영복은 조만간 우리 셋이서 예쁜 거로 고르자. 작년에는 날씨가 안 좋아서 별로 나가 놀지 못했지만, 올해 여름은 즐겁게 노는 거야. 바다에도 가고, 수영장에도 가고, 불꽃놀이에 여름 축제까지……. 작년에는 그럴 틈이 없었으니까 실컷 만끽해야지."

"그러게. 나간 김에 잘생긴 남자와의 멋진 만남도. 올해는 꼭 괜찮은 사람을 낚고 말겠어."

"니나는 꼭 그 소리만 하더라. 하긴, 그게 너답지만."

본격적인 여름의 도래는 아직 좀 멀었지만 햇살도 강렬해지고 기온도 높아지면서 기분도 서서히 고조된다.

서로 편하게 어울리는 사람들과 함께할 첫 여름. 뭘 할 것인지 아직 정하지 않았지만 그래도 기대된다.

그 후 앞으로의 시험이나 SNS에서 유행하는 동영상 등 이런 저런 잡담을 나누고 있는데, 갑자기 내 옆구리를 살짝 찌르는 사람이.

굳이 시선을 돌릴 필요도 없이 보나 마나 내 여자친구의 짓일 테지만, 무슨 할 이야기라도 있나 보다.

(……우미, 왜 그래?)

(마키, 스마트폰.)

(?)

귓가에서 들리는 우미의 지시를 따라 내가 별생각 없이 주머니에서 스마트폰을 꺼내 보니, 내가 다른 애들과 떠드는 사이에 우미가 몰래 보냈는지 메시지가 도착해 있었다.

『(아사나기) 있잖아, 마키.』

『(아사나기) 다음에 갈 쇼핑, 기대해.』

『(아사나기) 제일 먼저 마키한테 보여줄 테니까.』

(……뭘요?)

(비~밀.)

에헤헤, 하고 장난스럽게 웃은 우미는 기분 좋은 얼굴로 아마미와 닛타의 대화 속으로 다시 끼어들었다.

지금까지의 이야기의 흐름으로 보아 우미가 나한테 뭘 보여주고 싶은 건지 알겠지만.

"……마키, 너 또 뭘 아사나기랑 속닥속닥 얘기해? 매번 하던 그거냐?"

"응. ……그렇지 뭐."

여름은 아직 멀었지만 내 마음은 이미 우미의 손에 이리저리 휘둘리기만 했다.

연휴가 끝나고 아직도 휴식에서 벗어나지 못하는 몸을 겨우 채찍질해, 공부와 아르바이트를 하며 간신히 5월을 버티고 드디어 6월. 전에 약속했던 대로 우리는 지난달 이후 처음으로 시내로 쇼핑 데이트를 하러 나갔다. 야외 데이트는 골든 위크 중에 단 하루 잡아두긴 했지만 연휴가 한창인 번화가에서 인파로 힘들어하는 나 때문에 제대로 즐기지도 못해서, 이번에 평소 모습을 되찾은 거리를 보고 나는 가슴을 쓸어내렸다.

"근데 우미, 뭐부터 먼저 살까?"

"나는 어느 쪽이든 상관없는데……. 근데 마키는 좋아하는 음식은 먼저 먹는 편이야? 아니면 아껴뒀다가 나중에 먹는 편이야?"

"갑자기 웬 질문? ……굳이 따지자면 먼저 먹는 편이지. 나중을 기대하는 것도 나쁘지 않지만 따듯하든 차갑든 시간이 지나면 미지근해지는 건 마찬가지잖아."

"흐음, 마키는 좋아하는 걸 앞에 두면 참지 못한다는 거네. 하여간 정말이지."

"그 말, 듣기에 좀 이상한데. 아무튼 네 쇼핑을 먼저 하는 거로 하자."

"알겠어. 그럼 바로 수영복 매장으로 가야겠다."

"얘가 이젠 숨기지도 않네."

나에게(아마 우미에게도) 이번 쇼핑의 메인인 수영복 고르기를 위해 우리는 역 빌딩 안에 있는 가게로 들어갔다. 이 시기에는 어느 가게든지 눈에 띄는 곳에는 여름옷이 즐비하다. 상큼하고 시원한 디자인의 옷을 입은 마네킹이 제일 먼저 눈에 들어왔다.

"아, 마침 오늘부터 세일 하나 봐. 자, 마키, 부끄러워하지 말고 이쪽으로 와."

"앗……. 아, 알았으니까 너무 잡아당기지는 마……."

여성용 수영복 매장에는 이미 특별 코너도 생겼는지, 그걸 본 우미는 내 팔을 꼭 붙잡은 채 안으로 성큼성큼 들어갔다.

"어서 오세요. 뭐 찾으시는 물건이라도 있으세요?"

"좀 이르긴 한데 여름에 입을 수영복을 보려고요. 새로 나온 것 중에 예쁜 것 있나요?"

"물론이죠. 그리고 일찍 구매하시는 게 여러 가지로 준비할 수 있어서 더 좋아요. 아, 혹시 옆에 있는 분은 남자친구? 편히 둘러보세요."

"아, 네, 전 신경 쓰지 마시고……."

코너에 손님은 몇 명밖에 없었지만 지금은 나 빼고 다 여자들뿐이다.

옆에는 남성용 수영복도 있어서 그쪽 상품을 둘러보는 것도 괜찮을 듯하지만……. 이 형언하기 힘든 이상한 압박감은 뭘까.

신상품 수영복이 진열된 곳으로 안내해 준 점원에게 고맙다고 말한 후, 이제 나한테는 우미가 괜찮은 것을 고르길 기다리다가 때로는 어떤지 감상을 말해주는 역할만이 남았다.

“마키는 어떤 수영복이 좋아? 집 책장 안쪽에 있던 ‘잡지’ 에는 노출도가 상당한~ 수영복이 취향이신 듯한데.”

“저어, 벌써 압수 수색 완료됐다는 소리는 하지 말아주시겠어요?”

그건 어디까지나 내 ‘잡지’ 취향이지, 여자친구가 입길 바라는 수영복이라면 그건 상황이 전혀 다르다.

예쁘고 몸매도 좋은 우미라면 어떤 수영복이든, 뭘 입어도 잘 어울릴 것이다.

수영복 디자인이나 개인 체형에 맞고 안 맞고의 문제도 있으니 매년 그랬듯 우미가 제일 마음에 든 것을 고르면 좋겠지만, 이번부터는 우미의 성격상 그렇게 되지 않을 듯하다.

분명 내 의견도 최대한 참고해서 결정할 테니까.

“마키, 솔직히 말해도 돼. 노출도를 줄이고 귀여움을 중심으로 하고 싶다거나, 그렇게 하지 않아도 된다거나. 어차피 마키한테만 보여주는 건데.”

“어? 나한테만……? 올해 입을 수영복을 고르는 게 아니었어?”

“아니, 오늘은 할머니 댁에 갈 때 것을 사는 거고 유우하고 니나랑은 나중에 또 고를 거야. 돈이 들긴 하지만 이번만 특별히.”

"아아, 그렇구나……."

오늘 고른 것으로 이번 여름을 날 줄 알았는데.

나한테 보여주기 위해서구나.

그렇게 생각하니 갑자기 기쁘기도 하고 부끄럽기도 했다.

"이렇게나 종류가 많으면 마키가 고민될 테니까, 내가 괜찮다고 보는 몇 가지 중에서 골라봐. 그럼 선택하기 쉽겠지?"

"알았어. 그럼 난 저쪽 휴게 공간에서 대기할 테니까 후보 고르기가 끝나면 불러——."

"그건 안 됩니다~."

그래서 결국 나는 이 분위기를 더 버텨야만 했다.

계산대 앞에서 우리를 흐뭇한 표정으로 바라보는 점원의 기척을 느끼며, 나는 우미와 같이 수영복 고르기를 시작했다.

여성용 수영복 중에서도 눈에 띄는 곳에 진열된 것만 봐도 종류가 상당했다. 노출도가 상당해 그라비아 잡지에서 볼 법한 것도 있었지만 그건 어디까지나 일부에 불과했고, 그중에는 옷처럼 보이는 패션적인 것이나 몸매가 별로 드러나지 않는(혹은 그렇게 여겨지는) 것이 요즘 인기인 모양이다.

무늬가 들어간 반바지를 입어봤다는 식의 조잡한 남성용 수영복 코너와는 전혀 수준이 달랐다.

"그러고 보니 우미 취향은 어떤 거야? 작년까지는 직접 골랐잖아."

"그거야 뭐. 아……. 작년에는 이런 거였지? 프릴 달렸고 별로 화려하지 않은 것. 노출이 아예 없지는 않은데 수영할 때 빼고는 겉옷을 걸쳤으니까 걱정 안 해도 돼."

"아니, 난 작년 일까지 독점욕 발휘할 생각은 없는데……."

우미가 손에 든 건 위쪽이 짧은 기장의 캐미솔로 된 수영복이었다. 이러면 배꼽은 보이겠지만 수영복이니까 이 정도는 허용 범위다.

그렇게 내 의견을 일일이 들으면서 후보를 세 가지까지 좁혔다.

여기까지는 우미의 취향이 반영됐지만, 지금부터 어느 하나를 고르는 게 내 일이다.

수영복을 입은 우미를 보고 내가 가장 마음에 들어 하는 걸 사겠단다.

우미가 그걸로도 좋다면 괜찮지만, 지금까지 여성용 수영복이라곤 잡지 이외에서 본 적도 없는 내가 과연 감각적으로 잘 고를 수 있을지.

어쨌든 책임이 막중하다.

"그럼 이번에는 나 정말로 매장 밖에 있을 테니까 다 입으면 부르는 거로……."

"좋았어~. 그럼 피팅 룸으로 Go~."

"……저어, 왜 제 허리를 단단히 붙들고 계시는지?"

아무리 연인 사이라고 해도 피팅 룸까지 같이 가는 건 안 되지 않나…… 하고 생각했지만, 점원 말에 따르면 남자 일행이 있는 손님에게는 따로 구분된 공간도 준비되어 있단다. 아예 피팅 룸 안으로 같이 들어가는 건 안 되지만, 방 옆에서 기다리는 건 괜찮다고 한다.

……세상에는 아직도 내가 모르는 일이 참 많은 것 같다.

"그럼 옷 갈아입고 부를게. 아, 마키도 괜찮으면 같이 들어갈래?"

"…………."

"후후, 미안, 미안. 그래도 솔직한 의견 말해주기야? 주변 시선 따위 신경 쓰지 말고."

"……알겠습니다."

마침내 나를 놔준 피팅 룸 커튼 너머로 사라진 우미를 나는 근처에 있던 의자에 앉아 개처럼 가만히 기다렸다.

조용해지자 우미가 옷 갈아입느라 천이 스치는 소리가 들릴…… 줄 알았지만, 매장 안에 흐르는 음악 덕분에 일단 편안하게 시간을 보낼 수 있을 듯하다.

최대한 석상처럼 무념무상을 일관하고 있자니, 첫 번째 수영복을 입었는지 우미가 커튼 틈으로 얼굴만 쏙 내밀었다.

"마키, 들어와도 돼."

"응……. 근데 점원이 안으로 같이 들어가는 건 안 된다고 그랬잖아."

"주변 시선이 신경 쓰이면 남자친구 정도는 잠깐 들여도 된다고 했어. 융통성 있는 좋은 가게인 것 같아."

"그렇구나. ……난 그런 얘기 못 들었는데."

아무튼 문제없는 건 사실인 듯해서 나는 우미의 손짓을 따라 피팅 룸 안으로 들어갔다.

커튼을 통과하자 커다란 거울 앞에 수줍게 뺨을 붉히는 수영콕 차림의 우미가 있었다.

"음……. 어때?"

"아, 그게……."

귀엽다.

……나도 모르게 그런 감상이 튀어나왔는데, 첫 번째 수영복은 우미가 작년에 샀다는 캐미솔 타입이었다. 입기 전부터 잘 어울릴 거라는 상상은 했지만, 평소에는 어른스러워도 때로 천진한 어린아이 같은 발랄함이 있는 우미에게 이 수영복이 참 잘 어울렸다.

작년에 빨리 친구가 됐다면 이 모습을 눈에 담을 수 있지 않았을까 하는 생각이 들 만큼.

우선 그 의견을 우미에게도 확실히 털어놓았다.

"흠, 그래? 작년과 비슷한 계통이지만 반응이 나쁘지 않은걸? 그럼 두 번째 갑니다."

"내 개인적으로는 바로 이걸로 결정해도 좋은데……. 그러는 편이 더 빨리 끝날 테고."

다시금 피팅 룸을 나온 나는 아까처럼 미술품같이 고개를 숙인 상태를 유지하며 여자친구의 부름을 기다렸다.

옆에서 보면 차분하게 보이겠지만, 내 속은 두근두근 정신이 하나도 없었다.

"……마키, 어서 와 봐."

이어서 두 번째. 이번에는 첫 번째보다 배가 잘 가려져 있는 타입으로, 바다에서 헤엄치기보다 해변에서 놀면서 살갗도 안 탈

듯해 좋아 보였다. 몸매도 크게 강조되지 않아, 어디에 눈을 두면 좋을지 모를 나한테도 도움이 되는 수영복이었다.

"그래서 이건 어때?"

"우선 노출도가 적어서 감사할 따름입니다. 그리고 강에서 노는 거라면 이걸로도 충분하겠고 배도 차갑지 않을 테니 기능적으로 훌륭합니다."

"오~. 또 평소 마키의 논리가 튀어나왔군. 하긴 나도 이게 제일 무난하긴 해. 그럼 다음 세 번째가 마지막이네."

"마지막……. 응. 그럼 준비되면 불러."

"으, 응."

마지막 수영복을 앞에 두고 살짝 어색한 분위기가 감돌았지만, 타입이 전혀 다른 후보 셋을 놓고 고려해 보면 이렇게 되는 것도 어쩔 수 없다.

첫 번째는 작년과 동일, 두 번째는 노출이 적은 무난한 것.

그럼 남은 세 번째는 제법 모험적인 것이 될 수밖에 없는데.

――음……. 괘, 괜찮, 겠지? 응, 어디 이상한 곳은 안 보여. 그래, 괜찮아, 괜찮아.

……종종 그런 우미의 중얼거림이 들리기도 했지만 나는 아무것도 안 들린다. 응, 괜찮아. 아무 문제없다고.

"마, 마키."

"으, 응."

남의 눈을 피하듯 재빨리 안으로 들어간 나는 천천히 우미 쪽으로 시선을 돌렸다.

"에, 에헤헤……. 고를 때는 괜찮을 줄 알았는데 막상 입어보니까 좀 부끄럽네. 마키한테 이렇게 몸을 훤히 드러내는 것도 처음이고."

"그래, 정말 그러네."

우린 항상 틈만 나면 서로 끌어안고 주변 사람 닭살 돋게 애정행각을 벌이지만, 같이 목욕탕에 들어가거나 옷 갈아입다 실수로 알몸을 엿보는 그런 해프닝은 전혀 없었다.

딱 한 번 연말에 내가 아팠을 때, 우미가 몸을 닦아줘야 해서 내 상반신 알몸을 보인 적이야 있었지만 정말 그것뿐이다.

그리고 물론 그 반대 상황도 없었다.

"오랜만에 모험해 봤는데…… 어때? 어울, 려?"

"어, 그야 물론, 응."

우미가 마지막에 입어본 수영복은 완벽한 비키니 타입이었다. 노출도는 가게에 있는 옷 중에서 중간 수준이었지만……. 그래도 몸매가 좋은 우미가 입으니 역시 여러 가지 강조되는 부분이 있었다.

……솔직히 눈을 어디 둬야 할지 모르겠다.

"마키, 기왕 이렇게 입었는데 제대로 감상을 말해줘. 조금은 빤히 쳐다봐도 화 안 낼 테니까."

"네가 그렇게 말한다면야……. 그럼, 실례 좀 할게."

점점 뺨이 열기로 달아오르는 걸 느끼면서 나는 천천히 시야 속에 수영복 차림의 여자친구의 모습을 담았다.

"한 바퀴 빙 돌아볼까?"

"아, 그건 편한 대로."

"그래? 그럼 조금만."

내 앞에서 정말로 빙그르르 도는 우미를 가만히 바라봤다.

노출도 문제는 지금껏 계속 거론한 거니 그렇다 치고, 이 수영복은 아까 그 두 개와 비교하면 훨씬 어른스러운 분위기가 났다. 프릴은 전혀 없고 어두운 색으로 된 차분한 분위기가 나는 푸른색 계열 소재로, 위아래 모두 끈으로 묶는 종류였다.

"……네, 잘 알겠습니다. 보여주셔서 감사합니다."

"응, 그래서 어때?"

"엄청 개인적인 의견이 될 것 같지만 괜찮을까?"

"물론이지. 처음부터 마키 취향에 맞추겠다고 했잖아."

보나 마나 나중에 '야해!' 같은 소리나 듣고, 이후에도 계속 쿡쿡 옆구리를 찔릴 빌미가 될 것 같지만, 지금 이 자리에서 눈치를 보는 건 기껏 용기를 내어 모험한 우미한테 미안한 일이다.

"우선 결론적으로 나는 이제 우미가 제일 예쁘게 보이는…… 것 같아. 넌 몸매도 좋으니까 당당하게 밖으로 드러내도 부끄러울 것 하나 없기도 하고."

"그, 그래? 하긴 평소에도 식사와 운동을 신경 쓰며 노력도 하니까 그게 당연하긴 한데. 네가 이게 제일 좋다고 하면 난 이걸로 사도 돼……. 근데 아직도 남은 감상이 있는 듯한데?"

"……역시 딱 알아보시는군요."

"당연하지! 내가 몇 년이나 네 여친으로 지낸 줄 알아?"

"아직 반년도 안 지났는데……. 아무튼 남은 감상을 말하자면, 셋 중에서 네가 제일 고르지 않았으면 좋겠다 싶은 수영복이라고 생각해."

입어주니까 기쁘긴 하지만, 동시에 내키지 않기도 했다.

모순된 감정이지만, 우미에게 앞서 전제를 깔아둔 것처럼 이게 내 솔직한 감상이다.

알아서 심정을 파악해 달라고 할 셈은 아니어서 나는 분명한 말로 이유를 설명했다.

"솔직히…… 그걸 입은 우미 네가 너무 어른스럽고 예뻐서 난 입어주기만 해도 좋은데, 다른 사람한테 보여주기 싫다는 생각도 들었어. 대체로 수영복은 바다나 수영장…… 그런 공공장소에서 입는 거잖아."

오늘 고른 건 이번 외출 때를 위해, 그것도 내 앞에서만 입는다는 조건이었지만 밖에서 입는다는 시점에서 남의 눈에 띌 가능성이 없지는 않다.

"내가 보는 건 괜찮지만 다른 사람은 안 된다……. 쉽게 말해서 그거야."

"아하, 그렇구나. 그래, 나도 알고 있었어. 친구가 되고 났을 때부터 감을 잡았지만 마키는 독점욕이 상당하더라. 작년 문화제 때도 그랬지만, 최대한 같이 있어 주지 않으면 금방 외로움을 타고 말이야."

"그건…… 분명 널 닮아서일 거야."

나는 외톨이가 됐을 때 고독에 내성이 있는 사람인 줄만 알았다.

그러나 우미가, 제일 좋아하는 여자애가 곁에 있어 줄 때의 편안함을 알게 된 지금은 외로움을 잘 타는 성격으로 변했다.

“그래서 세 번째 것의 감상은 이상입니다. 종합적으로 봤을 때, 저는 첫 번째나 두 번째가 좋다고 봅니다.”

“그렇구나……. 마키가 보고 싶다고 하면 난 좀 모험을 해도 괜찮은데. 만약 남의 눈이 닿는 곳에 가더라도 그런 내가 옆에 있으면 너도 자랑스러울걸?”

“그거야 그렇지만, 다른 사람한테 네 모습을 보이고 싶지 않은 마음이 더 강해서. 우미는 나를 멋지게 보이게 하기 위한 액세서리도 아니고, 그…….”

할 필요도 없는 곳까지 입을 놀린 것 같지만, 이렇게 된 이상 끝까지 말하지 않으면 우미도 이해해 주지 않을 것이다.

“그, 뭔데?”

“소, 소중한 보물 같은 존재……니까.”

내 개인적 생각으로 액세서리는 멋을 내기 위한 물건이지만, 보물은 소중히 간직하는 것이기에 결국 그 결론은 변함이 없었다.

그 정도로 나는 우미를 그 누구보다도 소중히 여긴다. 마음이 너무 지나쳐서 구속하지 않도록 노력은 하지만, 한 번 싹튼 질투심이나 독점욕을 조절하는 건 지금 나에게 다소 어렵다.

우미 역시 마찬가지니까.

“보물……이라. 후후, 그래, 그래. 그렇게까지 말한다면 나도 마키가 시키는 대로 해야겠네.”

“고마워. 그럼 첫 번째 아니면 두 번째…….”

“아니, 이걸로 할 거야.”

"……으응?"

이걸로 하겠다니, 그럼 지금 입고 있는 수영복을 사겠다는 뜻인데.

"저어, 우미 씨? 제 말 듣긴 했어요?"

"물론이지. 마키는 이게 제일 좋지? 그러니까 이걸로 할래."

"아~……."

"자, 이제 옷 입어야 하니까 잠시 밖으로 나가. 아니면 우리 야한 마키는 수영복 말고 다른 것도 보고 싶나 봐?"

"으으……. 나중에 이유 말해줘야 해."

"알았다니까."

피팅 룸에서 쫓겨난 나는 조마조마한 마음으로 우미가 옷을 다 갈아입길 기다렸다.

아무리 내 의견을 참고한다고는 하지만 최종 결정권자는 우미이기에, 우미가 '이걸로 하겠다' 라고 하면 내가 뭐라고 제지할 수는 없다.

우미도 자기 나름의 생각이 있을 테니 이런 선택을 했겠지만……. 아무튼 지금은 기다리는 수밖에 없다.

몇 분 정도 기다리자 원래 사복 차림으로 돌아온 우미가 피팅 룸에서 나왔다. 수영복을 결정해서 만족스러운 표정을 지으며 점원에게 세 번째 수영복을 사겠다며 그대로 계산을 마쳤다.

"마키, 많이 기다렸지? 그럼 이제 마키 옷이나 고르자."

"응. ……근데 정말로 그거 사도 되겠어?"

"물론이지. 이번에는 이걸 가지고 가지 못해서 아깝기도 하지만, 대신 작년에 입었던 수영복으로 가져가면 되니까."

"……일단 걸으면서 얘기할까?"

"그래."

자연스럽게 손가락을 꼭 얽으며 내 손을 잡는 우미와 나란히 위에 남성복 중심 매장이 있는 층으로 향했다.

마침 에스컬레이터에 탔을 때, 우미가 입을 열었다.

"마키, 어쩌지? 나 정말로 사버렸네."

"응, 우미, 엄청난 모험을 했어."

"헤헤, 미안해. 그래도 아까도 말했지만 이건 나와 마키 둘만 있을 때 입을 테니까 걱정 마. 밖에서는 절대로 안 입어."

"그러면 수영복으로 쓸모가 없잖아. 좀 아까운데."

"그렇지. 하지만 나도 마키 말고 다른 남자한테 내 맨살을 드러내는 게 싫어서. ……작년까지는 그런 건 신경도 안 썼는데."

연인 사이가 되고부터 내 내면이 변화한 것처럼 우미도 지금까지와 다른 심경 변화가 생긴 모양이다.

내가 우미를 소중히 여기는 것처럼 우미 역시 나를 아끼고 그걸 말과 행동으로 보여주려 한다.

나를 그렇게나 놀렸던 우미도 마찬가지로 나를 많이 좋아하나 보다.

"이것의 용도는 다음에 생각하기로 하고……. 마키, 내가 이렇게 용기 내서 골랐으니까 다른 여자애나 보고 실실거리면 안 돼. 좋다고 헤실거리고 야릇한 눈으로 보는 건 나한테만이야. 약속, 알겠지?"

"응, 지금은 너한테만 푹 빠져 있으니까 그럴 가능성은 전혀 없을 듯한데."

어찌 된 인연인지 내 주변에 여자애들이 많긴 하지만, 이성적으로 매력을 느끼는 건 지금은 아사나기 우미 단 한 명뿐이다.

아마미나 닛타 등 예쁘다고 느끼는 애들도 있지만……. 그건 어디까지나 외형적인 의미에서고, 내 입장에서는 '친구'로밖에 보이지 않는다.

"아, 근데 작년 수영복도 기대해도 돼. 오늘 산 것에 비하면 많이 무난하지만, 그래도 예쁜 건 변함이 없으니까."

"그렇구나. 그렇게 말한다면야 기대할게."

"응, 물론 '이쪽'도 언젠가……는?"

이렇게 또 소악마 모드로 변한 우미가 장난스럽게 웃으며 내 팔에 매달려 바짝 달라붙었다.

최대한 의식 안 하려고 애를 쓰고는 있지만.

……우미, 역시 가슴이 많이 풍만해진 것 같은데.

닛타도 슬쩍 말했지만, 작년 수영복 사이즈로 괜찮긴 할까.

절대로 입 밖으로는 꺼내지 않았지만, 지금은 그게 제일 걱정이었다.

이번 데이트의 메인(이라고 나는 생각한다)인 우미의 수영복 고르기도 무사히 끝났고, 이제 내 옷 고르기가 남았다.

아직 우미의 옷 고르기가 남아 있긴 하지만, 맨 처음부터 자극적인 이벤트를 겪고 나니 이제 난 무슨 일이 있어도 별것 아니라는 기분이 들었다.

"마키, 오늘 옷은 내가 다 골라도 돼? 아직도 네 얼굴이 미묘하게 건강하지 못한 건 어쩔 수 없지만, 옷이라도 깔끔한 거로 해야지."

"나도 자정 전에는 꼭 자는데 말이지……. 옷은 내 예산이 어느 정도인지 아니까 일단 맡기겠습니다."

불규칙한 생활이 되지 않도록 매일 같은 시각에 자려 하지만, 때로는 잠들 때까지 시간이 걸려서 두 시간 이상 침대에서 최적의 수면 자세를 찾아 뒤척일 때도 있다.

우미가 곁에 있으면 5분 만에 바로 쿨쿨 잠들 수 있지만……. 그건 너무나 응석만 부리는 것 같아 그냥 운동 시간을 더 늘리는 등 방법을 고안해 보는 게 낫겠다.

"후후, 자, 그럼 뭐로 할까~. 괜히 멋 부릴 필요는 없지만, 가끔은 마키가 다른 분위기로 있는 것도 보고 싶으니까……. 마키, 이것과 이것 맞춰 입어볼래? 아, 저기 있는 모자도."

우미는 완전히 자기 취향을 반영해서 잔뜩 신난 얼굴로 나한테 어울리는 옷차림이 뭔지 이래저래 고민하고 있다.

나한테 어울리는지 아닌지 내 어설픈 패션 센스로는 뭐라고 할 말이 없지만, 때때로 우미의 입에서 무의식적으로 흘러나오는 "음, 멋있어."라는 중얼거림을 들으면 나도 은근 싫지 않다.

너무나도 좋아하는 여자친구에게 받는 칭찬은 마냥 좋다.

그리고 약 한 시간. 남성복 매장의 진열대 대부분을 체크한 우미의 열성 덕분에 시간이 좀 걸리긴 했지만, 위에서 아래까지 드디어 우미가 만족할 세트를 갖췄다.

"……응, 좀 더 좋게 꾸밀 수 있을 듯하지만 그러다간 하루가 다 갈 것 같으니까 오늘은 이 정도로 타협하지 뭐. 마키, 보니까 어때?"

"정말 좋아. 이 정도라면 너희 할머니 앞에 서도 괜찮겠어."

위에는 심플한 디자인의 서머 니트, 아래는 데님 반바지였는데 옷이 단순한 만큼 손목에 차는 액세서리나 모자 등으로 전체 분위기를 조정하는 느낌이다.

나는 알로하 셔츠처럼 화려한 무늬나 탱크톱처럼 살이 훤히 드러나는 옷을 좋아하지 않는데, 이런 부분까지 제대로 고려해 주는 것에서도 우미의 배려가 느껴진다.

그 외의 다른 후보의 옷도 수없이 입어봐서 생각보다 훨씬 지쳐버렸지만, 나도 우미도 납득할 선택이어서 참 다행이다.

……아주 조금 예산을 초과했지만, 그건 나중에 점심값 등을 절약하면 된다. 때로 패션에는 인내심이 필요하다고 들었는데, 이게 바로 그런 건가 보다. 아마도.

"좋아. 순조롭게 수영복도 샀겠다, 이제 마키 옷도 마련했네. 그럼 일단락됐으니 어디서 잠시 쉴까? 내가 이리저리 끌고 다녀서 많이 피곤하지?"

"뭐, 조금 그렇지. 배도 고프니까 뭐 단거라도 먹을까?"

"그거 좋지. 잘 먹겠습니다."

"하여간 까불긴……. 하긴 그건 따로 확실히 준비해 놨으니까."

"와아! 그럼 지하에 있는 스위츠 무한 리필 가게로 가자. 제한 시간이 짧지만 그만큼 지갑에도 도움이 될 테니까."

여자친구와 둘이서 쇼핑에 간식 타임. 요즘 어디에나 있을 법한 학생 커플다운 휴일을 만끽 중이지만, 평소 우리 집에서 느긋한 시간만 보내는 만큼 때때로 이렇게 노는 것도 기분전환이 돼서 나쁘지 않다.

다만 둘이서 꽁냥거리고 싶을 때 남의 눈이 있어서 아쉽지만……. 우리가 이미 충분히 닭살 돋는 커플이라고 타박할 아마미도 닛타도 지금은 없으니, 그냥 그렇다고 생각하기로 하자.

"～♪ ～♪ ♪"

기분이 좋아 콧노래까지 흥얼거리는 우미를 바로 옆에서 느끼며, 잠깐 쉬기 위해 매장을 빠져나왔다. 시간은 오후 4시가 다 되어가려던 때라 손님의 수도 조금 줄어들어서 휴식 후에는 남의 시선을 덜 신경 쓰고 쇼핑할 수 있을 것 같다.

멍하게 그런 생각을 하면서 시설 내 사람들의 흐름을 지켜보고 있는데, 액세서리 숍 가장자리에서 불편한 듯 두리번거리며 진열대 상품과 눈싸움을 하는 사람이 문득 눈에 들어왔다.

"……음? 저건……."

모자를 깊이 눌러쓰고 컬러 셔츠를 입은 키 큰 남자. 여자와 함께 있는 다른 남자와 비교해도 머리 하나는 키가 더 크고, 덩치도 듬직한 것이 보였다.

어디서 많이 본 익숙한 실루엣인데.

"? 마키, 왜 그래? 뭐라도 발견했어?

"아, 응. 저기 있는 검은 모자……. 봐, 지금 저기서 목걸이를 손에 쥔 사람."

"아하, 저 사람? 근데 왜 저렇게 행동이 수상하지……? 혹시 도둑?"

"아니, 그게 아니라…… 닮지 않았어? 노조무랑."

"세키랑? ……어, 그러고 보니 그러네?

사복 차림이어서 쉽게 알아보기 어려웠지만, 옅은 갈색 머리에 모자 사이로 슬쩍 나온 옆얼굴이 분명 노조무였다.

뭔가를 찾는 것 같아 방해하지 않는 게 나을 성싶었지만……. 뒷모습이 혼자 쓸쓸해 보여서 나와 우미는 말을 걸어보기로 했다.

"노조무."

"안녕, 세키."

"헉……?! 너희가 여긴 웬일로? 그리고 갑자기 뒤에서 부르면 놀라잖아."

"그런 것치고는 친구들을 찾아서 안심한 표정으로 보이는데? 근데 세키, 여기서 뭐 하는 거야? 동아리 땡땡이치니?"

"그럴 리가. 오늘은 감독님 집안 사정으로 오전까지만 연습이었어. 아니, 근데 내가 어디서 뭘 하든 무슨 상관이야."

"그거야 노조무 네 말이 맞지만 장소가 좀……."

"그래, 세키 넌 모르겠지만 너 진짜 수상해 보였어. 내가 이상한 착각을 할 정도로."

"으윽……."

여기서 스포츠용품점이라거나 아까 우리가 있었던 남성복 매장이었다면 그냥 넘어갔겠지만, 여긴 여성용 액세서리 숍이다.

많은 젊은 여성들 속에서 혼자 덩그러니 물건을 고르고 있으니 유난히 눈에 띌 수밖에.

"어, 어쩔 수 없잖아. 난 이런 곳에 잘 오지도 않고 뭘 고르면 좋을지 몰라서. 그래도 오늘 안 사면 내일부터 밤늦게까지 연습만 해야 한다고. 이제 여름 예선도 얼마 안 남았으니까."

지금까지 내 머리는 여행 생각으로 꽉 차 있었는데, 그러고 보니 여름은 동아리의 계절이기도 하다. 그리고 3학년들한테는 여름이 마지막 대회이기도 하니까 동아리 따라서는 휴일을 반납하고 연습할 때도 많다.

"그런데 노조무는 여기서 뭘 사려는 거야? 설마 본인 것을 사려는 건 아닐 테고……. 혹시 누구한테 선물하려고?"

"……응, 다음 달이 아마미 생일이잖아? 그래서 나도 친구로서 최소한 뭔가 해주고 싶어서."

"……음?"

아마미의 생일.

그러고 보니 완전히 잊고 있었다. 우미 생각만 하느라 깜박했지만, 당연히 1년에 한 번 아마미나 닛타, 노조무, 그리고 나까지 그날이 다가오는 법인데.

"마키 너, 혹시 유우 생일 기억 못 해? 걔는 자기소개할 때 그런 건 다 말하는데."

"아, 아하하……."

"뭘 웃어넘기는 거야? 하긴 그러고 보니 마키는 작년에 제일 먼저 자기소개 했다가 망쳐서 그럴 틈이 없었지. 그럼 어쩔 수 없겠네."

"안 좋은 기억이 떠오른다……."

그렇지만 그게 나와 우미가 친해지는 계기였으니 참 인생은 알다가도 모를 일이다.

"그래서 아마미의 생일이 언제인데?"

"7월 7일. 칠석(七夕)이야. '유우(夕)' 라는 이름도 거기서 따왔대."

"물론 그것도 자기소개 때 말했지."

"그, 그랬군요."

작년부터 제법 친하게 지냈던 친구 생일도 기억 못 하다니 아직도 난 야무지지 못한 것 같다.

그리고 내 생일은 8월 6일로, 이건 친구들 모두가 안다.

그렇게 생각하면 이 여름은 여름방학 말고도 염두에 둬야 할 것이 많다.

"그럼 나는 좀 더 혼자 고민해 볼게. 너희의 조언을 듣는 것도 나쁘진 않겠지만 그래서는 내 마음이 잘 전해지지 않을 테니까."

"흐음~. 세키 너도 애쓰는구나."

"아니, 난 별로 그렇지도 않아. 물론 아마미를…… 아직 좋아하긴 하지만, 이건 어디까지나 '친구' 로서 주는 선물이니까."

그런 것치고는 표정이 상당히 심각했는데.

하지만 그런 면도 세키답다.

불퉁하지만 다정한 면이 훤히 보이는 성격이랄까.

"……그래. 그러면 아마미도 분명 기쁘게 받을 테니까 너무

심하게 고민하지는 말고.”

“그래, 고마워. 여름 예선 시합 응원도 잘 부탁해. 어떤 팀과 맞붙느냐에 달렸지만 올해는 괜찮은 데까지 올라갈 것 같아. 내 등 번호는 10번이지만 에이스인 건 여전하거든.”

“알겠어. 물론 나뿐만이 아니라 다른 애들도 같이 갈게.”

“갈 수 있으면 갈게.”

“야, 갈 수 있으면 간다고 한 사람이 정말로 온 건 내 경험상 지금까지 10퍼센트도 안 된다고.”

“그래도 경기에 따라서는 평일일 수도 있잖아. 그렇다면 오히려 가겠다고 쉽게 말하는 게 더 안일한 거 아냐?”

“휴일이면, 오라고……. 근데 요즘 난 아사나기가 제2의 마키로 보이기 시작해…….”

학교에서는 서로 다른 반이지만 매일 같이 있는 건 변함없어서 다소 영향받는 것도 있을 것이다. 내가 우미한테 영향을 주듯, 우미도 나한테 영향을 준다.

“아아, 너희 닭살 커플이랑 얘기하면 정신만 없으니까 나는 내버려두고 어서 마저 데이트나 하셔. 그럼 이만.”

“하하……. 그럼 학교에서 보자.”

“또 보자. ……참고로 유우는 귀걸이를 좋아하는 편이야.”

“……조언 고마워.”

한 차례 대화를 마친 후, 우리는 그곳에 노조무를 남겨둔 채 예정대로 지하의 레스토랑 식당가로 이어진 에스컬레이터로 향했다.

"마키, 어떻게 생각해?"

"? 뭐가?"

"세키 말이야. 요즘은 유우도 그렇게까지 재랑 거리를 두는 느낌도 안 드니까……. 나도 약간은 도와줘도 될 것 같더라고."

"으음~……. 우미가 그렇게 말해주면 노조무도 기뻐할 거야……."

우미가 먼저 그런 제안을 한 건 의외였지만 그만큼 우미를 비롯한 세 소녀가 노조무를 '친구'로 인정하기 시작했다는 뜻이다.

하지만 그건 어디까지나 '친구'로서지, 아마미의 마음이 거기서부터 어떻게 움직일지는 알 수 없다.

괜히 간섭했다가 어떤 가능성을 완전히 무너뜨리게 되는 일은 아마미뿐만 아니라 노조무도 원치 않을 것이다.

만약 아마미가 아니라 평소에 늘 만남을 추구하는 닛타라면 상황은 전혀 달라지겠지만.

"있잖아, 우미. 아마미는 어떤 사람을 좋아할까?"

"글쎄……. 내가 보긴 지금 본인도 잘 모를 것 같아. 슬쩍 물어봐도 되겠지만, 그래도 아마 엄청 진지한 표정으로 '우미 같은 남자'라고 말할 것 같아. 진짜로."

"그건…… 좀 이해가 가는데."

한결같은 성격은 아마미의 장점이지만, 그렇다고 해서 아마미의 마음속까지 모두 알 수 있는 건 아니다.

여름방학을 계기로 지금까지의 관계성이 크게 변화하는 일은 흔하지만, 과연 우리 다섯 명은 어떻게 될지.

본격적인 여름의 시작까지 얼마 남지 않았다.

여름방학은 다음 달부터지만 나와 우미에게 그 시작은 아마 오늘부터일 것이다.

드디어 다가온 6월 말의 3일 연휴. 우리 고등학교에 다니는 학생들에게만 주어진 토, 일, 월의 3일 연휴 첫날.

2박 3일의 예정으로 할머니 댁 방문을 할 우미와 소라 아주머니와 동행하게 된 나는 전날 싸둔 가방을 짊어지고 아사나기 가족의 집으로 향했다. 물론 당연하다는 듯 날 데리러 온 우미와 같이.

일기예보에 따르면 사흘 내내 맑은 날씨라고 해서, 오늘은 아침부터 구름 한 점 없는 하늘에 뜬 태양이 내 건강치 못한 흰 피부에 햇살을 쏟아붓고 있다. 체감 온도만큼은 이미 한여름 상태다.

"마키, 선크림 발라줄 테니까 팔 내밀어. 그리고 목덜미도. 아, 또 입술이 푸석푸석해졌네……. 아침이라고 그렇게 멍하게 있으면 안 돼, 알았지?"

"미안. 어제 마음이 영 가라앉지를 않아서 잠이 안 오더라고. ……근데 립밤 정도는 내가 알아서 바를 수 있는데."

"내가 해주는 게 더 빨라……. 자, 됐다. 내 것으로 발라서 간접 키스가 됐는데 혹시 싫은 건 아니지?"

"아니, 그건 아니야."

선크림, 립밤, 땀 방지 스프레이, 땀 닦는 시트, 얼굴 유분 제

거 종이. 작년까지는 전혀 쓰지도 않았던 것이 내 가방에 잘 갖춰져 있다.

그것 외에도 갈아입을 옷과 여분의 속옷, 타월, 거기서 가지고 놀 게임 등 의외로 짐이 많아지고 말았다. 2박이지만 그래도 여행은 여행이어서 분명 이 정도는 필요할 것이다. 우미의 짐은 이미 차에 실어뒀다는데, 아마 내 것의 1.5배는 될 것이다.

"그래서 마키."

"응?"

"오늘 나 어때?"

"그거 아까 집 나설 때도 했던 말인데."

"그랬나? 오늘은 아침부터 더워서 나도 머리가 멍했으니까, 그것만 안 물어봤을지도 몰라."

"그거참 편리한 기억력인 것 같습니다만……. 그럼 그런 우미 씨를 위해 한 번 더 말씀드려야겠네."

나는 어흠, 하고 한 번 기침을 한 후 우미를 시야 한가운데 담으며 말했다.

"오늘은 특히 더 귀여……워, 우미."

얼마 전의 쇼핑으로도 어느 정도 파악은 했지만, 우미도 맵시 내는 데 상당히 힘을 준 모양이다. 그 미모는 내 예상을 가볍게 뛰어넘을 정도였다.

여행을 떠나는 것이기도 해서 오늘 우미는 평소와 같은 러프한 차림새가 아니라 상큼한 파스텔 컬러 원피스를 입은 모습이었다. 피부 착색이나 점 하나 없는 흰 어깨가 드러난 민소매, 그리고 기다란 다리가 돋보이는 짧은 스커트. 샌들에서 살짝 엿보이는 발톱도 다듬어져 있어서 세세한 곳까지 준비한 것을 알 수 있었다.

그리고 머리 위에 얹힌 밀짚모자가 여름다운 분위기를 느끼게 했다. 우미를 계속 바라보고 있자니 벌써 여름방학에 발을 들인 기분이 들었다.

좀처럼 재치 있는 칭찬이 떠오르지 않는 게 답답할 노릇이다.

아무튼 오늘 우미는 한층 더 멋지다. 그뿐이다.

"후후, 그래, 그래. 다행이다. 할머니 댁에 가는 것뿐인데 내가 너무 유난스럽다며 엄마한테도 놀림을 받았지만. 그래도 마키가 그렇게 말해주니까 기뻐. ……에헤헤."

내가 데이트할 때마다 우미를 칭찬하고 그럴 때마다 우미는 뺨을 살짝 붉히며 수줍어하지만, 오늘은 훨씬 더 귀엽고 예쁘다.

그렇지만 이걸로 가슴이 벅차면 안 된다. 오늘은 아직 이게 끝이 아니기 때문이다.

그 후에도 길에서 똑같은 대화를 몇 번이나 반복하면서 바보 커플의 닭살 짓을 하느라 평소보다 훨씬 더 시간이 걸려 우미네 집에 도착했다.

"――애들이 이제야 왔네. 보나마나 남의 눈치도 안 보고 꽁냥거리다 왔지? 이렇게 더운데도 바짝 붙어서. 땀도 안 나니?"

"어? 땀은 나지만 난 신경 안 써. ……아니, 마키, 여친이 이렇게 기쁜 소리를 하는데 곧바로 그늘로 가려고 하면 어떡해?"

"아니, 진짜 더워서."

우미와 애정 행각을 벌이느라 잠시 잊고 있었지만, 이 기온이라면 열사병을 조심해야 한다.

특히 나는 컨디션이 안 좋아질 때도 많아서 괜히 폐를 끼치지 않도록 그 부분은 냉정히 대처해야겠다.

출발까지 아직 시간이 남아서 집 안에서 차가운 음료라도 마시기로 했다. 우미에게서 보리차가 담긴 컵을 건네받고 나는 그걸 한 입 꿀꺽 마셨다.

소라 아주머니는 아직 집 밖에 있어서 지금 이 집 거실에는 우리밖에 없다.

"——있잖아, 마키."

"왜?"

"……키스하자."

웬일로 조용한 분위기가 흐르는 아사나기 가족의 집에서, 옆에 앉아 있던 우미가 내 쪽으로 몸을 기울이더니 그렇게 귓속말을 했다.

연인이 되고 나서 키스는 몇 번이나 했지만, 이 타이밍에서 그렇게 속삭이면 나도 초조해질 수밖에 없다.

"괜찮긴 한데, 갑자기 왜 그래?"

"그거야 한동안 이동해야 하는데 그러면 우리 둘만 있을 타이밍이 없게 되잖아? 그러니까 그 전에 해두고 싶어서."

"아하, 그렇긴 하네……."

이번에는 우미네 집안 사정으로 가는 외출이라 지금처럼 둘만 있을 기회는 별로 없을지도 모른다.

……물론 설령 그렇다고 하더라도 우미라면 적절한 순간에 나를 끌고 가 남몰래 꽁냥거리는 시간을 갖겠지만.

게다가 나 역시 지금 하기 싫은 것도 아니고.

"그럼 나도, 키스, 부탁해도 돼?"

"응. ……이런 식으로 몰래 하는 것도 두근두근해서 좋다, 그치?"

"우리 집이라면 모를까, 지금은 우미네 집이잖아."

두근두근 가슴이 뛰긴 하지만 출발까지 시간도 얼마 남지 않아서 그렇게까지 제대로 하지 못하는 게 좀 아쉽다.

우미가 눈을 감고 내 앞으로 입술을 살짝 내미는 것에 맞춰, 나는 늘 그랬듯 내 입술을 우미의 것과 포갰다.

내 감각으로는 이러고 있으면 주변 소리가 서서히 멀어지면서, 우미 이외의 다른 것은 아무 반응도 느껴지지 않는다. 다른 건 아무래도 상관없다는 생각이 들면서, 눈앞에 있는 이 소녀의 존재만 느끼고 싶다는 욕심이 생긴다.

여행만 아니었다면 참지 않아도 되는데…… 하는 후회도 조금 들었지만, 여행에서만 얻을 수 있는 것도 분명 존재한다.

그래서 아쉽지만 바로 입술을 떼기로 했다.

"……에헤헤, 해버렸다. 우리 정말 왜 이러나 몰라."

"그러게. ……그래서 어땠어?"

"이제 충분하다고 말하고 싶긴 한데……."

그렇게 말하면서 우미는 목을 쭉 펴며 소라 아주머니가 있을 현관 쪽 상황을 확인했다.

"……한 번 더."

"조용해진 걸 보니 이제 우리 부르러 오실 것 같은데."

"한 번 더."

"고집쟁이."

그러나 이렇게 내 앞에서만 고집을 부리는 우미가 귀여워서 견딜 수가 없다.

그래서 결국 우미의 요구를 다 들어주게 된다.

멀리 나가 외박하는 여행이라 잔뜩 신이 났는지 오늘 우미는 아주 적극적이다.

"그럼 한 번만 더."

"응."

뺨을 살짝 붉힌 우미가 아까처럼 내가 다가오길 기다린다.

그런 식으로 있으니 만약 누가 이 상황을 보게 되더라도 나는 이제 멈출 수가 없다.

……그런 생각을 한 직후.

"——엄마? 나도 짐 다 쌌는데, 차는 내가 운——."

""……어?""

"——전, 을……?"

거침없이 발소리를 내며 거실로 들어온 리쿠 씨와 우리 둘의 시선이 그 순간 딱 마주쳤다.

리쿠 씨가 잔뜩 달아오른 표정으로 서로를 부둥켜안고 당장에라도 두 번째 키스를 하려는 우리의 모습을 말없이 바라보고 있다.

"아, 아아……."

조금씩 상황이 이해되는 와중, 리쿠 씨의 입술이 서서히 씰룩이며 일그러진다.

이거 골치 아픈 걸 목격했다는 식의 표정이다.

"아, 저어……. 아, 안녕하세요, 리쿠 씨."

"그래……. 안녕."

"……죽어, 망할 오빠."

"야, 우미……. 죄송합니다. 남의 집에서 이런 짓을……. 알고는 있었는데 저, 제가 자제를 못 해서 그만."

"아니, 보나 마나 저 바보가 너한테 고집이라도 브린 거겠지 뭐. 걱정 마. 다 아니까."

우미를 감싸려 했는데 바로 사실을 들키고 말았다.

평상시 리쿠 씨는 우리(라기보단 우미)를 대하기 거북해하는 것 같았는데, 그래도 역시 제대로 지켜보긴 하는 모양이다.

"이 백수…… 아니, 왜 오빠가 이 시간에 일어나? 난 또 집이나 지키는 줄 알았는데."

"나도 어제까지는 그런 줄 알았어. 컨디션도 별로 안 좋았고. 근데 오늘 아침 일찍부터 나도 오라고 할머니가 하도 잔소리를 해서."

"흐음~. 하긴 할머니한테 오빠는 귀한 손주니까 가끔은 겨우 살고 있는 모습은 보여줘야겠지."

"하여간 쓸데없이 말은 많아서. ……그래서 이번에는 나도 같이 갈 거야. 마키, 미안하지만 걔는 너한테 맡긴다."

"아, 네. 잘 부탁드립니다."

리쿠 씨가 늘 자기 방에서 잠만 자는 줄 알아서 놀랐지만, 리쿠 씨도 같이 간다니 더욱 떠들썩해…… 지지는 않겠지만 마음은 든든할 듯하다.

특히 차 운전만큼은. 이번에는 멀리 가는 것이기도 하고 중간에 고속도로를 타야 하는 등 장시간 이동이 되니, 리쿠 씨가 약간 운전이 불안정한 소라 아주머니(※본인은 그렇게 생각 안 함)를 제지하는 역할을 할 것이다.

소라 아주머니가 예전에 잠깐 말씀해 주셨는데, 리쿠 씨의 예전 직업은 다이치 아저씨와 똑같았단다. 일하면서 자주 운전도 했다니 분명 익숙할 터이다. 요즘도 가끔 뭘 사러 나갈 때 운전하는 일도 있다고 한다.

"——애들아, 짐은 다 실었으니까 이제 출발을……. 너희 왜 그러니? 어쩐지 서로 어색해 보이는데."

"앗, 아무것도 아니에요……."

"으, 응. 갑자기 오빠가 튀어나와서 놀랐을 뿐이야."

"마, 맞아. 나도 설마 마키가 거실에 있을 줄은 몰랐거든."

"그러니? 그런 것치고는 어쩐지……. 어머나, 벌써 시간이 이렇게 됐네. 빨리 안 가면 어머님이 기다리시겠어……. 자, 어서 차에 타렴."

아직 아침 시간이지만 너무 느긋하게 있다가 도착이 늦어지면 우리를 기다리고 계실 우미네 할머니께도 죄송해서 얼른 문단속을 마치고 출발하기로 했다.

운전석에는 리쿠 씨, 그 옆 조수석에는 소라 아주머니. 뒷좌석에는 나와 우미 둘이 앉았다.

“리쿠, 오늘 운전 고마워. 집에 갈 때는 내가 운전할게.”

“아니, 이 정도는 내가 다 할 테니까 엄마는 그냥 옆에서 푹 자.”

“그래, 엄마. 오늘도 아침 일찍 일어나서 졸리지? 오빠 말대로 막 부려먹고 그래.”

“어머, 얘들이 기특하네……. 그럼 그 말대로 좀 쉬어볼까.”

나를 병원에 데리고 가실 때 아주머니의 운전이 특별히 험한 것 같지는 않았지만……. 아무튼 이런 건 오래 함께해 온 가족만이 아는 일도 있을 것이다.

“엄마, 그리고 뒤에 너희, 안전벨트 다 맸지……? 자, 그럼 출발한다.”

그렇게 우리를 태우고 리쿠 씨가 운전하는 차는 목적지인 우미네 할머니 댁을 향해 달려갔다.

“마키, 멀미는 괜찮아? 혹시 몰라서 멀미약도 가지고 왔으니까 속이 울렁거리면 말해. 여기 비닐봉지도 있어.”

“응, 그럼 예방 차원에서 지금 멀미약 좀 먹을까.”

“자, 여기 물통. 이걸로 마셔.”

“우미, 고마워.”

“천만의 말씀.”

우리가 나란히 앉아 자기도 모르게 평상시처럼 행동하자, 앞좌석에서 쿡쿡거리며 웃음을 참는 소리와 어이가 없다는 식의 한숨 소리가 들려왔다.

“……엄마, 이게 몇 시간이나 계속되나 보지?”

"그래, 참고로 리쿠 넌 재들이랑 같은 방 쓰게 될 테니 내가 없을 때 잘 부탁한다?"
"진짜? 세상에."
"그래, 진짜야. 아니면 나 대신 할머니 집에 같이 있을래? 네가 썼던 방은 완전히 창고가 되어버렸지만, 다른 방은 아직 남아 있는 것 같으니까."
"……그건 좀."
고부 관계로 인해 소라 아주머니가 미조레 할머니를 거북해하는 건 이해하지만, 손주인 리쿠 씨까지 똑같은 의식을 갖고 있나 보다.
어릴 때는 리쿠 씨도 할머니와 같이 살았다니까, 혹시 그때 할머니가 엄하게 대했던 기억이 남아 있기라도 한 걸까.
"저어, 그러고 보니 저는 어디서 묵게 되나요? 말씀 들어보니 숙소가 다른 곳에 있는 듯한데."
"그래, 방이 없는 건 아니지만 어머님이 쓰지 않는다고 2층 공간을 거의 창고로 만들어버리셨나 봐. 그래서 집 근처에 있는 여관에 방 잡아뒀단다. '시미즈' 라는 곳인데, 그 동네에서 제일 큰 온천 여관이지."
"네? 그럼 나중에 숙박비를 따로 드려야……."
"괜찮단다. 원래 우미와 리쿠를 거기 머물게 하려 했으니까 한 명 늘어난다고 해서 별 차이 없거든."
아무리 그래도 이용자가 한 명 늘어나면 그만큼 돈이 들어가는 수밖에 없다. 게다가 아주머니의 성격상 나 때문에 생긴 비용까지 다 내실 게 분명하다. 그리고 내가 아무리 돈을 따로 드리겠다고 해도 아마 받아주지 않을 것이고 말이다.

여행 가고 싶다고 덜컥 말을 꺼낸 건 나인데……. 소라 아주머니와 다이치 아저씨께 감사드릴 따름이다.

"……고맙습니다. 다음에 꼭 엄마와 감사 인사드릴게요."

"어머나, 괜찮은데. 하지만 그렇게까지 말하니 기대하고 있을게."

지금은 특별히 뭘 하면 좋을지 생각나지 않지만, 일단 백중날에 선물을 드리는 것만큼은 확실하다.

"시미즈……. 시미즈, 라고?"

"? 오빠, 왜 그렇게 꺼림칙하다는 표정을 지어? 마키 태우고 있으니까 앞만 똑바로 보고 운전해."

"시끄러워. 나도 알아. 네가 내 엄마냐?"

"어머, 리쿠, 내가 뭐? 다시 한번 말해줄래?"

"앗, 그게……. 야, 우미, 난 운전하느라 바쁘니까 대신 말해."

"나, 나한테 떠넘겼어……! 마, 마키, 나 좀 살려줘."

"뭐어……?"

"후후, 우미? 이럴 때 마키한테 기대면 안 되지?"

"으으……. 저어, 어머님? 왜 이쪽으로 몸을 들이미시나요? 그리고 얼굴이 너무 무서워요."

"무슨 소리야? 난 항상 방글방글 웃는데."

"그, 그러니까 무섭대도……."

아무튼 이런 식으로 보이는 지뢰를 밟지 않도록 신중히 말을 골라야 했지만, 아주머니로 인해 벌어질 참사(벌)가 일어나는 일 없이 차 안에 감도는 분위기는 비교적 평온했다.

난 남의 차만 타면 유독 멀미를 잘했지만, 수다 떨기 좋아하는 우미와 소라 아주머니 덕분에 대화가 끊기는 일 없이 지금까지는 즐거운 기분으로 여행을 즐기고 있었다.

……다만 그 이후 거의 아무 말도 없이 조용히 운전기사 역할에만 집중하는 리쿠 씨를 제외하고는 말이다.

아사나기 가족의 집에서 출발한 지 약 2시간 즈음. 중간에 휴일 교통 체증에 휘말리면서도 순조롭게 도로를 달렸던 아사나기 가족 세 명+한 명을 태운 차는 고속도로 도중에 있는 큰 휴게소에 들리게 됐다.

점심은 미조레 할머니 댁에서 준비한다는데 오늘은 아침 일찍 일어났기도 해서 살짝 배가 고픈 상태다. 또한 지금까지 계속 운전만 했던 리쿠 씨도 피곤한 얼굴이어서 잠시 화장실도 갈 겸 30분 정도 여기서 쉬기로 했다.

"그럼 여기서 각자 자유 시간. 우미와 마키 너희는 둘이라 신난다고 너무 놀면 안 된다?"

"아, 알고 있다니까. 마키, 가자."

"으, 응. ……죄송합니다. 그럼 다녀오겠습니다."

먼저 화장실에 다녀온 리쿠 씨와 소라 아주머니 모자와 헤어져서 나와 우미는 휴게소 안의 매점으로 향했다.

여행도 그렇지만 이런 곳에 오는 것 자체가 정말 오랜만이다.

토요일 점심 직전이어서 그런지 내부는 여러 행락지로 향하는 가족 단위 여행객 등으로 북적거렸다.

기념품 가게나 지역 식재료를 사용하는 레스토랑, 인터넷 등에서 인기 많았던 과자를 파는 노점 등도 즐비해서, 솔직히 뭘 구경하면 좋을지 고민될 정도다.

"으음~……. 난 든든히 먹고 싶지만 그러면 할머니 댁에서 제대로 못 먹겠지……? 마키, 어떻게 할까?"

"그럼 가볍게 먹는 게 좋을 듯한데……. 아, 우미, 저건 어때?"

내부를 둘러보던 내가 주목한 건 여러 점포 중 가장 큰 주목을 받는 어떤 상품 샘플이 전시된 가게였다.

'우리 휴게소 넘버 원, 괴물 길이 소프트 아이스크림'. 난 특별히 아이스크림을 좋아하는 건 아니지만 괴물 길이라는 이름에 걸맞게 그 아이스크림은 한 번 눈에 들어오면 몇 번이나 다시 쳐다보게 될 정도의 길이였다.

일반 사이즈의 콘 위에 얹혀 있는, 30~40센티미터 이상의 돌돌 말린 기다란 소프트 아이스크림. 종류도 다양해서 가장 단골 메뉴인 바닐라는 물론이고, 딸기, 초콜릿, 멜론, 민트 이외에도 좀처럼 보기 드문 맛까지 있는 데다가 추가 요금만 내면 쿠키나 초콜릿 칩, 과일 등의 토핑도 추가해 준다는 모양이다.

실제로 매점 안에서 그걸 먹는 사람이 몇몇 보였고, 우리 또래의 무리가 스마트폰을 들고 세로로 길쭉한 소프트 아이스크림 앞에 몰려 있기도 했다.

"아하, 우리 둘이 먹기에는 좀 많겠지만 오늘은 날씨도 덥고 아이스크림 들어갈 배는 따로 있으니까 괜찮겠지. 마키, 평소와 달리 가끔은 괜찮은 선택을 하는걸?"

"내 개인적으로는 늘 최선의 선택을 하고 있는데……. 그럼 맛은 민트로 하기로——."

"미안, 역시 아까 한 말 취소."

"어? 왜? 민트 맛있는데……."

"그래, 응. 근데 양이 이 정도면 좀……."

결국 우미의 뜻에 따라 단골 레퍼토리라 할 수 있는 바닐라 맛으로 결정한 후, 계산대에서 돈을 내고 잠시 기다렸다.

1분도 채 걸리지 않아 직원이 이 휴게소 명물인 소프트 아이스크림을 가지고 왔다. 한번 손님 손에 넘어가면 그 후에 생기는 피해에 관해서는 일절 책임지지 않는다고 해서, 우리는 바닥이나 주변 손님들 옷을 더럽히지 않도록 신중히 얼른 먹기로 했다.

설마 소프트 아이스크림을 먹는 게 이렇게나 조마조마할 일인가 싶었지만, 이것도 여행다워서 좋은 것 같다.

맛도 우유 풍미가 진해서 참 맛있다.

"으음……. 마키, 이쪽이 녹기 시작했으니까 먹어. 자, 아앙~."

"아……. 음."

"어때? 맛있어?"

"그거야 당연히……. 아, 그리고 먹여줘서 고마워, 우미."

"우후후, 잘했어. 그럼 나한테도."

"그 말은 내가 해야 할 것 같은데……. 그럼 자, 여기."

서로 스푼을 내밀면서 소프트 아이스크림만이 아니라 짧지만

우리 둘만의 시간도 만끽했다.

어쩐지 주변의 훈훈한 시선이나 "엄마, 저 사람들……" "쉿, 모른 척해야 하는 거야." 같은 대화까지 느껴졌지만, 어차피 한 번 보고 끝날 사람들이니 그렇게까지 신경 쓰지 않기로 했다.

나도 우미도 부끄럽지 않은 건 아니었지만 남의 시선만 신경 쓰다가는 모처럼 생긴 달콤한 시간을 즐길 수 없다.

수줍음으로 홧홧하게 달아오른 뺨을 아이스크림으로 잘 식히면서 남은 콘까지 둘이서 같이 먹고, 귀중한 우리의 자유 시간을 즐겼다. 물론 본래 목적인 약간의 배고픔도 잘 해결했고.

"후우, 맛있었다. 그럼 마침 시간도 됐으니까 엄마랑 오빠 있는 곳으로 돌아갈까? 마음 같아선 더 둘러보고 싶긴 하지만."

"미조레 할머니께서도 기다리실 거야. 난 혹시 모르니 화장실이 다녀올 테니까 넌 먼저 차로 가 있어."

"알겠어. 그리고 길 잃지 않도록 조심해. 우리 차랑 비슷한 거 많으니까."

"괜찮아. 차 번호 기억했거든."

"차 번호라니. 그것도 마키답긴 하네. ……후후."

그때까지 계속 잡고 있던 손을 놓고 나는 우미와 헤어져서 시설 내 안쪽에 있는 남자 화장실로 볼일을 보러 갔다. 아직 화장실을 가고 싶을 정도까지는 아니었지만, 차가운 것도 먹은 뒤니까 예방 차원에서.

그렇게 안내 간판을 따라 화장실이 있는 장소로 향하던 도중.

주차장 구석에 따로 마련된 흡연 구역 같은 곳에서 담배를 피우는 리쿠 씨의 모습이 눈에 들어왔다.

남매니까 그렇겠지만, 우울한 빛이 엿보이는 옆얼굴이 어쩐지 친구 문제로 고민했던 예전의 우미 모습과 겹쳐 보였다.

그렇게 느낀 순간 내 발은 화장실이 아니라 자연히 리쿠 씨 쪽으로 향했다.

"——리쿠 씨."

"! 아아, 마키 너였구나……. 왜 그래? 고등학생한테 여긴 너무 답답할 텐데."

"아뇨, 이 정도 담배는 엄마도 자주 피워서……. 저어, 옆에 앉아도 돼요?"

"아니, 여긴 널 세워둘 수 없으니까 조금 이동하자. 나도 오랜만에 한 대 피우고 싶었던 것뿐이라."

우리는 흡연 구역에서 벗어나 자동판매기가 늘어서 있는 곳으로 갔다.

"——뭐 마실래? 내가 사줄게."

"아, 그럼…… 저는 커피."

"나도 그걸로 마시지 뭐. 블랙이면 돼?"

"네, 단건 아까 많이 먹었거든요."

리쿠 씨한테서 캔 커피를 받아 그 자리에서 한 모금 마셨다.

차갑고 씁쓸한 커피가 소프트 아이스크림의 여운이 남는 입안을 말끔히 씻어준다.

"저어, 오늘 운전 감사합니다. ……그리고 저희 보호자 역할도요."

"아니야, 집에서 매일 게으름만 피우고 있으니 나도 가끔은 부모님 말씀을 들어야지. 오랜만에 하는 긴 운전이라 나도 모르게 이걸 사버렸지만. 남은 건 다 피울 생각도 없는데. 아, 그리고 라이터도."

리쿠 씨가 입은 폴로 셔츠 가슴 주머니에 들어 있는 흰 담뱃갑은 리쿠 씨와 별로 잘 어울리지 않아 보였다.

이미 애연가의 영역에 돌입한 엄마의 모습을 늘 지켜봤기에 느낀 것이지만, 아까 다른 흡연자들에 섞여 담배를 피우는 리쿠 씨의 모습은 어딘지 모르게 혼자 붕 뜬 것 같았다.

"……리쿠 씨도 담배 피우시네요. 우미가 자기 가족은 담배 안 한다고 해서, 흡연 구역에서 리쿠 씨를 봤을 때 좀 놀랐어요."

"아아……. 나는 집에 돌아온 걸 계기로 끊은 거고, 이전 직장에서는 그냥 피우곤 했어. 흡연 계기도 주변 동료들이 다 그렇게 하니까 나도 피웠다……는 이유였으니까 끊는 것도 그리 힘들지는 않았지."

"그랬군요. 저는 담배라는 게 쉽게 손대기 어렵다는 느낌이 들었는데."

"하긴 그런 사람을 주변에서 꼽자면 바로 우리 아버지지. 아버지가 엄청 성실해서 그런 건 전혀 안 하지만, 전체적으로 봤을 때 담배 피우는 사람은 제법 많아. 오락거리가 많은 것도 아니니까."

남의 과거까지 캐묻고 싶지 않아서 아주머니나 우미한테서 이야기를 들을 때 빼고는 리쿠 씨의 이전 직장 이야기에 관해서는 내가 먼저 물어보지 않으려 했는데……. 말을 들어보니 그리 숨기려 애쓰는 것도 아닌 듯하다.

"……왜, 의외야? 내가 예전 직장 이야기를 하는 거."

"앗……. 네. 집에서 잘 언급하지 않으려는 게 아닐까 해서요."

"솔직하긴. ……여러 가지 일이 있었던 건 맞지만, 정말로 안 되는 거라면 우리 어머니도 우미도 너를 쉽게 우리 집에서 자고 가게 하지는 않았을 거야. 쉬는 것에 너무 익숙해져서 또 전처럼 일하는 게 싫어졌을 뿐이야. 저금한 돈도 아직 넉넉히 남았고."

"…………."

"야, 거기서 갑자기 그렇게 정색할 것까지야……. 반쯤은 농담이야."

그렇다면 나머지 절반은 우미가 툭하면 말하는 '방구석 니트족' 이라는 건데……. 내 안에 있던 리쿠 씨의 주가가 조금 떨어졌다.

그리고 평소에는 집에서 조용히 지내는 리쿠 씨가 오늘 유난히 밝게 나를 대해주는 게 좀 마음에 걸린다.

이게 본래 리쿠 씨의 모습이라면, 내 인식만 바꾸면 될 일이지만.

만약 그런 게 아니라면 역시 골든 위크 전에 무슨 일이 있었던 것일지도 모른다.

사람 좋다고 하는 내 입장에서는 솔직히 궁금하지만…… 연인인 우미라면 모를까 리쿠 씨는 어디까지나 '여자친구의 오빠' 에 불과하지, 내 친구도 뭣도 아니고 따지자면 그냥 타인이다. 그리 쉽게 고개를 들이밀 만한 화제도 아니다.

"……너무 얘기를 오래 했네. 휴식 시간도 지난 것 같으니 얼른 돌아가자."

"그러네요."

스마트폰을 보니 우미에게서 걱정하는 메시지가 도착해 있어서, 나는 남은 캔 커피를 얼른 다 마시고 아주머니와 우미가 기다리는 차로 향했다.

"……아."

그제야 난 아직 하지 못했던 일이 있었음을 깨달았다.

"? 왜 그래? 뭐 두고 온 물건이라도 있어?"

"저어……. 하필 이럴 때라 죄송하지만 화장실 다녀와도 될까요?"

"……기다려줄 테니까 빨리 갔다 와."

"가, 감사합니다."

리쿠 씨가 신경 쓰이긴 했지만 아직 어리기만 한 내가 어른인 리쿠 씨에게 뭐라고 할 수는 없는 노릇이다. 우미에게 '미안해'라는 사과 메시지를 보낸 후, 나는 서둘러 화장실로 달려갔다.

내가 화장실 가는 걸 깜빡하는 바람에 예정했던 것보다 10분 늦게 휴게소를 출발한 차는 한동안 고속도로를 달렸다.

차에 장착된 내비게이션에 따르면, 미조레 할머니의 집까지는 고속도로를 빠져나와서 일반 도로를 한동안 달려야 겨우 도착한다. 고속도로를 달리는 지금도 이미 주변 경치는 서서히 자연으로 둘러싸이고 있어서, 내가 사는 곳에서 아주 멀리 떨어진 지역까지 왔다는 게 실감이 났다.

“이제 슬슬 출구네……. 엄마, 여기 내리면 편의점에 좀 들르려 하는데, 거기서 운전 좀 바꿔줄 수 있어? 난 괜찮을 줄 알았는데 이거 의외로 눈이 피곤하네.”

“그래, 알았어. 차 세운 김에 거기서 간식이나 마실 것 좀 살까.”

“그러네. 마키, 우리도 가자. 여관에도 매점이 있겠지만 종류도 적을 거고 마실 것도 제법 비쌀 거야.”

“알았어. 그럼 밤에는 작은 파티가 열리겠네.”

고속도로에서 일반 도로로 나와 거기서 근처에 있는 편의점에 들렀다. 알아보니 여기서부터 편의점처럼 24시간 영업하는 가게는 없다고 하니, 여기서 이틀 치 식량을 잔뜩 사둬야 한다.

몸 관리를 위해 이런 야식은 최대한 자제하는 게 좋지만, 여행지에서 하는 작은 파티도 멀리 나가는 여행의 재미 중 하나라고 생각한다.

시골 편의점에 흔한, 가게 건물 면적보다도 서너 배 정도 넓은 주차 공간. 거기에 차를 세우고 우리는 필요한 걸 사러 갔다.

“나랑 엄마는 할머니 댁에서 먹을 것 좀 고를 테니까 너희는 오늘이랑 내일 밤 먹을 간식거리라도 적당히 골라. 말해주면 나중에 돈 줄게.”

“알겠어요. 우미, 갈까.”

“응.”

두 팀으로 나뉘어 장바구니에 필요한 것을 넣었다. 우리가 좋아하는 것으로 골라도 괜찮은 모양이다.

"아, 마키, 이거 혹시 새로 나온 거 아냐? 초절 악마의 마늘 고추 페퍼 마요네즈……. 보기만 해도 속이 더부룩해질 것 같지만 콜라랑 잘 어울릴 것 같아."

"그러게. 하지만 양도 별로 많지 않으니까 둘이 먹으면 괜찮겠는데?"

"그치? 그럼 이것도 추가."

그런 식으로 나와 우미는 대화를 나누며, 콜라와 감자칩, 초콜릿 과자에 안주로도 먹을 수 있는 치즈 등 눈에 보이는 것들을 차례로 바구니에 담았다……. 물론 우미가. 우리 둘이 가진 용돈으로 뭘 살 때는 그날 기분을 기초로 예산이나 가성비 등을 고려해서 고르지만, 리쿠 씨가 돈을 낸다면 괜찮다며 우미는 처음부터 거침이 없었다.

리쿠 씨는 물이나 보리차 등 페트병 음료 말고도, 웬일로 제법 도수가 높은 츄하이 캔으로 보이는 것을 바구니에 넣었다.

하긴 리쿠 씨도 어른이니까 다소 즐길 정도의 술은…… 하고 생각했지만, 그러고 보니 소라 아주머니도 술을 매우 좋아하는 사람임을 알아차렸다. 한 달에 한 번꼴로 아주머니와 술 한잔하러 나가는 엄마 말에 따르면,

『——가볍게밖에 안 마시니까 내 추측인데, 아마 엄청 술꾼일 거야.』

라는 평가이기에 다섯, 여섯 캔 등 차례로 바구니에 담는 모습도 그리 놀랄 일이 아닐지도 모른다.

"……엄마, 할머니도 있으니까 적당히 해."

"그러니까 내일 남지 않게 적당히 고르잖니. 그리고 마신다고 해도 네 할머니는 주무시고 나서 마시는 거니까 괜찮아."

"정말인지……. 하긴 엄마도 숨 돌릴 때는 필요하겠지."

……저 두 사람은 그렇다 치고 지금은 우리 둘의 쇼핑이나 마저 해야겠다.

이틀간 먹을 것으로 다소 많이 고른 듯하지만, 남으면 집에 돌아가서 간식으로 먹으면 된다. 그리고 우미는 리쿠 씨가 사주겠다는 말을 들었을 때부터 그럴 셈으로 움직인 것 같은데, 역시 이런 면까지 야무진 게 참 든든하다.

"주스, 과자, 그리고 손 닦을 때 쓸 물티슈……. 아직 뭔가 더 남은 것 같지만, 이거면 일단 충분하겠지?"

"응, 만약 부족하더라도 거기서 어떻게든 해결하는 게 여행이잖아. 안 그래?"

소라 아주머니와 리쿠 씨는 이미 계산을 마치고 차에서 기다리는 중이라 우리도 너무 꾸물거릴 수는 없다.

지금은 우선 내가 돈을 내기로 하고 먼저 우미에게 계산대에 줄을 서게 한 후 지갑 안을 확인해 보는데.

……문득 시야 끝에 어떤 상품이 진열된 선반이 눈에 들어왔다.

건강 보조 식품이나 칫솔, 세정제, 주방 세제, 쓰레기봉투 등 상품 사이에 섞여 있었지만 한 번 발견하고 나니 그 존재감이 확연히 느껴지는 데다, 상자는 작은 것치고 천 엔씩이나 하는 그 상품.

"야, 얇은…… 여, 0.01……."

나도 모르게 그걸 집어 들고 말았다.

편의점에 흔한, 별다를 것도 없는 콘돔이었다. 이런 게 꼭 약국이 아니어도 비치되어 있다는 것쯤은 나도 알았고 난생처음 본 것도 아니었지만, 지금 내가 놓인 상황을 돌아보면 순간 흠칫하게 된다.

"아, 아니, 아니. 내가 무슨 생각을……. 아무리 봐도 지금 이건 '아니잖아'."

아직 우리가 사귄다고 무슨 특별한 축하를 한 건 아니었지만, 나와 우미가 연인 사이가 되어 교제한 지 반년……. 그렇지만 지금은 소라 아주머니와 리쿠 씨까지 함께 있고, 지금은 그저 아사나기 가족의 집안일로 특별히 할머니 댁에 방문하는 입장이다.

앞으로 있을 여름방학 돌입 타이밍에 그런 가능성이 있다고 하더라도, 굳이 지금 꼭 사야 할 물건은 절대로 아니다.

머릿속에 떠오르는 번뇌를 내쫓으려고 고개를 가로저은 후, 손에 들었던 상품을 원래 위치로 되돌려 놓으려는데――,

"――마키, 뭐 하는 거야? 빨리 이쪽으로……."

"으앗……?!"

순간, 좀처럼 돌아오지 않는 나를 걱정했는지 계산대 앞에 줄 서 있던 우미가 나를 살피러 다가왔다.

그때 깜짝 놀라는 바람에 다른 상품과 비교해서 유난히 눈에 띄는 디자인의 그 물건이 툭 하는 소리를 내며 편의점 바닥을 굴렀다.

[비매품] 노블엔진 특별부록
반에서 두 번째로 귀여운 여자애와 친구가 되었다 5
©Takata, Azuri Hyuga 2023
KADOKAWA CORPORATION

당연히 우미의 시선도 그쪽으로 향했고.

"…………."

"저어……. 우미 씨? 이건 말이죠, 그 뭐라고 해야 하나……."

"흐음~……."

"…………."

거의 아무 말도 없이 나만 빤히 쳐다보는 우미의 압력에 나는 모르는 사이 움츠러들었다.

아아, 또 사고를 치고 말았다.

모처럼 즐거운 분위기의 여행 중에 내가 이런 생각만 하면 우미도 분명 의식하게 될 텐데.

이렇게 밝히는 나라도 착한 우미는 언제든 웃으며 용서해 주겠지만, 아무리 그래도 지금 이건 감점 대상일지도 모른다.

"마키도 참. 빨리 계산이나 하자. 예상보다 많이 늦었어."

"으, 응."

우미는 지금 이 상황을 자세히 따져 묻고 싶지 않은지 내 손을 잡고 다시 계산대 앞에 줄을 섰다. 우리가 꾸물거리고 있는 사이에 마침 다른 손님이 와서 계산하는 데 좀 더 시간이 걸릴 듯하다.

창밖에서 우리를 바라보는 소라 아주머니와 리쿠 씨에게 꾸벅 고개 숙여 사과하며 좀 더 기다려달라는 몸짓으로 부탁하는데,

"……앓을 거야?"

갑자기 내 옆에서 우미가 그렇게 중얼거렸다.

"뭐? 우미, 지금 뭐라고……."

"그, 그러니까, 그…… 사지 않을 거야? 아까 그거."

"………… ."

고개를 옆으로 돌리고 있지만 귀까지 빨개진 우미를 보고 나서야 무슨 말을 하는지 알아차렸다.

……지금 여기서 '뭘?' 이나 '사도 돼?' 라고 묻는 건 우미의 남자친구로서 해서는 안 될 짓인 것 같다.

"아……. 그, 그럼 내 개인적으로 사는 물건으로 그냥 살까. 무슨 일이 있을지 모르기도 하고, 그리고 만약 필요하지 않아도 지금 가지고 있어서 손해 볼 것도 아, 아닐 테니까."

"그, 그래? 마키가 그렇게 생각한다면 괜찮지 않을까? 개인용으로 사는 거면 내가 뭐라 말할 수…… 어, 없을 테니까?"

"그, 그렇구나. 그럼 가지고 올 테니까 잠깐만 기다려줄래?"

"으, 응. 당연히 괜, 찮지."

지금 사야 할 물건은 아니지만, 이 타이밍에 사두지 않으면 나중에 부끄러워서 제대로 사지 못할 것 같아 이 기세를 몰아 이것 한 통만 간식과 따로 계산하기로 했다.

"——이건 천 엔입니다."

"아, 네……. 그럼 여기 천 엔."

무슨 잘못을 저지른 것도 아닌데 자꾸만 긴장된다. 직원이 흘끔 나를 관심 있게 본 것 같지만, 나는 순간적으로 고개를 돌려 버렸다.

에어컨 덕분에 시원할 터인 가게 안에서 어쩐지 땀이 멈추질 않는다.

나, 그리고 우미 모두.

무사히 모든 계산을 마치고 차로 돌아가자, 운전석에 앉아 시동을 걸고 준비 중인 아주머니가 의아한 얼굴로 우리를 맞이해 줬다.

"어서 와라. 근데 너희 얼굴이 빨간데 열사병이라도 걸렸니? 괜찮아?"

"아, 네. 오늘 햇살이 좀 강해서 피부가 좀 탔나 봐요. 그치, 우미?"

"응, 선크림을 꼼꼼히 발랐는데……. 마키, 차에 타면 내가 다시 발라줄게."

"그래, 부탁할게."

그렇게 서둘러 뒷좌석에 올라탄 우리를 리쿠 씨가 조수석에서 바라보는 시선이 느껴졌지만, 지금 나와 우미한테는 거기까지 신경 쓸 여유가 없었다.

귀중품이 담긴 숄더백 안의, 작은 지퍼가 달린 주머니 속에 그게 소중히 담겨 있었다.

내용물을 따져보면 별다르게 귀중할 것도 없지만, 지갑이나 시계보다 훨씬 존재감이 무거운 것만 같았다.

중간에 휴식을 취하면서 하는 이동도 편의점 앞에 보이는 산길 하나만 넘으면 곧 목적지여서 얼마 남지 않았다. 산허리에 위치한 작은 온천 마을. 바로 그곳에서 다이치 아저씨가 태어나 자랐고, 그 아들인 리쿠 씨도 어린 시절을 보냈다.

차량 내부 환기를 위해 창문을 열자, 지금까지 느껴졌던 나무나 흙 내음과는 다른 공기가 희미하게 느껴진다.

"이 길도 참 오랜만이네……. 엄마, 이제 20분 더 가면 도착하는데 마키는 어떻게 할 거야? 여관에 먼저 짐만 두고 갈까?"

"아니, 체크인까지 시간 있으니까 우선 차에 놔두자. 어머님도 마키를 보고 싶다고 하시니까."

"……미안해, 마키. 할머니와 통화할 때 너에 대해 좀 얘기했거든. 아, 근데 할머니는 나한테 잘해주시니까 아마 너한테도 잘해주시지…… 않을까?"

"그 부분에 확신을 주면 나도 긴장 안 할 것 같은데……."

손녀인 우미에게 잘해 주신다고 해서 나까지 같은 대우를 받을 것 같지는 않다.

다이치 아저씨께 처음 인사드렸을 때처럼 실례가 되지 않게끔 더 신경 써야겠다.

뱀처럼 구불구불한 산길을 달려 산중턱에 있는 터널을 빠져나오자, 드디어 확 트인 장소에 나왔는지 절로 눈을 찌푸릴 정도로 밝은 빛이 우리를 맞이해 줬다.

"……오오."

창밖 너머로 펼쳐진 마을 경치를 본 내 입에서 그런 탄성이 흘러나왔다.

리쿠 씨와 아주머니가 '시골 벽촌'이라고 해서 더 황량한 분위기의 인적 드문 장소를 상상했는데, 온천이라는 관광 자원이 있어서 그런지 규모는 작아도 활기가 넘치는 것처럼 보였다.

산길을 내려가 주택지 안으로 들어가니 땅속에서 솟아 나온 온천수를 이용해 삶은 달걀, 기념품 가게, 오래된 민가를 리노베이션한 듯한 분위기의 카페 등, 중심가로 보이는 곳은 사람의 왕래가 꽤 있는 듯했다.

물론 나처럼 여행 기분으로 온 사람이나 그렇게 느낄 뿐이지, 평소에 그곳에서 생활하는(혹은 생활했던) 주민들만 알 수 있는 부분도 있을 것이다.

실제로 슈퍼나 편의점처럼 생필품 등을 주로 취급하는 가게도 없고, 만약에 사태에 바로 가야 할 병원 수도 적다는 실상을 소라 아주머니와 리쿠 씨한테서 듣자, 어쩐지 가려운 곳에 손이 닿지 않는 인상을 지울 수가 없었다.

이번에 신세를 지게 될 아사나기 집안의 할머니 댁은 거기서 조금 벗어나 있는, 오래된 민가가 늘어선 구역 한구석에 있었다.

아사나기라고 적힌 문패 앞을 지나 널찍한 정원 안 귀퉁이에 차를 세우자, 우리 넷은 '이제야 도착했다' 라며 모두 크게 한숨을 내쉬었다.

중간중간 교통 정체나 휴식이 있었지만, 차로 가기에는 상당히 긴 여행이었다.

시계를 보니 벌써 점심시간을 넘은 시각이었다.

"리쿠, 내 짐만 내려줄래? 난 먼저 어머님께 인사부터 드릴 테니까."

"알았어. 우리도 곧 갈게. 우미, 넌 엄마 따라가. 네가 있으면 어떻게든 되겠지."

“오빠 주제에 나한테 명령하다니…… 하고 따지고 싶지만. 하긴, 할머니랑 엄마 둘이 남기면 불안하니까 그러지 뭐. 마키, 내가 소개해 줄 테니까 같이 가자.”

“응.”

우리는 차에서 내려 현관으로 향했다.

세월이 느껴지는, 기와 얹은 목조 건물이었지만 튼튼하게 잘 지어진 집이다. 농구도 할 수 있을 만큼 널찍한 정원과 거기에 심어진 나무에 매달린 노란 열매가 눈에 들어온다. 감귤의 상큼한 향이 희미하게 코를 간질였다.

“——어머님, 소라예요. 늦었지만 무사히 도착했습니다.”

“할머니, 오랜만이에요. 나도 왔어~.”

유리문 옆에 있는 ‘♪’ 마크가 붙은 스위치를 눌렀지만 망가졌는지 아무 반응이 없다.

그래서 두 사람이 유리문을 톡톡 두드렸다. 그러자 마침내 문 너머에서 느릿한 발걸음과 함께 미닫이 유리문 너머로 작은 실루엣이 나타났다.

“——그렇게 시끄럽게 소란 안 떨어도 안다.”

문틀이 살짝 뻑뻑한지 중간에 걸리면서도 덜걱덜걱 열린 문에서 나타난 이는 다이치 아저씨 얼굴 인상이 어렴풋이 느껴지는 할머니. 바로 우미의 친할머니인 아사나기 미조레 씨였다.

“할머니, 오랜만이에요. 전에 온 게 내가 초등학교 졸업했을 때였지? 자주 못 와서 미안해요.”

“오랜만이구나, 우미. 전에 왔을 때보다 훨씬 예뻐졌구나. 내 젊은 시절과 닮았어. 그렇지, 소라?"

"……네, 그러네요. 입매가 그이를 많이 닮았어요."

내가 보기에는 우미는 소라 아주머니를 닮은 것 같지만……. 사각지대에 감춰진 아주머니의 손이 내 옷깃을 꽉 잡는 바람에 여러 사정을 금세 파악했다.

……아주머니는 지금 사는 집에 이사할 때까지 매일 이런 분위기에서 지냈던 걸까. 아무리 사정이 있다고 해도 이렇게 예의를 갖추는 모습이 존경스럽다.

찌르르한 공기를 느끼면서 나와 우미가 상황을 보고 있자, 그 분위기를 읽지 못한 리쿠 씨가 우리 옆을 가로지르며 집 안으로 성큼성큼 들어갔다.

"할머니, 오랜만이에요. 일단 배고프니까 밥 좀 줘. 나 여기까지 운전하느라 피곤해."

"……리쿠, 넌 여전하구나. 그런 말은 재취직 자리가 정해진 다음에 하려무나. 다이치한테서 얘기 다 들었다."

"……그건 그거, 이건 이거. 엄마, 짐은 늘 놓던 데 두면 되지?"

"아, 그래. 어머님, 방은 아직 있지요?"

"말 안 해도 다 청소해 뒀다. ……이런 곳에 서서 얘기하지 말고 어서 들어와라. 물론 거기 있는 남자애도."

"아, 네, 실례하겠습니다."

아마 리쿠 씨가 일부러 그랬던 모양인지, 덕분에 이 자리의 분위기가 수습되어 우리는 미조레 할머니의 안내로 큰 다다미방으로 이동했다. 방 한가운데에는 크고 기다란 상이 두 개 놓여 있고,

손님용 다과가 담긴 커다란 접시와 찻잔 등이 놓여 있었다.

"곧 있으면 점심도 도착할 테니 그때까지 적당히 먹으며 기다리거라. ……거기 너도 뭔가 먹겠느냐?"

"아, 저는 괜찮……. 아뇨, 그럼 감사히 먹겠습니다."

"그래라. 잠시 준비 좀 하고 올 테니 거기서 우미랑 기다리려무나. 얘기는 나중에 들을 테니."

내가 순순히 고개를 숙이자, 미조레 할머니는 주방으로 모습을 감췄다.

나는 초면이기도 해서 어떻게 대해야 좋을지 몰라 지금은 살피는 상태였지만, 할머니께서는 나를 손님으로 대접해 주시고 계셨다.

다이치 아저씨처럼 표정은 딱딱했지만, 생각보다 다정한 분위기도 느껴졌다.

"……마키, 어때? 우리 할머니, 의외로 다정하지?"

"응……. 다이치 아저씨의 어머니 같은 느낌이야."

나와는 별다른 문제가 없는 걸 보니, 아마도 소라 아주머니와 할머니의 사이가 안 좋은 건 기본적인 성격 때문일지도 모른다.

……일단 미조레 할머니가 그 자리를 떠나자마자, 나는 무표정으로 차를 홀짝이던 소라 아주머니 앞에 커다란 접시에서 덜어낸 달콤한 과자를 건넸다.

짐을 두고 이곳으로 온 리쿠 씨와 합세해서 우리 셋이 아주머니를 다독이고 있는데, 접시에 과일을 잔뜩 담아 온 미조레 할머니가 방으로 돌아왔다.

"——오래 기다렸지? 변변치 못한 것을 준비해서 미안하다만."

"아뇨, 이렇게 챙겨주셔서 감사합니다. ……저어, 이 과일은 혹시 마당에서 난 그건가요? 아마 하귤……인 것 같은데."

"! 어이구, 젊은이가 잘도 알았네. 그래, 세상 떠난 내 남편이 정정했을 때 심은 건데 이 시기만 되면 열매를 맺지. 근데 어떻게 알았니?"

"어릴 때 저희 할아버지 할머니가 사셨던 본가에도 비슷한 나무가 있어서, 집에 돌아갈 때마다 나눠주셨거든요. 새큼하지만 끝 맛이 달아서…… 좋아했어요."

예쁘게 썰린 열매를 한가득 베어 물자, 입안에 감귤 특유의 단맛이 확 퍼졌다.

부모님이 이혼하고 요즘은 연락도 두절 상태지만, 어릴 때 접한 그 맛은 지금도 선명히 기억 속에 남아 있다.

할아버지와 할머니는 잘 계실까?

"……그랬구나. 다행이야. 그런데 네 이름은 뭐니?"

"아, 네. 소개가 늦었습니다. 저는 마에하라 마키라고 합니다. ……바쁘신 중에 이렇게 실례하게 되어 죄송합니다."

"마에하라 마키로구나. ……흠, 다이치한테서 말은 들었지만, 제법 반듯하고 착한 아이네. 내 손녀의 남자친구라고 해서 껄렁거리는 녀석이라면 바로 쫓아내려 했는데. 우미, 너도 보는 눈이 있구나?"

"헤헤, 그치~?"

다행이다, 하고 귓가에서 속삭인 우미가 내 팔에 매달려 바짝 달라붙었다. 우미도 할머니 댁이라고 처음에는 분위기를 살폈던 것 같지만, 그 집주인의 허락을 받았다면 이제 더는 사양할 필요가 없다.

기억 한구석에 어렴풋이 남아 있던 우리 할아버지 할머니와의 추억이 이런 곳에서 도움이 될 줄은 몰랐다.

"——엄마, 짐은 놔두고 왔는데……. 으앗, 할머니, 또 그거야? 하여간 여전하다니까."

"리쿠, 널 위해서 껍질까지 깐 거 아니다. 자, 우미, 마에하라, 많이 있으니 먹으렴."

"……마키, 네 미각은 가끔 보면 은근 노인 입맛이더라."

"하긴 저도 약간 좀 특이하다는 생각은 들어요."

하지만 좋아하는 건 좋아하는 거라 어쩔 수 없다.

예전 기억을 떠올리게 하는 것, 화학적인 맛이 나는 무과즙 주스나 과자, 마늘과 고추가 들어간 진한 맛의 정크 푸드. 전부 내가 아주 좋아하는 맛이다.

"근데 주문한 음식은 언제 도착해? 우리가 여기 오기 전에 주문한 거 아니야?"

"그래, 하지만 너희가 늦을 것 같아서……. 아, 호랑이도 제 말 하면 온다더니."

미조레 할머니가 그렇게 말하며 일어나자, 현관에서 자동차 엔진 소리가 들렸다.

그러더니 곧 배달원인지 누군가의 목소리가 집 복도를 울렸다.

또렷하고 낭랑한 여자 목소리였다.

"——안녕하세요, '시미즈' 입니다~! 할머니, 주문하신 것 배달 왔어요~! 연회용 병맥주 한 케이스에 오렌지 주스, 그리고 점심용 초밥과 디저트로 수박이죠?"

"그래, 기다리던 참이었어. 돈 가지고 올 테니 그사이에 다 옮겨주겠니? 큰방에 테이블 있으니까."

"네~. 읏차……. 그럼 실례하겠습니다~."

시미즈라면 오늘 밤 나와 우미가 묵게 될 여관인데, 숙박객만이 아니라 마을에 사는 사람들에게 음식 배달도 하는 모양이다.

"할머니, 맥주 케이스는 늘 가져다 놓는 장소면 되나요?"

"그래, 늘 부려먹기만 해서 미안하구나."

"아니에요~. 아사나기 씨 댁은 저희 오랜 단골이시니 잘해드려야죠. 그보다 할머니, 요즘 허리는 괜찮으세요? 얼마 전에 다른 손님한테서 효과 좋은 찜질팩을 받았는데 그거 갖다 드릴게요."

시미즈에서 일하는 종업원인지, 명랑한 목소리와 밝은 미소가 인상적이었다. 나이는 이십 대 후반 정도. 리쿠 씨와 또래인 듯한데, 리쿠 씨와 달리 아주 건강해 보였다.

그리고 아주 아름다운 여성이었다.

"오래 기다리셨습니다. 초밥 5인분입니다~. 아, 간장과 와사비는 이쪽 봉지에 따로 넣었어요."

"어머나, 챙겨주셔서 감사합니……."

초밥 통을 들고 큰방으로 들어온 여성을 본 순간 소라 아주머니의 얼굴이 잠시 굳었다.

눈을 가늘게 뜨고 그 사람을 빤히 살피길 몇 초.

"혹시 너 시즈쿠 아니니? 아니, 시즈쿠 맞네!"

"……아하하, 어쩌면 알아보실 거라는 생각은 했지만 바로 들켰네요~."

"엄마, 혹시 저분하고 아는 사이야?"

"그래, 시미즈 시즈쿠. '시미즈'의 외동딸이고 여기서 살 때 자주 이 집에 놀러 왔던 여자애였지. 지금 집으로 이사한 후부터 통 만나지 못했는데…… 아주 예쁘게 컸구나."

"아이참, 아주머니도. 또 그런 농담 하신다. 나이만 먹었지 이제 저도 거의 서른 앞둔 아줌마예요, 아줌마."

두 사람의 대화를 듣자 하니 아무래도 예전부터 아는 사이였나 보다. 우미가 태어나면서 지금 집으로 이사한 이후 처음이라니까 벌써 십수 년이 넘어 이뤄진 재회다.

"할머니도 참, 왜 소라 아주머니가 온다고 말씀도 안 해주셨어요? 알았으면 더 예쁘게 꾸미고 왔을 텐데."

"아아, 그러고 보니 깜박했구나. 나도 이제 나이가 들어 건망증이 심해서."

나이에 비해 곧은 자세를 유지하는 사람이 할 소리는 아닌 듯한데.

무슨 말을 하고 싶은지 소라 아주머니의 입술이 움찔거리다가 꾹 다물린다.

"그럼…… 혹시 네가 우미니?"

"네, 제가 딸인 우미예요. 이쪽이 제 남자친구 마키고요."

"마에하라입니다. 이번에 사정이 있어 같이 오게 됐어요. 오늘과 내일 거기 여관에서 신세 질 거예요."

"응, 엄마…… 아니, 우리 사장님한테서 이야기 들었어. 온천밖에 없지만 녹음도 무성하고 공기도 맑으니까 사랑하는 여자친구와 좋은 시간 보내렴. ……그리고 물론 마에하라 뒤에 계속 숨어 있는 너도."

"윽……."

시즈쿠 씨의 말에 내 등 뒤에서 큰 덩치를 최대한 움츠리고 있는 리쿠 씨가 흠칫 몸을 떨었다.

……그렇다. 소라 아주머니와 시즈쿠 씨가 아는 사이라면 당연히 여기서 살았던 리쿠 씨와도 사이가 좋았다는 뜻이다.

아니, 오히려 더 친밀했던 건 또래인 시즈쿠 씨와 리쿠 씨였을 것이다.

"오랜만이야, 릿군."

"……시이 짱."

리쿠의 '릿군', 그리고 시즈쿠의 '시이 짱'.

옛날로 되돌아간 것처럼 서로를 그 당시 별명으로 부르는 두 사람을 보고, 나와 우미는 바로 알아차렸다.

두 사람은 소꿉친구였다.

오랜만의 재회여서 시즈쿠 씨와 좀 더 이야기를 나누고 싶다는 소라 아주머니의 제안도 있어서, 미조레 할머니까지 모두 여섯 명이 테이블에 둘러앉게 됐다.

이럴 때 항상 대화의 중심이 되는 건 우미였지만, 이번에는 나와 같이 대화를 경청만 했다. 아니, 소라 아주머니와 시즈쿠 씨의 수다가 엄청나서 좀처럼 끼어들 수가 없었다.

“그러고 보니 릿군, 얼마 전에는 왜 연락 안 했어? 골든 위크 전에 ‘8월에 동창회 합니다!’ 라고 안내 엽서를 보냈는데. 거기 연락처도 적었잖아?”

“아, 그거……. 아니, 답을 하려 했는데 바빠서 잊었어. 이 나이가 돼서 동창회도 좀 그렇고, 그래서 그냥.”

“어머나? 얼마 전 방 청소할 때 보니까 엽서는 컴퓨터 책상의 눈에 띄는 곳에 잘 보관한 것 같던데.”

“! 엄마, 또 쓸데없는 소리를…….”

“앗, 아주머니, 그거 정말이에요? 릿군, 동창회에 나오고 말고는 본인 마음이니까 어쩔 수 없는 일이지만, 하다못해 결석인지 아닌지는 미리 알려줘. 이제 출석 여부 확인은 마감이지만, 내 권한으로 특별히 끼워줄게. 그래서, 올 거야 말 거야?”

“아~……. 아니, 갑자기 그래도…….”

화제의 중심(?)이 된 건 리쿠 씨지만, 마치 기관총처럼 말을 쏟아내는 두 사람 앞에서 리쿠 씨는 머뭇거리기 바빴다.

그런데 동창회라니. 전학만 이어가던 나한테는 인연이 없는 것이어서 별다르게 생각할 필요도 없지만, 아마 초등학생 때까지는 이 마을에 살았을 리쿠 씨에게는 참석할지 고민이 될 것 같다.

리쿠 씨는 아직 젊지만 나이를 봐서는 거의 삼십 대에 가깝다고 해도 과언이 아니다. 대부분 그 나이면 어떤 직장이라도 다니며 매일 땀 흘리며 노력하고 있을 것이다.

리쿠 씨도 예전에는 직장을 다니며 열심히 살았겠지만 지금은 퇴직해서 본가에서만 사는 형편……. 그러니 혼자 켕기는 기분이 들지도 모른다.

우리 엄마도 전에는 동창회에 자주 나간 듯하지만, 그중에는 무심한 소리를 하는 사람도 있어서 그 일 때문에 엄마가 계속 투덜거리던 게 기억난다.

"근데 시즈쿠 넌 언제 여기로 돌아왔냐? 대학 진학으로 상경해서 거기서 취직했던 거 아니었어?"

"아……. 으, 응. 근데 직장이랑 집에서 여러 가지로 일이 있었거든. 여기로 돌아온 건 작년 겨울 즈음이었어. 그리고 기왕 이렇게 된 거 부모님 좀 도우려 한 거고. 지금은 음식 배달 겸 여관 접객 등의 업무를 맡는 중이야. 그런 릿군도 나랑 비슷하면서."

"그렇게 따지자면 그렇긴 한데……. 나는 뭐랄까, 지금 이러니까."

시즈쿠 씨는 리쿠 씨보다 한 살 어리다는데, 나란히 선 두 사람을 보니 리쿠 씨가 훨씬 나이 들어 보인다. 뛰어난 외모 덕분이기도 하지만 원래 표정이 밝은 시즈쿠 씨와 매일 밤을 새우는 등 건강치 못한 생활로 지친 얼굴인 리쿠 씨.

거의 또래여도 이렇게까지 외모에서 다른 분위기가 느껴지다니.

……나는 우미 덕분에 조금씩 생활 습관 개선이 이뤄지고 있다. 하지만 만약 그게 없었으면 어땠을까 생각하니, 나를 꼼꼼하게 챙겨주는 여자친구에게 더 감사한 마음이 들었다.

"그런데 시즈쿠, 붙잡아서 미안하지만 슬슬 일터로 돌아가야 하지 않아? 이제 여관 접객 일을 할 시간 아니야?"

"아, 그러고 보니. 즐겁게 수다를 떠느라 시간 가는 줄도 몰랐네. 그럼 전 이만 일 하러 가볼게요. ……릿군, 여관에 오면 내 작업복 입은 모습 보여줄 테니까 기대해."

"이제 와서 소꿉친구 차림새에 뭐 특별한 게 있다고. 얼른 일이나 하러 가."

"우으, 하여간 릿군은 여전히 부끄럼쟁이라니까……. 할머니, 소라 아주머니, 우미, 마에하라, 그럼 나중에 봐요."

"그래, 언제든 놀러 오렴. 물론 다음에는 우리 집에도 오고."

"네, 감사합니다."

시즈쿠 씨는 깊이 고개 숙여 인사한 후, 차체에 '시미즈' 라고 적힌 소형 트럭을 운전해서 여관이 있는 방향으로 달려갔다.

소라 아주머니와 미조레 할머니 사이에 흐르는 불온한 분위기 때문에 잠시 걱정도 했지만……. 시즈쿠 씨 덕분에 별 탈 없이 떠들썩한 시간을 보냈다.

시즈쿠 씨는 마치 폭풍 같기도 하고 그러면서도 태양 같은 분위기까지 갖춘 느낌이……. 외모는 전혀 다르지만 아마미와 살짝 모습이 겹쳐 보이는 듯했다.

우미와 내가 텅 비어버린 초밥 통을 정리하고 둘이서 식후의 차를 홀짝이고 있자니, 리쿠 씨가 크게 한숨을 내쉬었다.

"……후우, 이제야 끝났네."

"고생 많으셨어요, 리쿠 씨. 한 일주일 정도 할 말을 다 쏟아낸 거 아니에요?"

"아니, 한 달 정도는 될 것 같아. 시즈쿠 녀석도 참, 심정을 이해 못 할 건 아니지만 설마 그렇게까지 예전이랑 똑같이 굴다니. 말이 소꿉친구지 거의 10년 넘게 안 만났다고."

"……오빠, 그런 것치고는 시즈쿠 씨 타박이 별로 싫지 않은 얼굴이던데? 은근 실실거렸다고."

"뭐? 그럴 리가 있겠냐. 이제 다 큰 어른이면서 아직도 릿군이라고 부르고……. 하여간 사람 난감하게 하는 녀석이야. 아무튼 시즈쿠는 동생 같은 애니까 뭐."

"……흐음. 난 어차피 오빠의 남녀 관계에 관심 없어."

우미는 거기서 더는 따져 묻지 않았지만, 나와 마찬가지로 뭔가 느낀 바가 있을 것이다.

어릴 때부터 소꿉친구고 자신을 마치 친오빠처럼 잘 따른 데다가 귀엽기까지……. 동생 같은 애라는 말도 맞겠지만, 그것 이외의 감정이 있어도 이상하지 않다.

그 정도로 시즈쿠 씨와 대화할 때의 리쿠 씨는 자연스럽게 미소짓는 것처럼 보였다.

정작 당사자는 그걸 아는지 모르는지.

"……자, 그럼 이제 밥도 다 먹었으니까 우리도 얼른 체크인이나 하러 갈까. 할머니, 엄마, 오랜만에 돌아왔으니 너무 싸우지 마."

"얘가, 무슨 소리를 하는 거니? 나와 어머님이 매일 싸운다는 식으로 말하고……. 그럴 리 없잖니. 안 그래요, 어머님?"

"그래, 리쿠. 싸우는 게 아니라 어디까지나 교육의 일환이야.

이제 다 큰 아들과 딸이 있는데 여전히 어린애처럼 토라지는 며느리를 훈계하는 게지."

"…………."

"…………."

"아니, 그러니까 좀……."

'일부러 그러는 거다' 라는 노골적인 티를 내며 생글거리는 소라 아주머니와 미조레 할머니를 보고 리쿠 씨는 머리를 감싸쥐었다. 그리고 역시 안 되겠네, 하고 어처구니없어하는 우미까지.

……이렇게 보니 오히려 서로 사이가 좋은 게 아닐까 하는 착각이 들 정도지만, 본인들은 아주 진지한 모양이다.

두 사람을 놔두고 이 집을 나서는 게 걱정되지만, 외부인인 내가 끼어들 권리도 없고 그럴 용기도 없었다.

남은 일은 리쿠 씨한테 맡기고 나와 우미는 먼저 차에 올랐다.

나와 우미의 첫날은 이제부터가 진짜니까.

몇 분 후 두 사람에게 싸우지 않겠다는 (형식적인) 약속을 받아낸 리쿠 씨가 차에 오르자, 우리는 다시금 '시미즈' 를 향했다. 그래 봤자 미조레 할머니 댁에서 훤히 보이는 곳에 있어서 차로 5분도 채 걸리지 않겠지만.

산들 사이를 흐르는 강을 횡단하는 식으로 다리를 건너, 거기서부터 언덕을 올라 산중턱에 자리한 여관 '시미즈' 에 도착했다.

바로 앞에서 보니 생각보다 훨씬 호화스러운 분위기가 느껴졌다. 부지 주변도 관리가 잘되어 있고, 낡았다기보다 역사가 느껴지는 건물이었다. 나는 비즈니스호텔 같은 곳이어도 충분했는데 이렇게 훌륭한 여관에서 머물게 해주다니 소라 아주머니와 다이치 아저씨께 고마운 마음뿐이다.

현관 앞에 차를 대자 이미 준비하고 기다리는 중이었는지 종업원 유니폼을 입은 여성이 이쪽으로 달려왔다.

아까 맥주 케이스를 옮겼던 때의 민소매 티셔츠와 청바지 차림과 분위기는 달랐지만 분명 시즈쿠 씨였다.

"어서 오세요, 손님. 뒤편에 전용 주차장이 있으니 그쪽을 이용해 주시면 감사하겠습니다. ……후후, 릿군, 어때? 나 어울려?"

"옷이 날개라더니."

"하여간 솔직하지 못하긴……. 아무튼 주차하고 나면 프런트 데스크로 와. 객실로 안내할 테니까."

"네네. 나는 주차장에 차 세워놓고 올 테니까 너희는 각자 짐 가지고 먼저 로비에서 기다려."

"안 그래도 그럴 거거든요. 마키, 가자."

우미와 같이 차에서 짐을 내리고 먼저 여관 안으로 들어갔다. 로비도 내부 인테리어를 새로 했는지 벽 한 면이 깔끔한 흰색이었고, 카펫이 깔린 홀도 먼지 한 톨 없이 청결했다.

예상했던 것보다 훨씬 고급스럽고 제대로 갖춰진 여관이었다.

"후후, '시미즈'에 오신 걸 환영합니다. 우연히 취소 신청이 들어와서 오늘은 웬일로 다른 손님은 한 팀도 없으니까 오늘만큼은 너희 셋이 전세 낸 거랑 똑같아. 대욕탕도, 노천탕도 원하는 시간에 편하게 들어가도 돼……. 아, 우리는 혼욕은 안 되니까 그것만큼은 주의하고. 거기 열애 중인 두 사람, 잘 알겠지?"

"그 정도는 잘 알아요. ……그치, 우미?"

"……시즈쿠 씨, 그럼 방에 개별 욕탕은요?"

"그렇게까지 나랑 들어가고 싶어?"

각자 쓰는 객실이라면 자유지만, 리쿠 씨와 같이 숙박하니까 그것도 어려울 듯하다.

물론 우미와 같이 욕탕에 들어가고 싶지 않다는 건 당연히 아니다.

그리고 아쉽지만(?) 오늘 머무는 방에는 따로 딸린 욕실이 없단다. 방 등급에 따라서는 별도로 노천탕도 있다지만 그건 숙박료가 3배 이상 차이가 난다고 한다.

……그래서 다음에 이곳에 머물게 될 때는 아마도 돈을 넉넉히 모은 후가 될 것 같다.

차를 주차하고 나서 로비로 들어온 리쿠 씨와 같이 체크인을 마치고, 시즈쿠 씨의 안내로 우리는 오늘과 내일 머물 객실로 향했다.

"자, 여기입니다. 셋이서 쓰기에는 좀 좁을지도 모르지만 객실 중에서는 이곳이 바깥 경치가 제일 좋아."

우리가 안내된 곳은 건물 3층 객실 구역에 위치한 일본식 방이었다. 방 안쪽에 있는 장지문을 여니 그곳에 또 공간이 있고, 커다란 창문 밖으로 펼쳐진 녹음 무성한 자연을 감상할 수 있도록 작은 테이블과 그걸 사이에 둔 위치로 1인용 소파가 두 개 놓여 있었다. 곧 있으면 저녁이고 밤이 되면서 점점 어두워지는 게 안타깝지만, 아침 해가 떠오르기 시작할 때면 멋진 경치를 구경할 수 있을 듯하다.

"아, 그러고 보니 릿군, 저녁 먹을 시간은 어떻게 할래? 점심 먹은 지 얼마 안 됐으니까 좀 늦은 시간으로 잡을까?"

"음~……. 글쎄."

리쿠 씨가 우리 쪽을 보길래 나는 답하듯 고개를 끄덕였다.

식욕이 왕성한 우리는 평소 저녁밥 먹는 시간이라도 괜찮지만, 리쿠 씨한테는 좀 더 시간을 두는 편이 좋을 것 같다.

"그럼 그쪽 말대로 조금 늦게 먹도록 하지 뭐. 나는 지금 좀 잘 테니까……. 그럼 저녁 7시 정도에."

"알겠습니다. 그럼 아빠…… 아니, 요리장님께도 전달하겠습니다."

"우리 앞에서는 그냥 '아빠' 라고 불러도 될 것 같은데. 근데 오랜만에 왔는데 나도 아주머니와 아저씨께 인사 안 드려도 돼?"

"괜찮아. 신경 안 써도 돼. 엄마는 오늘 지역 상공회 모임으로 늦고, 아빠는 누구랑 똑같이 부끄럼쟁이라서."

"……그 누구가 누군데?"

"우후후~. 글쎄, 누굴까~?"

역시 두 사람의 대화를 지켜보니 확실히 알겠다.

리쿠 씨와 시즈쿠 씨는 결코 '평범한 소꿉친구' 사이가 아니다.

부끄러워서 그런지 오랜만에 재회한 연하 여성의 얼굴을 제대로 보지도 못한 채 무뚝뚝하게 대답만 하는 리쿠 씨.

그리고 그렇게나 나이를 먹어도 중학생이나 고등학생 같은 반응을 보이는 연상 오빠를 그리워하듯 따듯한 미소를 지으며 가만히 바라보는 시즈쿠 씨.

과연 이게 10년이 넘는 재회가 될 정도로 소원히 지냈던 소꿉친구들의 모습일까.

빨리 사귀라니까. 우미의 그런 중얼거림이 내 귓전에 살짝 파고든다.

하긴 우리가 할 말은 아닐지도 모르지만.

"어쨌든 나는 저녁 식사 전까지는 잘 테니까 너희는 알아서 쉬어. 먼저 목욕탕에 들어가든가, 밖을 돌아다니며 시간이나 때우든가, 아니면 게임 가지고 놀든가."

"뭐야, 오빠 주제에 건방지게……. 마키, 우리 어떻게 할까? 텔레비전이 있긴 한데 이 시간대에는 별로 재밌는 것도 안 할 것 같고, 휴대용 게임기도 가지고 오긴 했지만 여기까지 와서 할 건 아니잖아."

"음~. 그러네……."

리쿠 씨와 같이 잠시 눈을 붙이는 것도 괜찮은 선택지겠지만, 오랜만에 먼 곳까지 나와서 기분이 고양됐는지 신기하게 눈도 말똥말똥하다. 아직 시간도 일러서 온천에 몸을 담글 기분도 아니었다.

"모처럼 여기 왔으니까 산책이라도 할 겸 둘이서 밖이라도 돌아볼까. 시간상 너무 멀리까지는 못 갈 테니까 여관 주변이 되겠지만……. 시즈쿠 씨, 어디 좋은 곳 있나요?"

"아, 응. 산책이라면 우리가 관리하는 뒤편의 산길은 어때? 천천히 걸어도 채 한 시간이 안 걸리고, 길 중간에 원천이 흐르는 폭포를 볼 수 있는 장소도 있거든. 아, 물론 조용한 곳이니 둘이서 꽁냥거릴 수도 있고?"

"……그 부분까지 신경 안 써주셔도 되는데."

시즈쿠 씨의 괜한 참견은 그렇다 치고, 그 정도의 산책 코스라면 체력적으로도 괜찮을 성싶다. 나한테는 처음, 우미에게는 오랜만에 방문한 땅이니 여관만이 아니라 그 주변 경치로 최대한 눈에 담아두고 싶다.

……그리고 꽁냥거리는 것도 길 한복판에서 하려 들면 못할 것도 없지만.

그리하여 시즈쿠 씨의 제안을 받아들이는 형태로, 목욕과 저녁 식사 전 가벼운 운동을 겸해서 여관 주변의 산책 코스를 걷기로 했다. 코스의 시작과 끝 지점은 방금 리쿠 씨가 차를 세운 주차장이어서, 잘 정비된 안정된 길만 따라 걸으면 된다.

하지만 산길이라서 어느 정도의 오르막과 내리막이 있는 것과 너구리나 원숭이 등 자연 속에 자리 잡은 지역 특유의 야생동물이 종종 나타나기도 한다는데, 입구 간판에도 적혀 있듯 그 점을 주의해 두기로 했다.

"그럼 갈까, 우미?"

"응."

우리는 길을 잃지 않도록 서로 손을 꼭 잡고 산책 코스를 걷기 시작했다.

길은 잘 정비되어 있었지만 거기서 조금만 벗어나면 울창한 수풀이어서, 우리는 서로 손가락을 얽어 꼭 깍지를 낀 채 떨어지는 일이 없도록 했다.

"……마키, 참 조용하다."

"응, 멀리서 들려오는 희미한 강물 소리랑 새 울음소리밖에 안 들려……."

원래는 다른 숙박객이 이곳을 걸어도 이상할 게 없지만, 오늘 여관에 머무는 손님은 우리뿐이다.

리쿠 씨는 지금 방에서 꿈나라로 가 있을 테고, 시즈쿠 씨나 다른 종업원들도 여관 일로 정신이 없을 테니까.

여기서 우리 둘이 무슨 짓을 해도 누구에게도 들키지 않는다.

"있잖아, 마키."

"응, 드디어 우리 둘만 남았네."

"그러게. ……마키, 좀 더 바짝 붙어도 돼?"

"아직 입구 근처인데 벌써? 더 들어간 다음에 하는 편이."

"괜찮아, 괜찮아. 걱정 안 해도 건물에서 여긴 안 보이니까."

그러면서 우미는 나한테 태클이라도 걸 기세로 와락 달라붙었다.

출발 전에 있었던 약간의 시간이나 휴게소에서의 중간 휴식 등 틈만 나면 우리만의 시간을 만들려 했지만, 진정한 의미에서 아무런 방해도 받지 않는 (것으로 여겨지는) 건 이 순간이 처음이다.

평소 우리 집에서 놀 때는 게임을 하는 중에도 영화는 보는 중에도 심지어 식사 중에도 알콩달콩한 시간을 보내는데, 오늘은 계속 기회를 놓치기만 하는 꼴이다.

그래서 짧은 시간이긴 하지만 이때를 만끽해야만 한다.

"하아, 역시 마키 심장 소리를 들으면 마음이 편해진다니까……. 주변이 조용해서 그런지 마키한테만 집중할 수 있어서 좋고."

"우미, 오늘은 심장 소리 안 들으면 좋겠는데……. 부, 부끄러우니까."

"왜 부끄러워하고 그래? 여자친구랑 밀착해서 살짝 야릇한 기분이 드는 밝힘증 마키가 뭐 그리 신기하다고."

"그럴지도 모르지만……. 여기 밖이잖아."

나나 우미의 집에서 서로 끌어안거나 분위기가 좋아지면 오늘 아침처럼 키스할 때도 있지만, 장소가 밖이라 그런지 색다른 기분이 든다.

돌이켜보면 우미와의 첫 키스는 작년 크리스마스 파티 후에 집으로 돌아가는 길에서 했지만, 고백하면서 자연히 이어지는 키스와 그저 단순히 애정을 나누고 싶은 의미에서의 키스는 행동은 똑같아도 의미가 전혀 다른 듯한데……. 내 생각이 너무 지나친 걸까.

"이, 일단 산길 정상부터 가볼까. 거기라면 잠시 쉴 곳도 있을 테고 경치도 좋을 테니까."

"아하, 무드를 중시한다 이거구나. 마키는 의외로 동정스러운…… 아니, 로맨티시스트구나."

"그럴 때는 그냥 로맨티시스트만 해도 되지 않을까? 아니, 뭐 아까 그 말도 사실이긴 한데."

그 상대는 내 눈앞에 있는 사랑하는 여자친구로 이미 예약 완료지만, 과연 그 일은 언제가 되려는지.

혹시 몰라 가방 안에 그 물건을 잘 넣어두긴 했지만…… 설마 처음을 밖에서 하게 되는 일은……. 아니, 지금은 우선 걷는 것에만 집중하자.

여행지에서 느끼는 해방감이 이렇게 만드는 것인지……. 나도, 우미도 어쩐지 행동이 대담해진 느낌이다.

우미에게서 잠시 떨어졌을 때 알아차렸는데, 어느새 나도 우미의 몸을 꼭 당겨 안고 있었다.

주로 허리 부근을.

"……후후, 마키, 야해."

"미, 미안해."

몸을 떼는 순간 우미가 귓가에 살짝 속삭였다.

역시 아무리 시간이 지나도 나는 눈앞의 이 여자애를 이길 수 있을 것 같지 않다. 물론 그건 그것대로 기쁜 일이니 나쁘지 않지만.

잠시 닭살 커플 모드 상태였다가 원래대로 돌아온 우리는 다시금 산책을 재개했다.

이 정도 산길이라면 우리 고등학교 부지 뒤편에 있는 언덕길과 비슷한 듯한데, 잘 보니 곳곳에 자생하는 식물이나 때로 시야 끝을 가로지르는 곤충들이 달랐다.

어릴 때 도감 등에서 본 것뿐이라 기억은 흐릿하지만, 생물들이 모두 맑은 물이나 풍성한 자연이 남아 있지 않으면 서식하기 힘든 것들뿐이었다. 너구리나 원숭이도 그렇지만, 인간의 손에 한 번 크게 개발이 이뤄지면 동물들은 그 주변에서 지금까지처럼 생활할 수 없게 된다.

이번에 여기 온 건 어디까지나 우연이었지만, 우미와 둘이서 평범한 관광지로 여행 가는 것보다 훨씬 귀중한 경험을 하는 것 같다.

동행을 제안해 주신 다이치 아저씨께는 나중에 또 제대로 감사 인사를 드려야겠다.

산길에서 발견한 이것저것에 대해 우미와 수다를 떨면서 걷기를 십여 분. 산책 코스 중에서 가장 가파를 것으로 보이는 계단을 오르니 시즈쿠 씨가 말했던 '정상'에 도착했다.

"후우, 산책길인데도 좀 힘들다."

"그러게. 아, 마키, 저기 아닐까? 봐봐, 원천이 흐른다고 했던 거기."

금속제 울타리가 세워진 장소 저편에 원천에서 샘솟은 온천물이 흰 실을 늘어트리듯 아래로 흘러내리고 있었다.

산의 해발을 고려해 보면 아마 이 지점도 수십 미터 높이겠지만……. 거기서 내려다보이는 아름다운 자연과 그와 조화를 이루며 늘어선 마을의 경치는 감동하기에 충분했다.

"참 예쁘다, 우미."

"응. ……아, 혹시 나 말하는 거야?"

"경치 말이야. ……물론 우미도 예쁘지만."

"그래? 고마워. 마키도 오늘 어쩐지 더 멋있어 보이는데? 아, 혹시 이곳에 어떤 환술 같은 주술이 걸려 있다거나?"

"갑자기 웬 판타지 세계관이."

나는 늘 그랬듯 똑같은 것 같지만, 우미는 평소보다 세 배는 더 빛나 보인다.

아침에 나를 데리러 왔을 때부터 지금까지 우미는 항상 내 앞에서 외모를 신경 쓴다. 머리칼이 흐트러지지 않도록 틈이 나면 손거울을 보며 머리를 다듬고, 땀을 너무 흘리지 않도록 손수건으로 땀방울을 닦아낸다.

스스로 예쁘다 생각해 그러는 게 아니다. 언제나 나한테 '귀엽다' '예쁘다' 라는 칭찬을 받기 위해서다.

그렇게 생각하니 우미가 더 사랑스럽게만 느껴진다. 눈앞에 펼쳐진 자연도 좋지만, 내 의식은 서서히 옆에 있는 소녀에게 옮겨간다.

"우미, 있잖아."

"? 왜 그래? 마키."

"오늘은 나를 위해 아침부터 여러모로 애써줘서 고마워. 솔직히 너무너무 기뻐."

"오, 마키 군, 혹시 지금 저를 유혹하시는 겁니까? 아직 저녁 식사 전인데."

"절반은 순수한 심정이라고 해야 하나, 감상인데. ……남은 절반은 조금 있을지도 몰라."

"야한 생각이?"
"……응."
"역시나. 마키의 그런 평상시 태도도 좋아하지만. 근데 여자 마음으로 따져보자면, 가끔은 말로 하지 말고 분위기로 전달해도 되지 않을까 하는 생각도 있긴 한데."
"분위기……. 아, 그건 어떤 건데."
"말이 아니라 행동으로 자연히 마음을 전하라는 뜻이지."
"……그러니까 네가 평소에 하는 것처럼 행동으로 옮기라는 거야?"
"응, 그렇지."
"그렇구나……. 그러면."
마음속으로 미안, 하고 중얼거리면서 나는 우미를 가만히 끌어당겨 안았다. 평소 안던 자세와는 달리 팔로 허리에서부터 엉덩이 중간까지의 부근을 감아서.
달리 더 능숙한 방법이 있을지도 모르고 어쩐지 노골적인 느낌도 들었지만, 경험 부족한 고등학생이 하는 것이라곤 이 정도가 최선일 것이다.
"이, 이렇게?"
"후후, 그래, 좋아. ……일단 저쪽에 벤치가 있으니까 가서 앉을까?"
"으, 응."
우미에게 이끌려 나는 근처에 있던 나무 벤치로 가서 앉았다. 대략 3~4인용의 크기여서 아예 드러누워도…… 아니, 내가 무슨 생각을 하는 건지.

이번에는 우미가 얼른 내 허리에 팔을 감았다. 좋은 분위기라는 게 바로 이런 걸까. 다른 때처럼 애정 어린 장난을 칠 때의 '소녀' 우미와는 좀 느낌이 달랐다.

"마키, 숨이 거칠어졌네."

"아……. 그거야 방금까지 산길을 걸어서 그렇지."

"그래? 그런 것치고는 걸을 때보다 호흡이 더 가쁜 것 같은데?"

"그건 우미도 마찬가지잖아."

바짝 밀착한 자세라서 내 심장 소리만이 아니라 당연히 우미의 가슴 속 고동까지 확실히 전달되고 있다.

몸 안쪽이 점점 달아오르는 것이 느껴졌지만 머릿속은 아직 조금 냉정한 상태였다.

이 산책길은 숙박객 이외에도 이용한다는데, 이 지역 사람들은 그렇게까지 잘 다니지 않는지 지금은 폭포에서 흘러 쏟아지는 물에서 나는 소리와 우리의 숨소리밖에 들리지 않았다.

아무리 그래도 이런 곳에서 행위를 저지르지는 않겠지만, 그래도 평소보다는 좀 더 과감하게 행동할 수는 있을 것 같다.

……아니, 이렇게까지 분위기가 좋다면 나도 하고 싶다.

"……우미."

너무나도 사랑하는 여자친구의 이름을 나직이 부르며 나는 한쪽 팔로 우미를 다시금 끌어당겨 안고, 다른 한 손은 그 새하얀 뺨에 댄 채 얼굴을 천천히 가져갔다.

키스해도 되냐고 넌지시 내 의도를 전하자…… 우미는 살짝 웃고는 조용히 눈을 감았다.

허락한 모양이다.

입술을 살며시 간질이는 우미의 숨결을 느끼며 나는 천천히 얼굴을 가까이 가져다 대면서——.

그리고 입술이 아니라 거기서 조금 아래의, 우미의 목덜미 쪽에 입술을 댔다.

"읏……?!"

그 순간, 우미는 놀라서 신음하며 몸을 움찔거렸다.

내가 입술에 키스하는 줄 알다가 갑작스럽게 허를 찔리자 귀여운 비명이 튀어나왔다.

"……마키."

"미안……. 입술은 늘 하는 거니까 가끔은 다른 곳에 해보고 싶어서. ……혹시, 싫었어?"

"…………바보."

그렇게 말하며 우미는 불만스럽게 뺨을 부풀렸지만, 하는 것 자체는 문제가 없었는지 나도 내심 안도감으로 가슴을 쓸어내렸다.

"근데 마키, 갑자기 그런 곳에 키스하면 좀 지저분하잖아. 오늘 날씨가 계속 더워서 땀도 많이 흘렸단 말이야."

"아니, 괜찮아. 물론 맛이 짭짤하긴 했지만, 그래도 너니까."

"……어쩐지 마키가 오늘 유난히 변태로 보이는데."

내가 평소에는 잘 숨기며 참고 있을 뿐이지 머릿속으로 이 정도는 늘 생각하는 편이라 행위를 하고 싶다는 욕망은 분명 가지고 있다.

입맞춤하면서 살짝 혀끝에 닿은 우미의 땀 맛은 그 말대로 더러울 수도 있고 맛있는 것도 아니겠지만 결코 싫지 않았다.

이 상황에 오히려 가슴까지 두근거렸다.

"우미, 마저 해도 돼?"

"……변태에다가 심술궂기까지 하네."

"미안, 미안. ……그래도 가끔은."

나는 이어서 우미의 몸에 얼굴을 대고 입맞춤을 이어나갔다.

처음 갑자기 했을 때는 잔뜩 굳었던 우미의 몸도 점차 익숙해졌는지 지금은 완전히 힘을 빼고 나한테 모든 걸 맡기고 있다.

흰 피부를 발그레하게 물들이는 우미의 모습은 귀엽고, 예쁘고, 묘하게 섹시하기까지 했다.

아마 지금 누가 위에서 우리를 본다면 '이런 곳에서 쟤들이 뭘 하는 거지?' 하는 생각을 할 것이다. 인적이 드물고 자연에 둘러싸인 산길이라도 공공장소라는 사실은 변함이 없다.

산책을 나온 지 얼마나 시간이 지났을까. 곧 어두워질 시간이어서 빨리 돌아가는 게 낫다는 건 잘 안다.

그러나 지금 이 어중간한 상태에서 여관으로 돌아가면 리쿠 씨나 시즈쿠 씨 앞에서 아무 일도 없었던 것처럼 굴 수 있을까.

일단 우미의 몸에서 입술을 뗀 나는 다음 허리 주변을 감았던 손을 천천히 옆구리 쪽으로 옮겼다.

평소에 이 자세라면 서로 민감한 곳을 간질이거나 몸을 비틀며 웃고 즐거워하지만, 이번에는 좀 더 성적인 느낌이다.

"……훗."

내 의도를 금세 이해한 우미가 쿡쿡 웃음을 터트렸지만, 지금까지와 별다른 태도는 보이지 않았다.

예전에 우미의 가슴에 얼굴을 묻은 채 어린애처럼 응석을 부린 적도 몇 번이나 있었지만, 이번에 다른 목적으로 직접 손으로 만지는 건 오늘이 처음이다.

이미 가슴의 고동은 엄청난 기세로 빠르고 크게 약동하고 있다.

우미의 봉긋한 가슴으로 천천히 손을 뻗는다. 분위기를 중시한다면 영화나 드라마에서 종종 봤던 러브 신처럼 키스하면서 자연스럽게 만지는 게 좋겠지만, 나는 긴장감으로 손까지 떨리는 바람에 그렇게까지 능숙한 재주는 부릴 수도 없다.

앞날을 생각해 보자면 이런 것에도 좀 더 적응하는 것이 좋을지도 모른다.

"우미."

"……응."

손의 떨림을 어떻게든 가라앉힌 나는 그 봉긋한 곳에 살며시 손을 대봤다.

닿기만 했는데도 벌써 부드러운 감촉이 전해진다. 부드럽고 따듯하고 좋은 냄새가 나는 건 이전부터 다 알고 있었던 사실이었지만, 손으로 만져보니 우미와 연인이 된 것이 행운임을 다시금 실감했다.

"있잖아, 마키. 어쩐지 말이야."

"응?"
"이대로 있다가는 우리 좀 위험할 것 같은데."
"……그러게."
그렇다. 처음에는 그냥 알콩달콩한 시간만 보낼 셈이었는데 나와 우미도 이미 잔뜩 흥분해서 머릿속이 멍해진 상태다.
이제 그만둬야 한다는 건 인식하고 있었지만 조금만 더, 그리고 딱 이것만 하자고 생각할 때마다 냉정했던 사고가 점점 흐려져 간다.
우리라면 분명 괜찮을 줄 알았는데 너무나도 서로를 사랑하는 연인 사이에 하는 기분 좋은 행위를 멈출 수가 없다.
"……마키, 어떡하지? 아니, 마키, 어떻게 하고 싶어?"
"음~……."
어떻게 하고 싶냐는 물음에 대답은 하나밖에 없다.
……하나밖에 없긴 하지만, 상황상 여러모로 안 좋은 듯하다.
우선 이곳은 밖이다. 누가 방해할 곳은 아니라는 점은 좋지만 아무리 그래도 이런 바닥 딱딱한 곳에서 우미를 눕히는 건……. 특수한 취향을 가지지 않는 한 이건 아니다.
처음은 역시 평범한 것이 좋다. 여기가 내 방이었다면 진도를 나가겠지만 지금은 그럴 때가 아니다.
"후후, 마키, 온 얼굴의 근육이 움찔거려서 징그러운데?"
"미, 미안. 그래도 이번에는 굉장히 갈등이 생겨서 말이지."
냉정해지라는 머리의 명령과 하반신에서 치미는 순수한 욕망이 서로 부딪치느라 어쩌면 좋을지 알 수가 없다.

우미는 그런 나를 보고 가만히 기다려주고 있다.

솔직히 말해서 하고 싶다. 이대로 손만 뻗으면 마음 착한 우미는 분명 날 받아줄 것이다.

"우미, 있잖아, 나, 나는 너랑——."

"……응, 뭔데?"

"너랑 지금 여기서——."

——부스럭!

""!!??""

지금까지 조용하기만 했던 분위기를 깨고 들어온 어떤 소리에 우리는 펄쩍 뛰어오르기라도 하듯 몸을 일으켜 반사적으로 주변을 둘러봤다.

근처에 있는 나무가 흔들리기라도 한 것인지 바람결에 잎사귀가 스치는 소리가 우리의 시선 끝, 돌아가는 길목 저 아래쪽에서 들려왔다.

"마키, 지금——."

"으, 응. 우미, 일단 내 뒤에 있어."

나는 얼른 우미를 내 등 뒤로 보내고, 소리가 난 쪽을 가만히 지켜봤다.

인기척은 나지 않는 걸 보니 아마도 야생동물이 산길로 들어섰나 보다. 작은 동물이면 별로 신경 쓰지 않아도 되겠지만 너구리나 원숭이일 가능성도 있어서 주의는 해야 한다.

무슨 발소리인지 나뭇잎을 밟는 듯한 소리가 서서히 커진다. 이쪽으로 다가오고 있었다.

갑작스러운 일에 당황했지만 내 뒤에 지켜야만 하는 사람이 있어서 그런지, 내 머릿속은 의외로 차분했다.

한창 좋은 분위기에 방해를 받고 말았지만 그건 나중에 생각하면 될 일이다.

"우미, 소지품은 챙길 수 있겠어?"

"응, 그럼 이대로 천천히 왔던 길로 되돌아가자."

이럴 때는 상대를 자극하지 않도록 천천히 그 자리를 뜨는 게 최선이다.

방금 전까지 스킨십으로 흐트러졌던 옷매무새를 정리하고 일어난 우리는 아주 자연스럽게 시선 끝에 있을 무언가를 알아차리지 못한 척하면서, 마음만 급한 발걸음으로 산길을 내려가기 시작했다.

귀에 닿는 그 나뭇잎 스치는 소리가 서서히 멀어지는 걸 느끼며 나도 우미도 안도감에 가슴을 쓸어내리려 한 순간――.

――……흑, 무서워~……. 어디 있는 거야~……?

방금까지 우리가 있었던 곳에서 그런 목소리가 들렸다.

"……우미, 지금 저거."

"응, 어린애 목소리 맞지? 확실히 들렸어. 우는 것 같았는데……."

역시 내 착각이 아니었나 보다. 그렇다면 상황상 방금 소리를 낸 사람은 그 아이였다는 건가.

어른이라면 모를까 아이, 그것도 꽤 어리면 그 기척을 알아차리기는 어렵다.

그런데 왜 이런 곳에, 그것도 이 시각에 어린아이가 있는 걸까. 이 동네 아이가 숲에서 헤매는 것이라고 해도 이런 장소를 혼자 돌아다니게 하는 부모가 있을 것 같지도 않다.

……이거 쉽게 이곳을 떠날 수도 없겠는데.

"어떤지 살펴보러 가는 게 좋겠지?"

"그러게. 근데 만약 정말 길 잃은 애라면 그냥 놔둘 수 없잖아."

결국 다시 한번 정상으로 되돌아간 우리는 소리가 난 방향으로 다가갔다.

——흐으윽.

여전히 울먹이는 소리에 귀를 기울이며 나무 그늘 사이에서 벤치 쪽을 슬쩍 엿보니, 그 옆에 작게 쪼그리고 앉아 있는 어린아이 모습이 눈에 들어왔다.

남자아이로 보인다.

"우미."

"응, 한번 말을 걸어보자."

곧바로 그 곁으로 뛰어 다가가니 기척을 눈치챘는지 남자아이는 바로 얼굴을 들며 우리를 쳐다봤다.

"……형이랑 누나는 누구야?"

"우리는 이 근처 여관에 온 손님이야. 여기를 내려가면 '시미즈' 라는 큰 건물 있지? 근데 너는 왜 여기 혼자 있는 거니? 이름이 뭐야?"

"……레이지."

우미의 물음에 남자아이는 그렇게 대답했다. 우리가 와서 다소 마음이 놓였는지 조금씩 진정하는 모양이다.

가지고 있던 휴대용 티슈로 남자아이의 눈물과 콧물을 닦아주고 울음이 그치길 잠시 기다리고 있는데, 아이가 내 소매를 꾹꾹 잡아당겼다.

"? 왜 그래?"

"……아빠 어디 있는지 알아?"

"아빠? 음, 레이지의 아빠 말이야? 혹시 아빠를 놓치고 길을 잃은 거야?"

"…………."

아이가 고개를 가로젓는 걸 보니 아빠와 헤어지게 된 건 아닌 듯했다.

자세한 상황을 물어보고 싶었지만 어린아이에게 순서대로 이야기하게끔 하는 건 어려운 일이다.

외모로 봤을 때 나이는 대략 서너 살쯤일까.

"마키, 일단 지금은 이 애를 데리고 여관으로 가자. 우리끼리로는 판단하기도 어렵고 만약 얘가 미아라면 경찰에 신고라도 할 수 있을 테니까."

"응. ……레이지, 아빠는 일단 나중에 찾고 이 형이랑 누나랑 같이 안전한 곳으로 갈까? 더 걸을 수는 있겠어?"

"…………."

레이지는 아무 말도 없이 고개를 젓더니 나한테 달라붙었다.

나를 잘 따르는 아이를 이대로 그냥 놔둘 수도 없으니 레이지를 안고 데리고 가는 수밖에 없었다.

아이를 안는 게 처음이라 긴장은 됐지만, 레이지가 바짝 붙어 떨어지지 않으려 해서 나는 힘을 내어 아이를 안아 든 채 산길을 내려가야만 했다.

레이지의 몸무게가 생각보다 가벼웠던 게 그나마 다행이었달까.

"……우음, 아빠……."

"어머나, 안심했는지 잠들었네. 후후, 너보고 아빠래, 마키."

"내가 그렇게 되려면 아직 먼 것 같은데……. 그래도 이렇게 얌전히 있는 게 데리고 가기 쉬우니까."

솔직히 나는 어린아이를 그다지 좋아하는 편은 아니었지만, 이 정도로 얌전하고 솔직한 아이는 귀엽게 느껴지기도 했다.

감당이 안 될 정도로 울보에 응석만 부리던 당시의 나와는 비교가 안 될 정도다.

가는 동안 우미와 함께 레이지가 또 우는 게 아닐까 살피면서, 30분 정도 걸려 하산 코스를 걸어 골 지점인 '시미즈'의 주차장으로 돌아갔다.

여러 사건으로 인해 시간이 오래 걸리긴 했지만 별다른 일 없이 어두워지기 전에 원래 장소로 되돌아올 수 있어 참 다행이다.

"마키, 고생했어. 레이지를 안고 있느라 힘들지? 내가 대신 안을 테니까 좀 쉬어."

"고마워. ……긴장해서 그런지 좀 피곤하긴 하다."

"나도. 저녁 먹고 목욕한 다음에 오늘은 얼른 잘까. 내일은 나도 할머니 댁 일을 도와야 해서 일찍 일어나야 하거든."

나는 외부인이니 그쪽 일까지 참여하지 않아도 된다는 소라 아주머니의 말을 들은 상태다. 그래서 나는 천천히 쉬면서 체력 회복을 해도 된다.

내일은 우미와 같이 마을 외곽에 있다는 깨끗한 물이 흐르는 강에서 물놀이를 할 예정이다.

……이번 여행은 어쩐지 야외 활동과 유난히 인연이 많은 것 같다. 기분 탓인가.

"우웅……."

"! 레이지, 일어났니? 여관 도착했으니까 아빠 찾기는 조금만 더 참자."

"……응. 누나, 이제 나 안 안아줘도 돼."

"앗, 잠깐——."

눈을 뜬 레이지는 우미의 품에서 벗어나 혼자 주차장을 타박타박 걸어갔다.

또 어디서 길을 잃을까 봐 우리는 얼른 뒤를 쫓는데, 정면 현관에서 큰 목소리가 들렸다.

"레이지, 레이지, 어디 있니? 근처에 있으면 대답 좀 하렴."

"레이지, 레이지!"

저 먼 곳을 향해 외치고 있던 건 시즈쿠 씨와 리쿠 씨였다.

상당히 당황한 모습으로 레이지의 이름을 부르고 있어서……

나와 우미가 의아해하고 있는데 레이지가 그 두 사람 쪽으로 아니, 정확히는 시즈쿠 씨 쪽을 향해 후다닥 달려갔다.

"엄마!"

""……어?""

레이지는 분명 그렇게 말했다. 시즈쿠 씨의 모습을 보고 '엄마' 라고 확실하게.

"아……. 우미, 이게 어떻게 된 걸까?"

"으음~……. 글쎄 뭐가 뭔지."

아빠와 헤어져 길을 잃은 줄 알았던 레이지의 엄마가 시즈쿠 씨고……. 정보 처리가 되지 않아 머리는 혼란스럽기만 했다.

"! 레이지, 혼자 돌아다니면 안 된다고 했잖니……. 엄마가 얼마나 걱정한 줄 알아?"

"미안해. ……근데 아빠가."

"아빠? 네 아빠가 여기 올 리가……. 아, 주차장에 세워둔 릿군의 차를 보고…… 설마."

"! 아하, 그래서 레이지가 착각한 거구나……."

우리는 상황을 제대로 파악하지 못해 시즈쿠 씨와 리쿠 씨의 대화를 제대로 이해할 수 없었지만, 그 부분의 자세한 사정에 대해서는 두 사람에게 물어볼 수밖에 없나 보다.

"시즈쿠 씨, 오빠."

"우미……. 그리고 마에하라. 혹시 너희가 내 아들을……."

"네, 마침 산책 중에 혼자 있는 걸 발견했거든요……. 저어, 레이지는 아빠를 찾는 중이었나 본데, 그……."

"……그래, 너희는 우리 레이지의 은인이기도 하니 나중에 얘기해 줄게. 레이지, 어서 누나랑 형한테 고맙다고 해야지."

"……응."

엄마가 곁에 있자 낯을 가리는지 레이지는 시즈쿠 씨 뒤에 숨어서 우리한테 꾸벅 인사를 했다.

이번 일은 엄마의 말을 제대로 듣지 않은 레이지의 잘못이겠지만, 그래도 큰일이 일어나지 않아 다행이다.

그리고 대도시에서 일했다는 시즈쿠 씨가 한창 활발히 경제활동을 할 나이에 왜 이곳으로 돌아왔는지 그 이유를 어쩐지 알 것만 같았다.

3. 소꿉친구의 10년

우선 레이지를 방으로 데리고 가 재운 후, 다시금 고맙다는 말을 하러 온 시즈쿠 씨는 우리에게 자세한 이야기를 해주었다.

레이지, 그러니까 시미즈 레이지는 시즈쿠 씨와 그 '전' 남편 사이에서 난 아들이었다.

시즈쿠 씨의 나이를 보면 어린 자식이 있어도 이상할 건 없지만, 설마 결혼하고 벌써 이혼까지 했을 줄은 상상도 못 했다.

거의 10년이 넘게 소식이 없다가 소꿉친구인 리쿠 씨와 재회하여 다시금 예전으로 돌아간 것처럼 즐겁게 떠드는 시즈쿠 씨의 모습만 본다면.

"——릿군네 차가 그 사람이 탔던 차랑 똑같아서 레이지는 아빠가 자기를 데리러 온 줄 알고 참지 못해 밖으로 뛰어나갔던 모양이야. ……그 사람도 아들 앞에서는 자기 나름대로 아버지 노릇을 해서 레이지도 많이 따랐거든."

레이지와 시즈쿠 씨는 여관 1층에 있는 종업원용 방을 빌려 거기서 생활하는데, 그 방 창문에서 뒤편 주차장이 잘 보인단다.

저녁 무렵 레이지는 시즈쿠 씨가 시킨 대로 방에서 얌전히 엄마가 돌아오길 기다렸지만, 오늘 차 한 대도 들어오지 않는 주차장에 아빠가 평소 타고 다니며 외출할 때도 같이 탔던 차가 왔으니, 자기를 데리러 온 줄 알고 오지도 않은 아빠를 찾는 사이에 산책로에서 길을 헤맸다……. 이게 이번 사건의 진상이었다.

그래서 만약 우리가 시간을 별로 들이지 않고 얼른 산책로를 걸어 여관으로 돌아왔다면 레이지를 일찍 발견하지 못했을지도 모른다.

돌이켜보면 남에게 자랑할 만한 행동을 한 건 아니었지만, 어떻게 이런 우연이 다 일어날 수 있는지.

아사나기네가 쓰는 차는 유명 제조사의 대표 모델이라 흔한 편이라 할 수 있다. 대개는 차량 번호나 안에 보이는 내부의 미묘한 차이 등으로 판단할 수 있지만, 그런 부분까지 어린 레이지에게 판단하라는 건 너무 가혹한 일이다.

레이지는 현재 네 살로, 지금은 새로운 유치원에 다니는 중이란다.

그래서 엄마와 아빠 사이에 일어난 사정을 이해하려면 몇 년 더 있어야 한다.

"그리고…… 저어, 릿군도 고마워. 운전하느라 피곤해서 자는 중이었는데 나랑 같이 우리 애를 찾으러 다녀줘서."

"아니야……. 이런 상황인데 안 도울 수는 없잖아. 시즈쿠 너한테 아이가 있어서 좀 놀라긴 했지만."

"미안해……. 사실은 재회하면서 바로 밝혀야 했는데……. 그게, 좀처럼 말을 꺼내기가."

"그럼 혹시 우리 할머니한테는……."

"응, 말씀드렸어. 여기 돌아온 후부터 미조레 할머니께 도움도 많이 받았거든……. 내가 동창회 갈 때도 레이지를 맡아주겠다며 걱정 말라고……. 아, 할머니가 릿군한테 알리지 않았던 건 내가 부탁해서야. 내 입으로 분명히 말하고 싶었거든. 그러니까 할머니께 뭐라 하지 마."

"그런 것쯤은…… 나도 알아."

재회의 순간에 미조레 할머니나 소라 아주머니, 리쿠 씨뿐이었다면 모를까, 이 마을과는 전혀 상관도 없는 나까지 있어서 사실을 밝히지 않고 조용히 넘어가 버렸던 것 같다.

아무튼 그렇게 해서 리쿠 씨한테는 깜짝 놀랄 일이 너무 많아졌지만.

오랜만에 다시 만난 소꿉친구가 이미 결혼했고 게다가 이혼까지 한 데다가 네 살배기 아이까지 있다니……. 처리해야 할 정보량이 너무나도 많다.

"——자, 그럼 이야기는 이 정도로 끝내고 어서 저녁부터 먹어. 우리 레이지 일도 있고 해서 오늘은 특별히 디저트 하나를 추가해 줄게. 물론 내가 쏘는 거야."

시즈쿠 씨는 이런 이야기 때문에 모처럼의 저녁밥이 맛없어질 거라 여겼나 보다. 굳이 남 앞에서 자기 집안 사정까지 털어놓지 않아도 되는데…… 시즈쿠 씨도 나와 우미, 리쿠 씨처럼 상당히 사람이 좋은 것 같다.

그런 착한 마음씨를 이용하는 것 같아 미안하지만, 여관에서 마련해 준 저녁 밥상은 참 맛있었다. 산에서 나는 것들을 중심으로 한 고급 요리여서 정크 푸드에 익숙한 나와 우미 같은 요즘 애들 입맛에도 아까운 느낌도 들었지만……. 음식을 입에 넣은 순간 우리 둘은 젓가락질을 멈출 수가 없었다.

……단 한 명, 어딘지 모르게 개운치 못한 표정을 짓는 리쿠 씨를 빼고.

"——오빠, 이렇게 밥상이 호화로운데 왜 안 먹어? 반이나 넘게 남았잖아."

"아, 나는 이제 배가 불러서 나머지는 너희끼리 다 먹어도 돼. 디저트도."

"……오빠가 저러는데 마키, 어떻게 할래?"

"나는 좀 더 먹을 수 있으니까 그렇게 할게. 모처럼 준비해 주셨는데 남기면 시즈쿠 씨와 시즈쿠 씨 아버님께도 죄송하고."

"마키가 그렇게 말한다면야……. 오빠, 나중에 안 된다고 해도 이제 이거 다 우리 거야."

"알아. 하여간 그렇게 먹어대면 살찐다."

"……죽어, 망할 오빠."

"앗, 우미. 그리고 리쿠 씨도 아무리 가족이지만 여자한테 그런 말 하면 안 될 것 같아요."

"윽……. 미안, 나도 모르게."

결국 내가 사이에 끼어들어 중재했지만, 이 남매의 대화 방식에 어느 정도 익숙해진 것을 순수하게 기뻐해야 할 것인지.

일단 요리는 한창 식욕 좋은 고등학생인 나와 우미의 활약 덕분에 추가 서비스라는 고급 멜론까지 포함해서 한 접시도 남기지 않고 깔끔히 비웠다.

식사 후 바로 목욕할 셈이었지만 이 상태라면 조금 휴식이 필요할 성싶다. 그 정도로 음식이 너무나 맛있었다.

식사를 마치고 방에 있던 따듯한 차를 홀짝이고 있자니, 시즈쿠 씨가 식기를 치우러 왔다.

"이제 너희는 목욕하러 갈 거니? 그사이에 이불을 깔아두려는데 몇 채 준비하면 될까?"

이불은 객실 벽장에 들어 있나 본데, 시트나 베개 커버 등은 시즈쿠 씨가 세탁 보관실에서 따로 가져와서 잠자리를 정돈해 주는 모양이다.

고마운 일이지만 왜 세팅할 이불 수를 굳이 묻는 걸까.

"? 그거야 나와 내 동생, 마키까지 셋이니까 인원수대로 깔면 되잖아."

"아뇨, 두 명이 쓸 것만 꺼내주셔도 돼요. 오빠 것이랑 제 것."

"뭐? 그럼 마키는 어쩌라고? 여름이라 더워도 이불 없이 잘 수는 없잖아."

"어휴, 릿군은 눈치도 없네. 우미는 마에하라랑 같은 이불에서 자겠다는 거잖아. 그치, 우미?"

"네. 인원수에 맞춰 이불을 깔아도 어차피 잘 때 어느 한쪽 이불로 들어갈 테니까요. 마키는 내가 곁에 없으면 못 자는 어리광쟁이니까……. 그치?"

"아니, 그냥 금방 잠들 수 있을 뿐이거든……."

우미와 시즈쿠 씨는 마치 어린애라도 보는 듯한 얼굴로, 그리고 리쿠 씨는 어이가 없다는 표정으로 각자 나에게 미지근한 시선을 보냈다.

우미가 곁에 있으면 마음이 편해져서 푹 잘 수 있는 건 사실이지만, 먼저 이불 안으로 파고드는 건 오히려 우미다.

그리고 우미도 내가 꾹 안아주면 금세 잠든다.

……난 평소에도 잠을 잘 자는 편도 아니고 여행지의 잠자리에서 꿀잠을 잔 기억도 없어서 우미에 말에 반론할 마음은 없다.

초등학교, 중학교 내내 아버지의 일 때문에 이사하느라 수학여행도 제대로 못 가봤지만, 학교 활동으로 외박할 기회가 없었던 건 아니다.

그렇지만 친구도 없고 마음을 터놓을 같은 반 아이가 하나도 없어서 그런지, 결국 그곳에서는 한숨도 못 잤던 기억이 난다.

그래서 오늘은 좀 푹 잘 수 있을 듯하다.

"……무슨 말인지는 알겠는데 일단 셋이 쓰게 준비해 줘. 보나 마나 이 바보는 이불이 생각보다 작으면 바로 나부터 내쫓아서 내가 피해를 볼 게 뻔하니까."

"후후, 네네, 알겠습니다. 그럼 이따가 준비할게. 아, 목욕탕에는 24시간 언제든 들어갈 수 있도록 청소해 놨으니까 밤이든 새벽이든 마음 내킬 때 언제든 이용하면 돼."

여관 안내에도 나와 있었지만 여기 온천에는 여러 효능이 있어서 그중에서도 미용 효과가 높은 것으로 잘 알려져 있다고 한다.

이제 와서 내 피부가 매끈해진다고 해서 무슨 의미가 있겠느냐마는 오늘은 뜨끈한 물에 몸을 담그고 피로를 풀어야겠다.

……그리고 우미의 피부가 좋아지는 건 나한테도 좋은 일이고.

나와 우미는 어느 정도 소화한 다음 탕에 들어가겠다고 뜻을 전한 후, 먼저 리쿠 씨를 온천이 있는 대욕탕으로 보냈다.

방에 남은 우리는 리쿠 씨가 돌아올 때까지 객실에 비치된 텔레비전 소리를 배경 음악 삼아 가지고 온 트럼프를 가지고 놀며 시간을 보냈다. 냉장고에 들어 있던 주스와 과자는 목욕 후의 즐거움으로 남겨뒀다.

"……있잖아, 마키."

"응?"

"오빠가 시즈쿠 씨한테 많이 놀란 것 같아."

"그러게. 하긴 갑자기 '결혼했습니다' '이혼도 했습니다' '사실은 네 살짜리 아이도 있습니다' 라고 하니까. 내가 만약 리쿠 씨 입장이라면 충격받았을 거야."

리쿠 씨가 연애 감정으로 가지고 시즈쿠 씨를 마음에 뒀는지는 확실치 않지만, 어릴 때부터 친했던 소꿉친구가 모르는 사이에 엄마가 됐다는 사실은 상당히 충격이었을 듯하다.

그렇지만 아무리 소원했다고 해도 어릴 때부터 '절친한 친구' 사이였던 시즈쿠 씨의 결혼을 전혀 모를 수 있을까? 일반적으로 결혼은 인생에서 가장 중요한 사건이고, 그때는 가족과 가까운 친구한테 소식을 알릴 것이다.

그런데 왜 리쿠 씨는 아무것도 몰랐을까.

그리고 시즈쿠 씨는 왜 리쿠 씨한테(+소라 아주머니나 다이치 아저씨한테도) 알리려 하지 않았을까.

"……마키, 어쩐지 귀찮은 일이 생길 것 같은 느낌이 드는데."

"아~……. 역시 우미도 그렇게 생각하는구나?"

"응, 오빠도 그렇지만 시즈쿠 씨도 은근 오빠와의 관계를 질질 끄는 기분이 든단 말이지. 이건 어디까지나 내 감인데……. 얼굴이 사랑에 빠진 소녀의 딱 '그것' 이었다고. ……나도 전에 비슷한 경험을 했었으니까."

그보다 지금도 나와 둘이 있을 때의 우미 얼굴도 제법 '그것' 에 가까운데.

정말로 리쿠 씨와 대화할 때의 시즈쿠 씨 표정은 크리스마스 직전의 우미, 그러니까 나와 연인이 되기 직전의 우미의 그 표정과 겹쳐 보이긴 했다.

물론 나도 우미도 남의 연애에 대해 일일이 참견할 마음은 없지만.

나한테 리쿠 씨는 '타인' 이지만, 우미에게는 소중한 가족이다. 늘 '바보' 라느니 '망할 오빠' 라느니 얼굴만 마주치면 가볍게 티격태격하지만, 떨어져 있을 때는 서로를 늘 신경 쓰는 '남매' 니까.

"그래도 어른의 인간관계에 끼어드는 것도 좀…… 그렇단 말이지."

"맞아. 서로 솔로인 건 맞지만, 시즈쿠 씨한테는 레이지가 있잖아."

이게 우리 같은 청소년 간의 연애라면 진도도 안 나가는 두 사람을 얼른 이어주려고 참견해도 되겠지만, 리쿠 씨라면 모를까 시즈쿠 씨의 과거나 레이지의 존재가 상황을 어렵게 한다.

어른이 된 두 사람에게는 서로 아직 좋아하는 감정이 남아 있지만, 마음만으로는 어떻게 할 수 없는 사정이 있다……고 결론을 내려야 할지도 모른다.

어른이라는 건 참 어렵다.

"——얘들아, 기다리게 해서 미안해. 바로 이불 준비해 줄 테니까 나머지는 둘이서 마음껏 얼마든지…… 어어? 너희 왜 그러니? 따분한 표정을 짓고 있는데 역시 젊은 애들한테 이런 시골은 재미가 없으려나."

"아, 아뇨, 그런 게 아니라……. 그런데 시즈쿠 씨, 한 가지 뭐 물어봐도 돼요?"

"뭔데? 혹시 마에하라, 너 귀여운 여친이 있는데도 이런 아줌마한테 관심이 있나 보지? ……일단 스리 사이즈부터 알려주면 되니? 우리 레이지도 신세를 졌겠다, 너한테는 특별히 알려줘도 되는데."

"마키는 바보야. 변태. 바람둥이."

"왜 우미까지 날 탓하는 건데……. 그게 아니라 리쿠 씨에 관해서요."

"……아하. 후후, 역시 그게 궁금하구나. 혹시 우미 질문도 그거니?"

"네, 맞아요."

"그렇구나."

역시나 그 말이 나올 줄 알았다고 중얼거린 시즈쿠 씨는 작게 한숨을 내쉬었다.

그때까지 익살스럽게만 굴었던 시즈쿠 씨의 표정이 '리쿠 씨' 라는 단어를 시작으로 점점 어두워졌다.

"리쿠와는 태어날 때부터 아주 친했어. 여긴 주민도 별로 많지 않아서 또래 아이가 별로 없었거든. 그래서 하루 종일 같이 있었지. 학교에서는 책상을 붙여놓고 같이 공부하고, 휴일에는 서로의 집에 놀러 가거나 산을 탐험하기도 했어. 난 어릴 때 몸이 좀 약해서 항상 리쿠가 지켜줬거든……. 마치 오빠가 생긴 것 같아서 얼마나 기뻤는지 몰라. 동네는 따분했지만 리쿠랑 함께라면 그것도 나쁘지 않겠다 싶었어."

그 정도로 친했던 두 사람이었지만 언제까지고 함께 있을 수는 없었다.

우미가 태어나면서 다이치 아저씨네 가족은 이사하게 됐다.

그게 리쿠 씨와 시즈쿠 씨가 초등학교 고학년쯤 되었을 때였다.

"그럼 그때부터 오빠는 계속……."

"아니, 리쿠가 그래 봬도 꼼꼼한 성격이라 정기적으로 연락은 했어. 휴대 전화나 메시지 등으로 서로 근황 보고도 하고, 한 달에 한 번은 편지도 받았거든."

"그랬군요. 그런 걸 보니까 어쩐지……."

"왜, 연인 같아서? 후후, 그러게. 서로가 그냥 소꿉친구라고만 여겼다면 고등학교 졸업 임박해서까지 그렇게 연락을 주고받지는 않았을 거야."

지금의 리쿠 씨 모습에서는 그다지 상상할 수는 없지만, 서로 연애 감정에 가까운 마음을 가지고 있었으니까 이사한 후에도 몇 년이나 꾸준히 연락을 주고받았다는 생각이 든다.

그러나 지금 두 사람에게 그건 이미 '과거'의 일이다.

좋아하는 건 맞지만 앞으로 남녀 관계로 발전할 일은 절대로 없다. 특히 리쿠 씨한테서 그런 분위기가 느껴졌다.

시즈쿠 씨를 은근 사양하는 태도라고 해야 하나.

"……하지만 흔한 일 아니니? 어릴 때는 늘 같이 붙어 다니던 남녀 소꿉친구가 소원해져서 결국 각자의 길을 가는 거. 특히 나는 이제 혼자가 아니니까 더더욱 그런 일에 한눈을 팔 틈도 없고."

역시 그렇게 결론이 나게 되는 건가.

완전히 연락을 끊었던 사이, 두 사람은 완전히 정반대의 길을 나아갔던 모양이다.

"자, 이제 이런 어쩔 수 없는 얘기는 끝. 너희 오빠가 돌아오기 전에 얼른 이부자리 준비나 해야겠다."

그렇게 반강제로 이야기를 끝낸 시즈쿠 씨는 우리를 창문 근처의 작은 소파로 가게 한 후, 익숙한 손놀림으로 잠자리를 깔끔하게 갖춰 나갔다.

"됐다……. 음, 오늘도 성공이야."

포근한 이불에 주름 하나 안 잡힌 새하얀 시트……까지는 좋았지만, 왜 테이블에 뒀던 티슈 상자까지 우리가 쓰게 될 배게 머리맡에 굳이 갖다두는 것인지.

마치 시즈쿠 씨가 우리 일은 됐고 너희나 신경 쓰라고 말하는 느낌이 들었다.

"아, 맞다. 리쿠가 돌아오기 전에 말해두지만……. 우미."

"? 뭔데요?"

"잠깐만 이쪽으로……."

무슨 비밀스러운 이야기를 하려는지 시즈쿠 씨가 우미를 부르더니 나와 조금 떨어진 곳에서 속닥거렸다.

또 무슨 쓸데없는 참견을 하는 것인지 시즈쿠 씨가 귓속말한 순간 나한테 등을 돌리고 있던 우미의 귀가 서서히 빨개졌다.

"……저어, 둘이 비밀로 무슨 얘기를 하는지."

"으음~. 굳이 따지자면 레이지를 도와준 답례라고 해야 하나? 궁금하면 나중에 우미한테 직접 물어보렴. 그럼 좋은 밤 보내~."

방금 전 질문에 대한 복수라는 듯 우리를 마구 뒤흔들어 놓은 시즈쿠 씨가 얼른 방을 나섰다.

어쩐지 예상이 되기도 했지만, 그래도 일단 우미한테 물어보는 게 나을지도.

"우미, 아까 얘기 말이야――."

그러나 내가 입을 연 순간, 시즈쿠 씨와 교대라도 하는 것처럼 목욕을 마친 리쿠 씨가 방으로 돌아왔다.

확 하고 열린 장지문 소리에 나와 우미는 깜짝 놀라 몸이 굳어버렸다.

"――후우, 오랜만이지만 역시 뜨끈한 게 좋았어……. 근데 너희는 왜 그렇게 날 노려보냐? 내가 무슨 실수라도 했어?"

""…………하아.""

"뭐야, 그 한숨은."

우리 속도 모르고 온천이 그렇게 좋았는지, 또 다른 한 명의 소꿉친구는 느긋하기만 했다.

바로 그런 게 문제라고, 하고 동생인 우미가 나직이 중얼거렸지만 리쿠 씨는 의아한 표정으로 고개만 갸웃거릴 뿐이었다.

시즈쿠 씨와 대화를 나누는 사이 어느 정도 소화가 되어서 우리도 드디어 온천에 들어가기로 했다.

우리는 여관에서 마련해 준 유카타를 입고 1층에 있는 욕실 구역으로 향했다.

“마키, 어때? 내 유카타 차림.”

“으음……. 평소 잠옷 차림과 다른 분위기여서 그, 아주 좋아 보입니다.”

“두근두근거려?”

“앗, 네.”

내 앞에서 한 바퀴 빙그르르 도는 우미. 예전에도 그랬지만 역시 우미는 전통복이 잘 어울린다. 크리스마스 때 입었던 드레스도 멋지지만, 전통복 차림에서는 그것과 다른 섹시함이 느껴진다.

머리를 올려 묶은 덕분에 노출된 목덜미 곳곳에 약간 발그레해진 부분을 보고, 나는 얼른 고개를 돌려버렸다.

그때 너무 힘주어 키스할 생각은 없었지만, 나도 모르게 흥분했던 모양이다. 꾹 참아준 우미에게 미안한 마음이 들었다.

“그런데 우미……. 저어, 아까 시즈쿠 씨와 얘기한 거 있잖아.”

"아, 응. 이미 알겠지만 오늘 목욕 얘기였어……. 그러니까 오늘은 전세 낸 것처럼 우리밖에 없으니까 우리가 그럴 마음이 있다면 같이 탕에 들어가도 모른 척해 주겠대. 내일 노천탕 청소 당번은 자기라면서……."

"아~……. 역시나."

시즈쿠 씨가 쓸데없는 소리를 했다.

이 여관의 목욕탕은 대욕탕과 밖에 있는 노천탕 두 종류다. 둘 다 온종일 이용은 가능하지만 노천탕은 하나밖에 없어서 시간별로 남녀 이용이 나뉘는 시스템이라 한다.

안내문에 따르면 지금은 마침 여성 이용 가능 시간대다. 그래서 지금 이용한다면 '나→남자 대욕탕' 이고, '우미→여자 대욕탕 또는 노천탕' 이 되지만……. 시즈쿠 씨가 잘 무마해 준다고 하니 마침 다른 손님은 전혀 없는 오늘만큼은 같이 들어가도 괜찮단다.

그리고 오늘 손님은 우리뿐이라서 시즈쿠 씨 이외의 다른 직원들은 이미 퇴근했다고…….

그것만으로 우미가 그렇게 얼굴을 붉히지는 않을 테니 또 무슨 다른 말도 들었을 듯한데……. 내가 시즈쿠 씨의 과거를 캐물은 것도 있으니 그냥 피장파장으로 넘어가는 수밖에 없다.

아무튼 오늘 목욕 중에 어느 정도는 우리 둘이 분위기를 잡아도 괜찮다는 뜻이다.

물론 적절한 한도까지만 허락되는 것이겠지만.

"그럼 마키, 어떻게 할래?"

"어떻게 하냐니……."

널찍한 노천탕에서 우미와 둘이서 보내는 한적한 시간. 이런 기회는 좀처럼 오지 않으니 같이 탕에 들어가고 싶은 마음은 당연히…… 있지만.

"……마키, 지금 살짝 상상했지?"

"무, 무슨 소리를 하는 건지."

겨우 시치미를 뗐지만, 이미 내 머릿속에서는 실루엣이 선명히 떠오르고 말았다.

……과연 난 우미와 같이 목욕탕에 들어가서 정신을 차릴 수 있을까.

"일단 난 먼저 가 있을게. 마키는 10분 정도 탈의실에서 기다렸다가 어떻게 할지 결정해."

"음, 그럼 우미 씨는 대욕탕과 노천탕, 어느 쪽으로 가실 건지."

"글쎄, 어디일까?"

그 시점에서 이미 대답이 명확해진 듯하지만, 우미는 그래도 나한테 '선택'을 요구할 생각인가 보다.

같이 들어갈 것인지, 아니면 그냥 물러설 것인지.

"그럼 이따가…… 봐?"

"……응."

그렇게 잠시 헤어진 우리는 각자 탈의실로 향했다. 안내판에 따르면 이 노천탕의 입구는 두 곳인데, 남녀 실내 대욕탕 안에 있는 통로를 따라가면 노천탕이 나오도록 설계되어 있다고 한다.

일단 몸은 대욕탕에서 씻으면 되겠지만.

역시나 선택지는 하나밖에 없는 느낌이.

"……내 알몸이라면 우미가 얼마든지 봐도 괜찮지만."

혼자 탈의실에서 유카타와 속옷을 벗고 등 뒤에 있는 커다란 거울에 비친 내 알몸을 가만히 관찰해 봤다.

우미와 정기적으로 운동해서 조금씩 몸을 단련한 덕분에, 지방으로 말랑말랑했던 배 주변은 살짝 복근이 드러날 만큼 개선됐고 가느다랗기만 했던 팔이나 어깨, 등도 고등학생 평균 몸매가 된 것으로…… 보인다. 키도 살짝 커서 이제 서서히 우미의 키를 넘어서는 중이다.

하반신 한가운데에 달린 것은…… 음, 비교 대상이 아무도 없어서 알 수 없지만 필사적으로 감출 것까지는 아니다.

그보다 우미의 알몸을 앞에 두고 '반응하지 않으며' 냉정함을 유지할 수 있을지가 걱정이다.

가슴을 진정시키면서 우미 말대로 조금 기다린 나는 우선 남자 대욕탕 문을 열었다.

"실례합니다……. 오오, 이거 굉장한데?"

온천을 내세우는 곳답게 욕조가 생각보다 훨씬 크고, 그뿐만 아니라 뜨거운 물이 세차게 뿜어져 나오는 탕이나 사우나, 냉탕까지 준비되어 있었다. 이만큼 갖춰져 있다면 노천탕에 안 들어가도 하루의 피로를 싹 풀 수 있을 것이다.

그러나 오늘은 그럴 때가 아니지만.

"우선 땀부터 씻어내야지."

욕조 근처에 늘어서 있는 샤워기를 써서 피부에 쌓인 땀과 때를 깨끗이 씻어냈다. 여관의 샴푸와 보디 클렌저, 컨디셔너의 향기가 늘 쓰던 것과 달라 묘한 기분이 드는 것도 여행에서 느끼는 묘미일지도 모른다.

"……가, 갈까. 이제 가도, 되겠지?"

노천탕이라고 적힌 문을 밀자, 잠겨 있지 않아서 그런지 가볍게 열렸다. 이용 시간대에 따라 어느 한쪽이 잠가 놓지만 시즈쿠 씨가 몰래 열어놓았나 보다.

미끄러져 넘어지지 않도록 조심하면서 나아가니 뭉게뭉게 수증기가 피어오르는 저편, 온천물에 몸을 담근 우미의 머리가 보였다.

"……나 왔어, 우미."

"오, 좀 늦은 것 같은데?"

"먼저 머리도 감고 그래서……. 나, 나도 들어가도 돼?"

"…………."

우미가 고개를 끄덕이기에, 나도 천천히 물에 몸을 담갔다. 온도는 너무 미지근하지도, 뜨겁지도 않은 게 딱 알맞은 정도였다.

그리고 이 온천물의 특징인지 색이 살짝 탁해서 어깨까지 몸을 담그면 아래쪽은 자세히 들여다보지 않는 한 잘 알아볼 수도 없었다.

그 점 덕분에 마음이 좀 놓인다.

"마키, 왜 그렇게 구석에 있어? 사양 말고 이쪽으로 좀 오지."

"……어, 어어."

목까지 푹 담근 채 나는 엉덩이와 손을 움직여 천천히 우미 옆으로 갔다.

이 상태로 밀착까지는 할 수 없지만, 조금만 손을 뻗으면 서로의 몸 어느 부위든 만질 수 있는 거리는 된다.

"후우~……. 오늘은 일찍 일어나기도 했고 하루 종일 별별 일이 다 있어서 힘드네~. ……난 내일도 바쁘지만."

"그러고 보니 우미 넌 아침부터 할머니를 돕는다고 했지? 혹시 힘들면 낮에는 어디 가지 말고 방에서 쉴까?"

"그건 안 돼. 마키를 두근거리게 하려고 모처럼 이것저것 준비했으니까 잘 활용해야지."

"어디까지 내 심장을 혹사할 생각이신지……."

이곳에 도착한 이후부터 별로 쉴 틈도 없이 흥분하느라 바쁘다.

저녁 산책에서의 일, 현재 진행 중인 혼욕까지……. 욕망에 몸을 맡기고 행동하면 어느 정도는 개운할 텐데 꼭 직전에 터지는 우연과 이성에 의해 지금은 거의 아슬아슬하게 별다른 일 없이 건전하게 상황이 흘러갔지만 이제는 어떻게 될지 알 수가 없다.

주먹 하나 정도 들어갈 만큼 떨어져 있던 몸이 밀착해서 피부와 피부가 맞닿은 순간, 분명 나의 얼마 남지 않은 이성은 훽 날아가 버릴 것이다.

얼굴을 드니 밤하늘에 빛나는 별들이 참 아름다웠지만 바로 옆에는 더 넋을 놓게 보게 될 정도의 존재가 있다고 생각하니 이런 광경도 전혀 머릿속에 들어오지를 않았다.

그런 나를 보고 우미는 작게 큭큭거리며 웃었다.

“후후, 마키도 참, 그렇게 긴장해서……. 그러면서 어떻게 그런 대담한 짓을 했대?”

“그때는 나도 머리가 좀 멍해서……. 아니, 지금도 위험한 상태긴 한데.”

“그렇지? 마키의 그거, 커졌으니까.”

“?! 어? 저, 정말?”

나한테서 노골적으로 고개를 돌린 우미가 한 말에 나는 얼른 내 그곳을 확인했다.

온천에서 몸이 달아오른 탓에 전혀 알아차리지 못했던 걸까……. 어차피 우미한테 들키긴 하겠지만, 그래도 그렇지 어떻게 이런 부끄러운 짓을——.

그렇지만 만져보고 금방 위화감이 드는 것을 알았다.

“……에헤헤~. 농담이었어~.”

“…………………….”

“으앗?! 야, 갑자기 여친 얼굴에 이게 무슨 짓이야~? 코에 물 들어갔잖아.”

“시끄러워. 바보, 너무해, 우미.”

“오오? 뭐야, 나한테 덤벼보시겠다, 이 겁쟁이가~.”

우미가 보복이라도 하는 것처럼 내 얼굴을 향해 첨벙거리며 물을 튀겼다.

만약 주변에 다른 사람이 있었다면 폐가 될 행동이지만, 오늘은 우리뿐이라 괜찮을 것이다. 다만 너무 소란을 피우는 건 좋지 않으니 적당히만.

"푸하앗……. 으으, 마키는 정말 어린애라니까."

"너야말로. 학교에 있을 때랑 다르게 막 신이 났잖아."

"그건 어쩔 수 없단 말이야. 마키랑 이러는 거 재밌으니까."

"그건…… 나도 그렇지만."

""……후후.""

서로의 얼굴을 바라보다가 나와 우미는 거의 동시에 웃음을 터트렸다.

몸이 점점 어른스럽게 성장 중이긴 하지만 우린 아직도 어린 애다.

까치발을 들고 애를 써도 소라 아주머니나 리쿠 씨, 미조레 할머니나 시즈쿠 씨와는 아직도 대등한 관계가 될 수 없다.

"있잖아, 마키. 잠깐 몸 좀, 만져봐도 돼?"

"응, 근데 갑자기 간질이는 건 안 돼."

"알아. 이번에는 장난 안 칠게."

나한테 어깨를 바짝 붙인 우미는 그대로 내 상반신을 매만졌다.

어깨, 가슴, 배 그리고 등. 지금까지 우리 둘이 노력한 성과를 꼼꼼히 확인하려는 듯이.

"……음, 마키, 전보다 체격이 듬직해졌네. 아직도 팔은 가늘고 배는 좀 말랑거리지만. 그래도 멋있어, 마키."

"그런 우미 너도 귀여워."

"후후, 고마워. 근데 그렇게 눈을 피하며 말해도 별로 설득력이 없는데~. 정말 그렇게 생각하는 거 맞아?"

"그, 그렇다니까. 하지만 아무리 여자친구라고 해도 남의 몸을 빤히 보는 건 좀…….”

“마키.”

“네.”

“이쪽 봐.”

“……네.”

우미가 그렇게 말하면 어떻게 할 도리가 없다.

긴장으로 잔뜩 굳어진 목을 삐걱삐걱 움직여 우미 쪽을 바라봤다.

“자, 어떠십니까?”

“……아, 그게.”

가려야 할 곳은 팔을 이용해서 잘 감춰서 보이지는 않았지만 그래도 우미의 모습은 알 수 있었다. 온천에 몸을 담근 상태라 당연한 예의상 타월은 두르지 않았다. 나도, 우미도 지금 알몸이다.

조금 풍만해졌다고 해도 그건 어디까지나 이전의 우미에 비해서 그렇다는 거지, 우미의 몸매가 별로라는 뜻이 아니다. 오히려 개인적으로는 좀 더 살이 쪄도 괜찮을 정도다.

팔에서 넘쳐날 것 같은 가슴도 그렇고, 허리에서 다리까지 내려오는 매끄러운 곡선은 아무리 봐도 질리지 않을 만큼 아름답다.

늘 새하얗던 피부가 온천의 열기로 살짝 달아오른 것도 보기 좋다.

그렇게까지 말하면 징그럽다고 여길지도 몰라서 나는 눈앞의 우미에게 간결하게 한마디로 내 뜻을 전하기로 했다.

"계속 보고 있고, 싶어."

"좋아. 솔직하고 아주 착한 아이로군. ……근데 그렇게까지 말하면 아무리 나라도 부끄러운데."

그러면서 미묘하게 시선을 피하는 우미였지만, 우미 역시 내 몸을 위에서부터 아래까지 확실히 살피고 있다는 건 분명히 느껴졌다.

평소에 잘 가려져 있던 내 민감한 부분을 드러내는 건 부끄럽기도 하고 용기가 필요한 일이었지만, 우미가 나에 대해 잘 알길 바라는 마음이기도 했고 나 역시 우미를 더 많이 알고 싶었다.

그리고 이 정도는 익숙해지지 않으면, 막상 나중에 살을 포갤 때가 걱정되니까.

나와 우미는 부끄러움으로 얼굴을 붉히면서도 서로의 몸에 흥미진진한 상태였다.

"후, 후우. 난 온천 때문에 그런지 몸에 열기가 확 올라오는 것 같다."

"나, 나도. 괜히 열만 올라서 쓰러지면 온천 효과도 소용없을 테니 이제 슬슬 나갈까?"

"그러자. ……그럼 나 먼저 갈게."

"으, 응, 마키. 그럼 이따가 입구에서 봐."

어느새 다가붙어 있던 몸과 뚫어지게 서로의 신체를 관찰하던 시선을 간신히 떼어낸 우리는 노천탕을 나와 각자 실내 대욕탕으로 돌아갔다.

"……굉장했어."

문을 닫은 순간 나는 그렇게 중얼거렸다.

다른 때보다 뜨거운 물에 더 오래 몸을 담근 탓이기도 하겠지만, 우미와 헤어진 지금도 가슴은 쿵쿵 요동을 치고 있다.

오늘 하루 우리 사이는 순조롭게 진행되는 것 같다. 산책 때는 우미의 가슴을 만졌고, 방금 전에는 같이 목욕도 하면서 서로의 알몸을 뇌리에 새기기까지……. 그것만으로도 이미 한계여서 그 이상의 짓은 할 생각도 못 했지만, 이제 언제 '그렇게' 되더라도 이상할 게 없다.

내일도 우미와 둘만 있게 될 시간은 많다. 특히 오후에 강에서 놀 때는……. 아니, 지금은 이런저런 생각을 접어둬야겠다.

자꾸 쓸데없는 망상만 하면 내 몸이 어떻게 될 지경이니까.

심하게 달아오른 몸과 머리를 물리적으로 식히기 위해, 원래는 사우나 후에 들어가라고 준비된 냉탕에 풍덩 뛰어들었다. 냉탕이 건강에 아주 좋은 건 아니지만, 그 정도라도 하지 않으면 한번 끓어오른 마음을 가라앉힐 수 없을 것 같았다.

"……나, 오늘 잠을 잘 수 있으려나."

다른 의미에서 푹 잘 수 있을지 불안한 와중, 3일 연휴의 첫째 날 밤이 천천히 깊어갔다.

나와 우미는 방으로 돌아간 후 미리 가지고 왔던 과자와 주스를 먹으며 잡담을 나누고 나서 각자의 이부자리에 들어가 잠을 청했다.

우미와 같이 밤을 보내는 건 이제 드문 일도 아니지만, 그래도 기쁜 건 마찬가지였다.

아까 그 일도 있어서 이대로 잠이 들 수 있긴 할까 불안했지만, 긴 여행으로 인한 피로 때문인지 나와 우미도 이불을 덮은 순간 바로 잠에 빠졌다.

……물론 서로 옆자리여서 슬쩍 손을 맞잡는 것도 잊지 않았지만.

사실은 한 이불을 덮고 바짝 붙어 자려 했지만, 방에는 리쿠 씨도 있고 너무 그렇게 지나친 애정 행각을 보이는 것도 민망해서 그 부분은 타협하기로 했다.

손으로 연인의 온기를 느끼면서 편안한 마음으로 밤을 보낸 이튿날.

"……으음."

방 안의 큰 창문으로 가득 쏟아져 들어오는 아침 햇살과 벌레, 새의 울음소리 등 저 멀리서 들리는 희미한 자연의 소리에 나는 천천히 눈을 떴다. 밤에 냉방을 끄고 잤지만 기온이 그다지 높지 않아서 땀은 흘리지 않았다. 아주 기분 좋은 아침이었다.

——스르륵, 스르륵.

잠시 누워서 의식이 또렷해지길 기다리고 있는데, 내 뒤에서 그런 소리가 났다.

뭔가 해서 그쪽으로 몸을 뒤척이자, 마침 유카타에서 평상복으로 갈아입은 우미의 모습이.

"아, 안녕, 마키. 미안, 깨웠어?"

"아니, 아까부터 눈은 떴었어. ……혹시 이제 나갈 시간이야?"

“응, 오라는 시간은 아직이지만 할머니와 엄마가 둘이서 벌써 준비를 시작한 것 같으니 일찍 가려고.”

여행 기분에 심취해서 잊을 뻔했지만, 아사나기 가족의 이번 여행 목적은 미조레 할머니 댁의 일을 돕기 위함이다. 친척들도 모인다고 해서 그때 차릴 요리 등을 지금부터 만드는 중이란다. 우미와 리쿠 씨는 방 청소나 정리를 담당한다고 어젯밤 우미한테서 들었다.

“우미, 근데 리쿠 씨는? 여기 없는 것 같은데.”

“내가 옷 갈아입는다고 아까 방에서 쫓아냈어. 아마 주차장으로 차 가지러 가지 않았을까?”

“옷을 갈아입는다고……? 나는 그대로 방에 있어도 괜찮았던 거야?”

“마키는 푹 자고 있어서 깨우는 것도 미안하고, 너라면 내가 옷 갈아입는 거 봐도 괜찮다 싶어서. ……마키, 너 사실 봤지?”

“앗……. 죄송합니다.”

아주 순간적이긴 했지만 뒤척이는 순간에 보였던 우미의 새하얀 등과 옅은 하늘색 속옷은 뇌리에 선명히 새겨졌다.

……솔직히 눈이 번쩍 뜨였다.

일단 몰래 엿보게 된 걸 사과부터 하는 나를 우미가 놀리며 늘 그랬듯 장난치고 있는데, 리쿠 씨가 돌아왔는지 입구의 장지문을 툭툭 두드리는 소리가 났다.

『——야, 옷은 다 갈아입었어? 차는 정면 현관에 대놨으니까 아침 먹으면 바로 갈 거야. 벌써 식사 3인분 준비 다 됐대.』

“으, 둘만의 시간을 또……. 알았어, 지금 갈게. 마키, 좀 이르긴 하지만 아침 먹을래? 아직 졸리면 시즈쿠 씨한테 말해서 네 몫만 시간 늦춰달라고 할게.”
“아니, 나 혼자만 나중에 먹는 것도 죄송하고 일어났으니까 나도 갈게. 우미는 점심 전에 여기로 돌아온다고 그랬지?”
“응, 최대한 빨리 돌아올 테니까 그러고 나서 우리 둘이 밖으로 놀러 나가자. 강에서 노는 것도 그렇지만 마을도 돌아보고 싶거든.”
드디어 얼마 전 골랐던 수영복이 등장할 차례다.
물론 나도 수영복은 챙겨 왔다. 수영 수업 이외에서 수영복을 입다니 정말 오랜만이었지만, 그것보다 더 기대되는 것 역시.
“있잖아, 마키.”
“응?”
“얼굴이 좀 빨개 보인다? 아침부터 밝히긴.”
“아, 아니거든?”
“그래? 그럼 수영복은 가지고 가지 말아야겠네.”
“그건…… 좀.”
“……안 된다는 뜻?”
“아……. 그게, 네…….”
완전히 우미의 손바닥 위에서 놀아나고 있던 나는 솔직히 고개부터 끄덕였다.
우미의 수영복 차림은 당연히 보고 싶다. 게다가 우미가 가지고 온 건 얼마 전에 샀던 것이 아니라 작년에 샀던 수영복이다.

그러니 입은 모습은 본 적이 없다.

어제 온천에서 혼욕하면서 어느 정도 우미의 몸을 보긴 했지만, 그건 그거고 이건 이거다.

"후후, 알았어. 그럼 하는 수 없으니까 가지고 가야지 뭐. 그 대신에 언제나처럼 솔직히 칭찬해 주기야?"

"으, 응. 알았어."

한 가지 의문이 남는다면 우미가 가지고 온 수영복이 정말로 작년에 산 것이 맞는지다. 본인 말을 믿는다면 작년 것이 맞긴 한데……. 아니, 아침부터 쓸데없는 망상은 그만두자.

망상은 해도 되지만, 그건 좀 더 나중에 할 일이다.

"오빠는 우리가 이러는 거에 질려서 가버린 것 같으니까 어서 따라가 볼까? 마침 배도 고프고."

"그러네. 아, 하지만 그 전에……."

"어?"

그렇게 우미가 돌아본 순간을 노려,

——쪽.

나는 우미의 뺨에 가볍게 입맞춤을 했다.

내 입술이 닿은 순간, 우미의 몸이 아주 잠깐 작게 움찔거렸다.

"으음……. 마키?"

"아, 아침 키스는…… 어떨까 해서. 네가 아침에 날 데리러 올 때 가끔 이렇게 하잖아. 오늘은 학교 가는 날이 아니지만……. 그래도 하고 싶어서."

"그랬구나. 그런 거라면 뭐 나야 괜찮지만……."

내 키스에 놀랐는지 우미는 몇 번이나 눈을 깜박거리다가 점차 얼굴을 붉게 물들였다.

"놀라게 할 셈은 아니었지만 그래도 미안해. 앞으로는 이렇게 불쑥 하는 일은 없도록 할게."

"! 아, 아니, 그런 거 아니니까 괜찮아. 나도 갑자기 할 때 있으니까 피장파장이라고 해야 하나……. 그……."

우미는 살짝 고개를 숙인 채 나를 올려다보면서 말을 이었다.

"……그냥, 불쑥 해도, 돼."

"그래? 그럼 다행이지만."

"응. 아……. 마키가 하고 싶을 때 언제든 해도 돼. 갑자기 하더라도 나는 마키가 해주는 거, 싫지 않으니까."

"네가 그렇게 말한다면…… 알았어. 그럼 또 하고 싶을 때 할게."

"응, 자, 잘 부탁해."

우미가 질겁하거나 싫어하는 기색은 전혀 없어서 다행이었지만, 그 후 아침을 먹는 내내 우미가 나한테 바짝 달라붙어 있으려 하는 통에 나는 아침부터 너무 심하게 나간 게 아닐까 내심 반성했다.

당연히 같이 있던 리쿠 씨는 우리의 모습에 어처구니없어했다.

"——마키, 그럼 다녀올게."

"응, 잘 다녀와. 리쿠 씨, 우미 잘 부탁드립니다."

"그래, 그럼 이따가 보자."

아침 식사 후에 바로 미조레 할머니 댁으로 차를 타고 가는 두 사람을 배웅하고 나서 나는 일단 여관 내부를 돌아다녀 보기로 했다. 방으로 돌아가 푹 쉬는 것도 좋지만 이렇게 기왕 멀리 여행을 왔으니 평상시와 똑같은 패턴으로 행동해 봤자 재미가 없다.

"오오……. 이런 곳이 다 있구나."

대욕탕을 지나서 더 안쪽으로 들어가니 어느 한 구역이 눈에 들어왔다. 우미와 같이 있을 때는 그냥 지나쳤지만 그곳에는 마사지 의자, 탁구대 등 가볍게 놀 수 있는 것 몇 가지가 마련되어 있었다.

그중에는 난생처음 보는 오래된 놀이기구도 있어서 순수하게 호기심이 생겼다. 역시 유서 깊은 온천여관답다.

새로운 걸 찾아낸 어린애처럼 이곳저곳을 만져보고 있는데, 뒤에서 누군가의 목소리가 들렸다.

"——그거 우리 아빠가 취미 삼아 놔둔 거야. 돈도 안 드니까 마음대로 가지고 놀아도 돼."

"시즈쿠 씨."

시즈쿠 씨는 이제 막 청소를 마쳤는지 여관 유니폼인 기모노가 아니라 배달로 처음 만났을 때와 같은 티셔츠에 청바지의 러프한 차림새였다. 목에는 '시미즈'라고 자수가 놓인 타월이 걸려 있고 손에는 양동이, 어깨에는 자루가 긴 솔을 짊어지고 있었다.

기모노 차림도 맵시 있었지만, 시즈쿠 씨는 이런 옷차림이 더 잘 어울리는 듯하다.

"안녕. 어제는 여러모로 고생했을 것 같은데, 밤에 푹 잤어?"

"네, 피곤해서요……. 고생한 건 맞지만."

"그럼 내 참견도 도움이 됐다는 거네. ……아까 욕실을 꼼꼼히 살펴보니까 그런 흔적은 전혀 없었는데."

"무슨 흔적이요, 무슨."

"아하하, 그렇게 토라지지 마."

이렇게 대화를 나눠보니까 시즈쿠 씨는 참 편안한 분위기의 누나 같다.

시즈쿠 씨는 그저 내가 머무는 숙소의 직원……이지만, 리쿠 씨의 소꿉친구라서 그런지 은근 친근감이 든다.

마치 또 한 명의 아사나기 가족 구성원이 늘어난 것처럼 위화감이 안 든다.

"근데 너랑 우미는 참 사이가 좋더라. 혹시 요즘 고등학생 커플은 다 그런 식이니?"

"아뇨, 주변에서는 늘 저희를 닭살 커플이라고 하는걸요. 저희는 별로 그렇게 생각 안 하는데……."

"뭐 어때서 그러니. 나도 그런 시절이 없었던 것도 아니고, 좋아하는 사람과는 아무리 붙어 있어도 질리지 않잖아. ……나도 예전에는 그랬는데. 너희를 보면 정말 부러워."

당시의, 아마도 리쿠 씨와의 추억을 떠올리는지 시즈쿠 씨는 메마른 웃음을 지으며 낡은 자판기 버튼을 눌러 커피 우유 두 개를 뽑았다.

"자, 이건 마키 것. 어제 답례도 겸해서 내가 사는 거야."

"앗, 네. 감사합니다."

둘이서 병뚜껑을 따서 한 입 벌컥 마셨다. 별로 마실 기회는 없었지만 이 달콤한 맛은 싫지 않았다.

"시즈쿠 씨, 한 가지 여쭤보고 싶은 게 있는데요."

"그렇게 진지한 표정을 지으면 막 긴장되는걸……. 뭔데 그러니?"

"시즈쿠 씨는 지금도 리쿠 씨를 좋아하세요?"

"……흐음."

내 질문에 시즈쿠 씨는 잠시 생각에 잠긴 몸짓으로 병 안에 남은 커피 우유를 바라보며 고개를 숙였다.

어제부터 줄곧 신경 쓰였던 걸 물어본 건데, 역시 답하기 어려운 질문이었던 걸까.

"……죄송해요. 너무 주제넘었던 것 같네요."

"아니, 괜찮아. 의미심장한 척하는 태도를 보인 내 잘못이기도 하고. 아무튼 내가 지금도 리쿠를 좋아하나 그게 궁금한 거였지?"

"네."

"음~……."

시즈쿠 씨는 잠시 침묵했다가 나를 가만히 보며 대답해 주었다.

"……굳이 따지자면 '좋아했다' 지. 이제는 뭐. 솔직히 아직 잘 모르겠지만."

"과거형이네요."

"응, 사실 난 전에 리쿠한테 한 번 고백했다가 차였거든. 학창 시절 일이지만."

"……네?"

뜻밖의 과거가 드러났다.

게다가 리쿠 씨가 시즈쿠 씨한테 고백한 게 아니라 그 반대였다니.

……알고 싶다. 그 일에 관해 꼭 듣고 싶지만, 시즈쿠 씨는 한창 근무 중이고 그걸 방해할 수는 없는데…….

"마에하라, 지금 얘기가 너무너무 궁금하다는 얼굴인데?"

"아……. 죄송해요."

"후후, 하긴 나도 모르게 많이 털어놓긴 했지. ……그래도 '리쿠' 한테는 이거 비밀이다?"

"네……. 근데, 우미한테는 얘기해도 되나요?"

"그건 너한테 맡길게. 보는 사람 속이 다 시원할 정도의 닭살커…… 아니, 볼 때마다 흐뭇한 커플 사이에 비밀을 만드는 건 나도 원치 않으니까."

"닭살 커플이라고 해도 괜찮은데."

어제 처음 만난 시즈쿠 씨한테까지 그런 말을 듣다니……. 새삼스럽지만 아침 댓바람부터 이게 뭔지.

여름 여행, 참 무섭다.

"그럼 일도 해야 하니까 간단히 말해주겠는데. 그때는……그래, 리쿠가 고등학교 졸업할 때였을 거야. 겨울에 리쿠가 여기로 돌아온 적이 있었는데——."

그렇게 곁에 있던 손님용 마사지 의자에 앉은 시즈쿠 씨가 천

천히 입을 열었을 때,

"——아, 엄마."

"! 레이지."

하필 이 타이밍에 레이지가 우리 앞에 불쑥 나타났다.

혼자 서둘러 옷을 입었는지 단추가 몇 개 엇갈려 끼워진 셔츠에 반바지, 오른손에는 게임기가 쥐어져 있다.

시즈쿠 씨를 본 순간의 반응으로 추측건대 엄마를 쫓아온 건 아닌 듯하지만.

"레이지, 왜 그러니? 또 그렇게 여관 안을 마음대로 돌아다니고……."

"엄마, 미안해. 화장실 갔을 때 형을 봐서."

잔뜩 미안한 기색이 가득한 레이지의 눈동자가 내 쪽을 바라봤다.

레이지의 지금 목적은 엄마인 시즈쿠 씨가 아니라 나였나 보다. 화장실 때문에 방에서 나왔다가 마침 나를 보고 쫓아온…… 것일까.

"그랬구나. 하지만 레이지, 그럼 안 되잖아. 형은 친구가 아니라 여기 손님이셔. 자, 빨리 방으로 돌아가야지……. 응?"

"……잘못했습니다."

시즈쿠 씨를 난처하게 하고 싶지는 않았던 모양이다. 레이지는 아쉬운 표정을 지으면서도 엄마의 타이름을 듣고 머리를 꾸벅 숙였다.

게임기를 가지고 있는 걸 보니 어쩌면 나와 같이 놀고 싶었던 걸지도 모른다.

어제 함께 산에서 내려오면서 레이지가 그렇게 나를 따르더니, 어린 마음에 자기 나름대로 그때의 답례를 하고 싶었던 것 같다.

그걸 알고 나니 이대로 방으로 돌아갈 수는 없었다.

“시즈쿠 씨, 저어…… 괜찮으면 제가 레이지와 놀아도 될까요?”

“……!”

내 말에 푹 가라앉아 있었던 레이지의 눈동자가 반짝 빛났다.

정말로 나와 놀고 싶었나 보다.

아직 만난 지도 얼마 안 됐는데 그렇게 생각하다니 솔직히 나도 기뻤다.

“그렇게 말해주니 기쁘긴 하지만……. 정말 괜찮아? 혼자 푹 쉬고 싶을 텐데 방해가 되지 않을까?”

“아뇨, 안 그래도 혼자 심심하던 차였거든요. 그리고 게임은 혼자 하는 것보다 다른 사람과 함께하는 게 더 재밌고요.”

게임은 혼자 가지고 놀아도 재밌지만, 마음에 맞는 누군가와 같이하는 것도 좋다.

내가 가장 좋아하는 사람이 가르쳐준 사실이다.

정작 중요한 이야기를 못 들어서 아쉬웠지만, 시즈쿠 씨가 말해주겠다면 나중에 얼마든지 기회를 만들 수도 있고 그렇다면 우미와 같이 들어도 될 것이다.

“레이지……. 형은 이렇게 말하는데 어떻게 할래? 형 말 잘 듣고 얌전히 놀 수 있지?"

"응, 할 수 있어."

"그래? 그럼 약속이다?"

아들과 손가락을 걸고 약속한 후 시즈쿠 씨는 레이지를 껴안아서 내 옆에 살며시 앉혔다.

"마에하라, 손님인데도 이렇게 도와줘서 고마워. 오전 일은 일찍 끝내고 올 테니까 그때까지 부탁해."

"네. ……음, 그럼 레이지, 나랑 같이 게임 하면서 놀까?"

"응."

아이를 돌보는 게 아니라 나이 차이가 많은 친구 느낌으로 노는 거면 괜찮을 듯하다.

이렇게 잠시지만 네 살과 열여섯 살 콤비가 탄생했다.

몇 번이나 미안하다며 고개를 숙이는 시즈쿠 씨를 배웅한 후, 우리는 바로 게임기를 켰다. 오늘은 일반 손님 예약이 있지만 체크인은 오후 이후라고 해서 이대로 공용 공간에서 놀아도 된다고 한다.

"레이지, 게임이 몇 가지 있는데 뭘 가지고 놀까?"

"음~……. 그럼 이거."

레이지가 가리킨 건 전연령 레이스 게임. 코미컬한 캐릭터와 판타지 느낌의 디자인의 차를 조작하는 어린이용 게임이지만, 조작은 간단해도 의외로 섬세한 스킬을 요구하기도 해서 어른 중에서도 심취한 사람이 많고, 공식 및 비공식 불문하고 대회도 정기적으로 개최될 정도다.

나도 당연히 이 게임을 가지고 있고 우미와 가끔 뜨거운 배틀을 펼치기도 하지만……. 이번에는 레이지를 상대로 하는 것이니 너무 진심으로 덤비는 건 어른스럽지 못할 것 같다.

그런데 컨트롤러를 나누어 쥐고 둘이서 같이 레이스를 시작하자——.

"…………."

"! 오오, 거기 지름길 가기 어려운데……."

개시하고 바로 알게 됐지만, 레이지의 스킬은 상당한 수준이었다. 방에서 시간을 보내는 일이 많아서 계속 이걸 가지고 놀았기 때문일 것 같은데, 만약 아무것도 모르고 온라인 대전이라도 벌였다면 플레이어가 사실은 네 살짜리라는 건 아무도 믿지 않을 게 분명하다.

첫판은 내가 밀리고 말았다.

"형, 이거 못해?"

"으으……."

그리고 상대방을 부추기는 기술도 초등학생 뺨치는 수준이다. 표정도 평소 얌전한 어린아이의 것과는 다르게 살짝 건방지기까지 했다.

어린아이는 이 정도가 귀여운 맛이 있어서 좋다……는 건 머리로는 알지만, 이렇게 쉽게 나보다 어린 애한테 지니 살짝 분하다.

"하, 한 번 더 하자. 이번에는 제대로 할게."

“응.”

그 후부터는 둘이서 묵묵히 레이스를 반복했다. 그러는 사이에 나와 레이지는 특별히 무슨 대화 같은 건 하지 않았지만, 대전이 너무 달아올라서 서로 어색함을 느끼는 일 없이 금방 시간이 흘러갔다.

거의 모든 코스를 돌며 놀다 보니 어느새 놀기 시작한 지 2시간 정도 지났다.

대전 결과는 거의 반반. 우미랑 할 때보다 더 집중한 기분이다.

“후우……. 일단 잠깐 쉴까.”

“나 더 하고 싶어.”

“그래. 하지만 너무 열중하는 것도 안 좋아. ……주스 살 건데 레이지는 뭐 마실래?”

“……오렌지 주스.”

“알았어. 그럼 나도 그거 마셔야겠다.”

나는 종이팩에 든 오렌지 주스 두 개를 사서 레이지와 같이 빨대로 쭉쭉 빨아 마셨다.

이 나이의 어린애는 대개 빨대를 깨물거나 마시다가 음료를 흘릴 때가 많다고 들었는데, 레이지는 얌전히 앉아 조용히 목만 움직였다.

……애는 정말 네 살이 맞을까. 그만큼 나한테는 어른스럽게 보였다.

시즈쿠 씨가 단단히 일러둬서 그런 것도 있겠지만, 그것보다 레이지 본인의 원래 성격이 더 크게 작용하는 듯했다.

"있잖아, 레이지."

"으응?"

"나하고 왜 놀고 싶었어? 어제도 계속 나한테 달라붙어 있었는데…… 누나는 싫었니?"

"누나?"

"내 옆에 있었던 사람 말이야."

"………… ."

레이지는 잠시 생각에 잠기다가 고개를 가로저었다. 우미를 싫어하는 건 아니지만, 나한테 더 친근감이 들었다는 뜻인 모양이다.

"……형한테 아빠 냄새가 나. 조금."

"나한테? 그게 어떤 냄새인데?"

"음~……. 매캐한 냄새."

"매캐하다니, 어린데 그런 단어도 다 아는구나."

매캐한 냄새……라는 건 담배 냄새를 가리키는 걸까. 물론 나는 절대로 담배를 피우지 않지만, 같이 사는 엄마는 흡연자고 꽁초 청소 등은 내가 자주 하니까 담뱃재 냄새가 손에 남아 있을지도 모른다. 어린이는 어른보다 후각이나 미각이 민감하다고 하니 그런 희미한 감각마저 아빠의 기억을 불러일으킨 게 아닐까.

"레이지는 아빠를 좋아하니?"

"……응."

나 역시 중학생 때 부모님이 이혼했지만, 한창 어리광을 부리고 싶은 나이의 아이에게 부모님 중 어느 한쪽과 떨어져 지내야

한다는 괴로움은 보통 힘든 게 아닐 것이다.

물론 시즈쿠 씨 부부가 그렇게 결단을 내린 것에는 어떤 이유가 있다는 건 알겠다.

그렇지만 지금의 레이지가 그걸 이해하긴 어렵다.

어른들의 사정으로 휘둘리는 건 늘 어린이다.

……어른은 영리하지만 아주 치사하다.

어른들의 심정도 이해 못 할 바는 아니지만.

"그렇구나. 이상한 거 물어서 미안해. 이제 주스도 다 마셨으니 게임이나 마저 할까? 다음은 뭐 할래?"

"응, 그러면——."

우울한 이야기는 여기서 접고, 우리는 다시 게임을 시작했다.

대전 형태의 퍼즐 게임, 보드게임 등. 때로는 내가 가르쳐주고, 때로는 레이지한테서 '형, 못 한다' 라는 소리도 들어가면서 논 지 어느덧 한 시간 정도.

"——마에하라, 미안해. 일이 지금 끝났어."

"시즈쿠 씨, 어서 오세요."

"엄마, 왔어?"

"그래, 레이지. 얌전히 있었니?"

"응!"

소파에서 뛰어내린 레이지는 바로 엄마 곁으로 달려가 폭 안겼다.

난 어린아이를 돌본 경험이 없어서 처음에는 잘 상대할 수 있을지 걱정이었지만……. 역시 게임은 커뮤니케이션 도구로 최고다.

그리고 아주 약간이지만 어떤 사정이 있는지도 알았고.

"아, 맞다. 마에하라, 아까 미조레 할머니 댁에서 연락이 왔는데 우미가 이제 돌아올 거래."

"알겠어요. 그럼 저는 이만 가볼게요."

정신을 차리고 보니 내 스마트폰에도 우미의 메시지가 도착한 상태였다. 바로 돌아갈 테니까 준비하란다.

"형, 잘 가."

"응, 또 보자."

레이지 덕분에 지루한 일 없이 잘 놀았으니, 이제 남은 건 우미와의 시간을 천천히 만끽하는 일뿐이다.

4. 리쿠와 시즈쿠

레이지와 시즈쿠 씨한테 인사하고 헤어진 후에 방으로 돌아온 나는 외출 준비를 시작했다.

강에서 잠시 물놀이를 할 계획이라 내 수영복 말고도 타월이나 갈아입을 옷, 벌레 쫓는 스프레이 등을 챙겼다. 귀중품이나 방 열쇠는 프런트 데스크에서 보관해 준다고 하니 돈은 최소한만 가지고 가면 되겠다.

외출복으로 갈아입고 스마트폰을 주머니에 넣은 다음에 남은 일은 곧 돌아올 우미를 기다리는 것일 줄 알았는데…….

"이걸 어쩐다."

나는 개봉은 했으나 사용조차 하지 않고 어제부터 가방 속에 몰래 숨겨둔 물건을 두고 망설이는 중이었다.

오늘은 놀러만 나가는 거니까 필요하지 않겠지만, 그걸 방에 놔둔 채 그냥 나갈 수도 없고 무엇보다 나중에 돌아올 리쿠 씨가 혹시 보기라도 하면 어떻게 변명하면 좋을지 알 수 없다.

"……그럼 일단 이대로 가방 안에 넣어둘까."

내 가방 속을 확인할 사람이야 우미뿐이고, 만약 우미가 보더라도 '어제 넣어놓고 잊었다' 라고 하면 충분한 변명이 될 것이다.

그렇게 혼자 납득하며 고개를 끄덕인 내가 다시금 가방 밑바닥에 그걸 꼼꼼히 봉인한 순간.

마침 알맞은 타이밍에 우미가 방으로 돌아왔다.

“우미, 어서 와. 얼굴을 보니까 별일은 없었던 것 같네.”

“나 왔어, 마키. 싸울 틈도 없을 정도로 바빴고 친척들 앞에서 평소처럼 티격태격할 수는 없잖아. 근데 넌 괜찮았어? 나 없어서 많이 외로웠지?”

“아니, 아까까지 레이지와 게임 하면서 놀아서 별로……. 앗, 우미 씨, 아무 말도 없이 옆구리 꼬집지 마세요.”

“……난 마키가 없어서 외로웠는데 너무해.”

미조레 할머니와 소라 아주머니도 다들 자기들 일로 바빴는지 별로 우미를 챙겨주지 못했나 보다. 잔뜩 뚱해져서 나를 꼬집으면서도 안겨 붙는 우미가 너무나 귀엽다.

옆구리에서 전해지는 찡한 고통을 참으면서 나는 우미를 잠시 꼭 안아주었다.

조금 시간이 걸리긴 하지만, 묵묵히 이렇게 해주면 우미도 기분을 푸니 고마울 따름이다.

나도 쉽게 잘 넘어가는 성격인데 우미도 나만큼이나 쉽게 넘어간다.

“우미, 이제 점심때인데 어떻게 할래? 돈만 내면 여관에서 도시락도 준비해 준다던데.”

“음~. 기왕이면 놀러 나간 김에 밖에서 먹자. 어제는 차에서 보기만 했지, 마을 내부를 잘 돌아보지 못했잖아.”

"알았어. 그럼 먼저 배라도 채울까."

"응."

이제 완전히 기분이 좋아진 우미와 사이좋게 손을 잡고, 객실 열쇠를 맡기기 위해 프런트로 가니 시즈쿠 씨가 맞이해 주었다.

"어머나, 둘이 지금 데이트하러 나가니?"

"아, 네, 맞아요. 근데 시즈쿠 씨, 아까는 감사했습니다."

"아니야, 나야말로 고맙지. 레이지도 오랜만에 다른 사람이랑 놀아서 재밌었나 봐. ……걔가 아직 새 유치원에 적응을 못 했거든."

나와 놀 때는 별로 그런 것 같지 않았지만, 밖에서는 레이지가 낯을 가리는 모양이다.

집에서는 활달해도 밖에 나가면 주눅 드는 게 꼭 나 어릴 때랑 똑같다.

"아, 맞다. 마을 중심부까지 걸어가려면 거리가 머니까 우리 자전거를 쓰렴. 전동 자전거는 아니지만, 기어 변속도 되고 오르막길도 올라가기 편해."

"그래도 돼요? 마키, 그럼 자전거 타고 가자. 이동 시간도 줄일 수 있고 그만큼 더 느긋하게 놀 수 있을 테니까."

"음~……."

하긴 둘이서 자전거를 탈 기회가 흔한 것도 아니고 걷는 것보다 훨씬 편하니까 시즈쿠 씨의 제안을 감사히 받아들이는 게 좋겠다.

오늘은 이따가 강에서 놀기도 해야 하니 이동에 들일 체력은 최대한 보존하는 것이 좋을 테고 말이다.

"……알겠어요. 그럼 감사히 쓸게요."

"좋아. 자, 여기 열쇠. 자전거는 주차장 옆 창고에 있으니까 다 쓰고 나면 거기 갖다 놔. 그러면 잘 다녀오십시오."

"네, 다녀오겠습니다."

우리는 시즈쿠 씨한테 감사 인사를 한 후, 각자의 자전거 위에 걸터앉아 마을로 이어지는 내리막길을 따라 페달을 밟았다. 일할 때 종종 쓰는 자전거인지 바구니 쪽에 작게 '시미즈' 라고 적힌 플레이트가 붙어 있는 게 신경 쓰이긴 했지만, 이렇게 빌려준 것만 해도 고마운 일이다. 관리도 잘되어 있는지 페달도 매끄럽게 잘 돌아간다.

"마키, 아까는 상황을 보느라 가만히 있었지만 내가 없는 사이에 시즈쿠 씨랑 무슨 얘기라도 했어? 레이지에 관해서라든가?"

"응, 나중에 너한테도 말할 거지만 어쩌다 보니 그렇게 됐어."

특히 시즈쿠 씨가 불쑥 자백해 버린 '――사실 난 전에 리쿠한테 한 번 고백했다가 차였거든' 이라는 점에 관해서.

시즈쿠 씨의 말이 사실이라면, 두 사람의 사이가 이렇게까지 꼬인 가장 최초의 원인은 리쿠 씨인 것 같다.

……아무리 생각해도 괜한 참견이라는 건 안다. 하지만 그 둘이 잘 대화를 나누고 이해한 후에 답을 내놓으면 좋겠다.

이대로 '그냥 소꿉친구' 가 된다고 하더라도 각자의 마음이 엇나간 채 소원해진다면 안타깝기만 할 테니까.

오전 중에 있었던 일에 대한 보고와 상의는 나중으로 미루고 나와 우미는 마을을 산책하기로 했다. 마침 휴일 한낮이어서 중심가는 관광객으로 보이는 사람들로 북적거렸다. 장마철이라 푹푹 찌는 더위 때문에 빙수나 아이스크림 등 차가운 음식을 파는 가게도 많이 보였다.

"아, 마키, 저것 좀 봐. 과일이 통째로 들어간 빙수래."

"정말이네. 그것 말고 가볍게 먹을 수 있는 것도 있으니까 저기로 가보자."

우리는 근처의 유료 자전거 보관소에 자전거를 놔두고 거리에 있는 가게 중에서 유난히 사람들로 넘치는 한 곳으로 들어갔다.

메뉴를 보니 얼린 과일을 그대로 깎은 것을 판매하는 모양이다. 딸기, 머스캣, 멜론, 망고 등 가격은 비쌌지만 다른 사람들이 잘 먹는 모습을 보니 맛도 확실한 것 같았다.

다만 SNS에 올라가는 걸 의식하는지 양도 상당히 많아서 나중에 배탈이 나는 일이 없도록 둘이서 하나를 나눠 먹기로 했다. 그것 말고도 햄버거와 샌드위치 세트를 주문했다.

"오오~. 이게 통 딸기 빙수……! 모양새는 생각했던 것과 좀 다르지만 냄새는 딸기가 맞네."

토핑으로 연유를 뿌려 한 입 먹자 부들부들한 식감과 함께 새콤한 딸기 맛이 입에 가득 퍼졌다. 딸기 종류도 신경을 썼는지 평소 먹던 빙수와는 정말 달랐다.

원재료인 물과 설탕은 똑같아도 향료와 착색료만 다르게 뿌려 먹는 일반 빙수도 좋아하지만, 가끔은 이렇게 고급스러운 것을 먹는 것도 나쁘지 않다.

“마키, 여기 연유가 많이 뿌려져서 달아. 자, 아앙~.”

“아~. 응, 정말 달고 맛있네. 자, 우미도 이쪽.”

“아~…… 음. 으음, 이쪽 것도 맛있어. 고마워, 마키.”

“별말씀을.”

가게 구석에 앉아 있긴 했지만 이렇게 당당하게 꽁냥거리니 주변에서 쏟아지는 따가운 시선을 느끼지 않을 수가 없다. 하지만 어제 소프트 아이스크림으로도 극복한 우리였기에 이 정도는 별일도 아니니다.

우미와 연인 사이가 된 지 반년이 지났지만 아직도 마음은 갓 사귀었을 때와 똑같다.

빙수를 먹으면서 나중에 나온 가벼운 식사까지 깔끔히 먹어치웠다. 그리고 소화도 시킬 겸 마을을 마저 돌고 나면, 그다음은 드디어 마을 외곽에 있는 강으로 이동한다.

다만 그 전에 우미에게도 오전에 있었던 일을 설명해 주었다.

어제 있었던 사건, 레이지, 시즈쿠 씨와 리쿠 씨 사이에 있었던 일들.

“정말……? 시즈쿠 씨가 우리 오빠한테……. 세상에는 별 괴짜가 다 있구나.”

“우미, 네가 할 소리는 아닌 것 같은데……. 아무튼 리쿠 씨도 성실히 일했던 시절이 있었잖아. 지금은 좀 게을러진 것 같지만.”

“오빠 그 인간은 아주 게을러터졌어. 이제 기운도 차렸으니까 얼른 일자리도 구하고 자기 생활도 잘해야 할 거 아냐. 아빠도,

엄마도 얼마나 걱정하는데."

우미가 리쿠 씨한테 유난히 매섭게 구는 것도 분명 걱정 때문이다.

만약 시즈쿠 씨가 '여자친구' 로서 리쿠 씨 곁에 있었다면 지금 상황도 어쩌면……. 하는 생각을 문득 하게 된다.

리쿠 씨는 왜 시즈쿠 씨의 고백을 거절했던 걸까.

일단 우미와 정보 공유를 마치고 나서 마을 중심가를 벗어난 우리는 한동안 완만한 산길을 올라 깨끗한 물이 흐르는 상류로 향했다.

지역 사람들 이외는 잘 찾지 않는 숨겨진 장소라서 주변에는 차는커녕 인적도 없었다.

그래서 깊은 수풀 속으로 들어가는 기분이었다. 일부분 풀을 벤 흔적도 있었지만 어제 산책로에 비하면 여긴 훨씬 더 자연이 있는 그대로 남아 있는 느낌이다.

"자, 입구 도착. 여기서부터는 10분 정도 걸어야 하니까 조금 더 힘내자. 그만큼 포상도 충분히 준비했으니까."

"포상……. 기대하겠습니다."

길을 오가는 차량의 방해가 되지 않도록 눈에 띄지 않는 곳에 자전거를 세워둔 후, 우리는 흐르는 강물을 따라 목적지로 나아갔다.

"이거 참 그립네~. ……여기 오는 건 정말 오랜만이지만 내 기억과 별로 달라진 게 없는 것 같아."

"그래? 근데 우미, 여기 길이 제법 험한데 설마 혼자 여길 모험했던 건 아니지? 몇 년 만에 온 거라고 했으니까 초등학교 이후였을 것 같은데."

"물론이지. 아빠랑 오빠랑 같이 갔었어. 여름이 되면 이 동네 아이들은 대체로 여기 와서 논다던데? 물놀이도 하고 비밀기지도 만들고 그렇게 까불며 놀다가 넘어져 다치면 혼나고 그랬어."

"그럼 여긴 너희 가족의 추억이 깃든 곳이겠구나."

"그러고 보니 그러네."

그런 곳에 나를 데리고 왔다는 건 우미에게 나는 그만큼 중요한 존재가 됐다는 뜻일까.

그렇다면 너무나 기쁘고 행복한 일이지만 다이치 아저씨와 리쿠 씨한테도 추억 가득한 장소라면, 아무리 우리 둘뿐이고 신이 난다고 해서 도가 지나친 행동을 해서는 안 될 듯하다.

……아니, 처음부터 그런 짓을 할 마음도 없지만.

어디까지나…… 그래, 어디까지나 강에서 적당히 놀기만 할 거다.

험한 길 때문에 중간에 걸려 넘어지지 않도록 우리는 서로의 몸을 지탱하면서 무사히 목적지로 보이는 곳에 도착했다. 물은 훨씬 더 위쪽에서 흘러 내려오는 것으로 보였지만, 여기서부터는 길이 험하여 일단 그 직전의 장소에서 노는 것으로 타협했다.

"어때? 물이 참 맑지? 바로 솟아나는 용천수라서 그다지 권하지는 않지만, 옛날에는 마실 물로 길어 가기도 했대."

"오오, 그럼 물속에 좀 푹 들어가도 괜찮겠다."

우미의 말대로 물이 맑고 깨끗했다. 지금은 마실 것을 가지고 와서 큰 문제는 없지만 오늘도 여전히 찜통더위여서 만약 음료를 준비하지 않았더라면 이 물의 유혹에 넘어갔을지도 모른다.

나는 피부로 수온을 대충 확인한 다음, 비교적 흐름이 완만한 곳으로 가서 근처 커다란 바위에 천천히 앉아 발목까지만 물에 담갔다.

여기까지 이동하느라 완전히 열기로 달아오른 몸에 찰랑거리며 흐르는 차가운 물이 닿자 기분이 좋았다.

"후우……. 물 흐름이 좀 신경 쓰이긴 하지만 그것 빼고는 조용하고 참 좋다."

"뭐? 흐르는 물소리 덕분에 나한테 장난을 쳐도 아무도 모르니까 너무 좋다고?"

"왜 말을 100퍼센트 날조하시는 거냐고요."

하다못해 원문을 좀 남겨서 말을 바꾸든가.

어쨌든 이제 자리를 잡았으니까 이제 조금이라도 우미랑 알콩달콩한 시간을 보내고 싶긴 한데.

내 시선을 알아차린 우미가 장난스러운 미소를 지으며 내 팔에 매달려 다가붙었다.

"있잖아, 마키."

"뭐, 뭡니까."

"상, 줄까?"

"……."

"줄까?"

"……네, 보고 싶습니다. 우미의 수영복 차림."

"으음~? 어떻게 할까~. 후후후후."

이미 준비는 다 해놨으면서 내 마음을 솔직하게 더 끌어내고 싶으니까 우미는 일부러 그런 치사한 소리를 한다.

여관에서 출발하기 직전에 우미가 나를 방에서 쫓아냈기 때문에, 추측건대 그때 미리 옷 안에 수영복을 입었을 것이다.

"그럼 그 전에 한 가지 퀴즈를 내겠습니다. 이걸 맞히면 원하는 대로 얼마든지 보여줄게."

"우미, 오늘 살짝 심술을 부리네……. 그래서 무슨 퀴즈인데?"

"응, 그건 말이지——."

그렇게 나한테 바짝 다가붙은 우미가 간질거리는 목소리로 속삭였다.

"——나는 오늘 '어느 쪽' 수영복을 입었을까요?"

"……살짝이 아니라 엄청 심술을 부리는 거였어."

얼마 전에 샀던 수영복은 다음 기회에……. 라고 했으니까 일반적으로 생각해 보자면 답은 하나밖에 없다.

"우미, 혹시 얼마 전에 산 그거 가지고 온 거야?"

"그걸 말하면 퀴즈의 의미가 없잖아. 자, 어느 쪽이게?"

"으음……."

어쩌면 그 대담한 수영복을 입고 왔을지도 모른다.

수영복을 고를 당시에 우미는 남에게 보여주고 싶지 않다고 했는데, 결국 그걸 어떻게 할지는 우미 마음에 달렸다.

그리고 '우리 둘만 있을 때는 괜찮다' 라는 조건도 지금이라면 충족한 상태고.

우미의 손바닥 위에 놀아나는 기분이지만, 그만큼 지금 나는 우미에게 마음이 사로잡혀 있다.

"__________."

내가 우미의 귓가에 가만히 대답하자, 우미가 작게 쿡쿡 웃으며 말했다.

"……밝히긴. 역시 기대한 거 맞네 뭐."

"그냥 혹시나 해서……. 그럼 정답은 뭔데?"

"그렇게 초조해할 필요 없어. 보여줄 테니까."

그러면서 우미가 천천히 반소매 후드와 또 그 아래에 있던 티셔츠를 벗자, 정답이 드러났다.

그 모습을 본 순간 나는 노골적으로 불만스럽다는 듯 뺨을 부풀렸다.

"……우미~."

"에헤헤, 미안해. 기대에 부응하지 못해서."

우미가 미리 입고 온 것은 전에 말했던 대로 작년에 입었던 것으로 보이는 수영복이었다.

위와 아래가 분리되어 배꼽까지 노출된 형태였지만, 가슴골도 잘 가려져 있고 아래는 핫팬츠 같은 모양새였다. 우미 말처럼, 얼마 전에 산 여름 필살 수영복(이라고 하면 될까)과 비교해 보면 얌전했다. 위아래 모두 프릴이 달려서 정말 귀여웠다.

그래서 우미한테 이리저리 휘둘린 결과, 퀴즈 정답을 맞히는 데는 실패.

하지만 수영복 차림은 제대로 볼 수 있었으니 상 하나는 확실히 받았다.

그렇게 생각하니 우미가 참 심술궂기도 하고, 또 다정하기도 한 게……. 본인에게 자각이 있는지는 알 수 없으나 우미에게는 충분히 악마적 재능이 있는 것 같다.

물론 내 앞에서만.

"자, 마키, 어서 이쪽으로 와. 물이 얕아서 헤엄은 못 치지만 시원함은 느낄 수 있어."

"응, 그럼 나도 수영복으로 갈아입고 올 테니까 잠깐만."

나는 재빨리 옷을 벗고 수영복을 입은 후 바로 우미에게 다가갔다.

"마키, 여기 미끄러지기 쉬우니까 조심해."

"엇, 그래? 돌멩이가 있지만 다 둥그스름하고 이끼도 안 끼어서 괜찮—— 으앗!"

"……우미~."

"헤헤헷, 마키, 너무 쉽게 걸려드는 거 아니야?"

"그거참 미안하게 됐네요. ……그럼 나도 복수다!"

"으아앗. 후후, 그걸 공격이라고 해? 그런 거로 날 이기려고 들다니 아직 멀었어."

우리는 맑은 강물 속을 걸으며 마치 어린아이처럼 서로 물을 튀기고, 때로는 끌어안은 채 장난으로 민감한 곳을 간질이며 둘만의 여름을 한껏 즐겼다. 어제 노천탕에서의 행동과 별 차이가 없을지도 모르나 우미와 함께라면 몇 번이나 같은 일을 반복해도 즐겁고 두근거릴 것이다.

좋아하는 사람이 곁에 있는 것만으로도 조용하기만 했던 장소에 갑자기 떠들썩한 분위기가 생긴다.

"아, 마키. 이것 좀 봐. 저기 작은 게들이 있어."

"응. 몇 마리 정도 지나갔는데. 혹시 부모랑 자식 사이 아닐까?"

"그럴지도. 하여간, 게도 가정이 있는데 우리 오빠라는 인간은……."

"게를 가지고도 이렇게 까이다니……. 리쿠 씨 불쌍해……."

사실 난 이렇게 누군가와 일대일로 대화하는 것이 서툴지만, 우미 앞에서는 말이 잘도 나온다.

다소 까불어도, 분위기 파악 못 하는 소리를 하더라도 우미라면 잘 반응해 주니까 말할 때 겁을 낼 필요가 없기 때문이다.

대화가 참 즐겁다.

혼자 조용히 풍경이나 자연을 즐기는 것도 나쁘지 않겠지만, 나한테는 우미와 함께하는 지금 이 순간이 더할 나위 없는 소중한 경험이 되고 있다.

그 후로도 수중 생물을 관찰하거나 또 물을 튀기며 놀다가 잠시 쉬고……. 그러다가 어느새 점심 즈음에 비해 주변이 살짝 어둑어둑해진 것을 알아차렸다.

"벌써 4시네……. 우미, 좀 이르긴 하지만 실컷 놀았으니까 이제 여관으로 돌아갈까?"

"그러게. 아, 그 전에 한 번 더 마을 쪽에 가볼까? 내일은 아침에 출발할 테니까 유우나 다른 애들한테 줄 선물이랑 할머니 집에도 잠깐 들르고 싶으니까."

"그러고 보니……. 미안해, 노느라 선물 살 생각은 깜박했네."

"하여간 마키도 참……. 이러고 있다가는 가게도 문 닫을 테니까 어서 옷부터 갈아입자. 아, 미리 말해두겠는데……."

"괘, 괜찮아. 옷 갈아입는 거 엿보는 짓은 안 할 테니까."

"음~. 정말로~? ……그냥 해본 소리야, 에헤헤."

농담은 거기까지 하고, 우리는 미리 챙겨 온 타월로 얼른 몸을 닦은 후 갈아입을 옷을 몸에 걸쳤다. 등 뒤 그늘에 있는 우미가 신경 쓰이지 않는다면 거짓말이겠지만, 지금의 나는 신사다. 우미를 난처하게 하는 짓은 안 한다.

……혼욕이나 수영복에 대해서는 우미가 허락해 준 것이니까 그건 그거고.

"많이 기다렸지? 후후, 기특하게도 시키는 대로 잘 따른 것 같네."

"내가 무슨 개도 아니고……. 아니, 어떻게 보자면 비슷하긴 한데."

돌아갈 때도 둘이 다가붙은 채로 내리막길을 내려가 자전거를 놔뒀던 입구로 갔다. 자전거에 잠금장치를 걸어뒀다고는 하지만 혹시 누가 가져가면 어쩌나…… 걱정했는데, 여기 왔을 때와 똑같이 주인이 돌아오길 기다리고 있었다.

"마키, 여기서는 할머니 댁이 더 가까우니까 먼저 거기부터 가자. 내리막길을 내려가서 막다른 길이 나오면 거기서 왼쪽으로 꺾어 들어가면 돼. 그러고 나서 길을 따라가면 집이 나와."

"응, 알았어."

돌아가는 길은 내리막길이어서 페달을 밟지 않아도 자전거는 쑥쑥 앞으로 나아갔다. 때때로 부르는 산들바람이 덜 마른 머리칼 사이로 스치고 지나가는 느낌이 좋았다.

경쾌하게 자전거를 타고 달리길 몇 분, 미조레 할머니 댁의 기와지붕이 보였다. 우미 말에 따르면 모였던 친척들도 이제 돌아가는 시간대라니까 찾아가도 큰 문제는 안 된다고 한다. 그리고 결국 아무것도 도와준 일이 없어서 하다못해 뒷정리라도 거들고 싶단다.

그런데 지름길이라고 하는 계단을 내려가 마침 집 뒤편까지 왔던 때였다.

"…………!"

"——, ——!"

내용은 알 수 없었지만 집 안에서 무슨 언쟁을 벌이는 듯한 소리가 들렸다.

"……집이 좀 소란스러운 것 같아."

"그러게. 무슨 물건 움직이는 소리도 아닌 것 같고……. 오빠 목소리도 들리는 듯해. 다른 한 명 목소리는 못 알아듣겠지만."

"리쿠 씨의 목소리?"

"아마도. 일단 가보자."

어제 준비 때문에 시즈쿠 씨가 맥주 케이스를 가지고 갔으니 어쩌면 술과 관련한 문제가 일어난 걸지도……. 문 옆에 자전거를 세워두고 우미가 현관문을 열기 위해 손잡이를 잡은 순간.

"——릿군, 잠깐만!"

"시즈쿠, 미안. 나 잠시 머리 좀 식히고 올게."

그런 말이 오간 후, 문이 열리자마자 리쿠 씨가 우리 앞으로 불쑥 튀어나왔다. 우미가 시즈쿠 씨의 외침을 듣고 순간적으로 뒤로 물러선 덕분에 부딪히지는 않았고 바로 뒤에 있던 내가 비틀거렸던 우미를 붙들어서 다행이었지만, 타이밍이 안 좋았더라면 우미가 다쳤을지도 모른다.

"앗……. 오빠, 갑자기 그렇게 나오면 위험——."

"우미였구나……. 미안."

"어?"

우미가 뭐라고 따지기도 전에 리쿠 씨는 우리에게서 마치 도망치는 것처럼…… 아니, 정확히는 우리 뒤에 있는 시즈쿠 씨를 피하는 것처럼 집 뒤편으로 사라졌다.

"릿군, 잠깐만. 릿군!"

그리고 조금 후에 시즈쿠 씨가 집 안에서 나왔다. 시즈쿠 씨는 무슨 일을 부탁받았던 건지 어제 같은 배달원 옷차림이 아니라 여관 종업원 복장이었다.

"시즈쿠 씨, 무슨 일 있었어요?"

"우미, 마에하라……. 나중에 얘기해 줄 테니까 일단 할머니 쪽 일 좀 도와드려 줄래? 큰방이 좀 어지럽혀져 있거든."

시즈쿠 씨는 전통복을 입고 있어서 뛰기 버거운지 짧은 보폭으로 발을 열심히 움직여 리쿠 씨의 뒤를 쫓아갔다.

무슨 다툼이라도 있었던 것 같은데, 상황을 보니 당사자 중 한 명은 리쿠 씨인 모양이다.

"마키, 여긴 내가 어떻게든 할 테니까 넌 오빠를 챙겨줘. 나보다 너한테 더 솔직하게 굴 테니까."

"알았어. 나도 나중에 리쿠 씨와 돌아갈 테니까 소라 아주머니와 미조레 할머니께 그렇게 전해줘."

서로 주먹을 턱 맞대고 잠시 헤어진 후, 나는 리쿠 씨와 시즈쿠 씨 두 사람을 쫓아갔고 우미는 뒷정리를 하고 있을 소라 아주머니와 미조레 할머니께 갔다.

무슨 문제가 일어났다는 것도 놀라운데, 그 온화해 보이던 리쿠 씨가 당사자였다는 게 더 의외였다.

나와 마주쳤을 때 리쿠 씨의 얼굴을 봤는데, 특별히 술을 마신 기색도 없었고 술 냄새도 전혀 나지 않았으니까 리쿠 씨가 먼저 싸움을 일으킨 건 아니라고 믿고 싶지만.

마침 시즈쿠 씨와 리쿠 씨는 우리가 방금 지나갔던 좁은 골목길 끝의 계단 부근에 있었다.

"릿군, 왜 그런 짓을……. 난 일 때문에 익숙해서 그런 말 들어도 괜찮은데."

"하지만 기분 나빴던 건 사실이잖아? 아무리 시골밖에 모르는 아저씨라도 해도 되는 말이 있고 안 되는 말이 있다고."

"릿군……."

"……미안해. 나도 참으려 했는데 정신을 차리고 보니 손이 먼저 튀어나갔지 뭐야. 백수로 사는 동안 나도 성질머리가 나빠졌나 봐. 나 참, 이래서는 고등학생 어린애가 차라리 낫지."

자세한 상황은 알 수 없지만, 집안 행사로 모인 친척(게다가 술까지 취한) 중 한 명이 시즈쿠 씨한테 실례되는 말을 해서 그로 인해 다툼이 일어났다……는 것으로 보인다.

손찌검한 리쿠 씨도 잘못했지만, 그보다 시즈쿠 씨에게 상처 주는 말을 한 사람 쪽에 더 큰 문제가 있다.

말은 남의 마음에 상처를 주는 칼과 같다. 술에 취해서 그랬다는 변명 따위는 통하지 않는다.

나도 만약 우미가 똑같은 말을 들었다면 절대로 가만히 있지 않을 것이다.

"……후후."

"뭐, 뭐야, 시즈쿠. 갑자기 왜 웃어?"

"미안, 미안. 그래도 릿군은 릿군이다 싶어서. 어릴 때랑 변함이 없어. 크고, 마음 착하고, 서툴지만 항상 나를 아껴주잖아……. 그 밝힘증 아저씨한테 주먹을 날렸을 때 솔직히 속이 다 후련했어."

"그런 소리 해도 돼? 그런 인간이어도 일단은 손님이잖아."

"옛날에는 그랬을지 몰라도 이제 시대가 바뀌었으니까. 성희롱 손님은 이쪽에서 사양이야."

"그렇구나……. 아무튼 사과는 하러 가봐야겠다. 그런 인간이라도 할머니와 아버지의 친척이니까."

"응, 우리도 어른이잖아."

처음의 불온한 분위기 때문에 두 사람 사이가 틀어지는 게 아닐까 가슴이 조마조마했지만, 리쿠 씨가 시즈쿠 씨를 위해 저지른 행동이어서 그런지 내 걱정은 기우로 끝날 듯하다.

어쩌면 우미를 일찍 여관으로 돌려보낸 것도 미조레 할머니가 이런 일이 벌어질 가능성을 고려했기 때문일지도……. 그렇게 생각하니 어쩐지 나까지 '그런 인간'에 대한 분노가 샘솟았다.

인생을 오래 살았는데도 어떻게 사람이 그렇게 무례해질 수 있는 것인지.

좋은 사람, 나쁜 사람, 한심한 사람……. 어른도 여러 종류가 있다.

"그보다 릿군, 이 장소 기억나? 여기 계단 근처……. 계절은 지금이랑 정반대였지만."

"어렴풋이. 근데 지금은 그 얘기 안 하는 게……. 봐, 네 뒤에 귀를 쫑긋 세우는 녀석도 있으니까."

"난 다 알고 말을 꺼낸 건데? 이제 다 옛날 일이고 뭐. 그치, 마에하라?"

"……아, 그, 그러네요."

타이밍을 재느라 그늘 속에 숨어 있었지만, 두 사람은 다 알고 있었나 보다. 어둑한 데 숨어서 공기처럼 있는 것이야말로 외톨이인 내가 제일 잘하는 기술이었는데……. 우미와 같이 행동하면서 조금은 존재감이 생긴 것일지도 모른다.

내가 포기하고 두 사람 앞에 나서자, 리쿠 씨는 부끄럽다는 듯 머리를 긁적였다.

"마키, 혹시 그…… 아는 거야? 나랑 시즈쿠 씨 사이에 있었던 일."

"아……. 네. 어제 레이지 일도 그렇고 어쩌다 보니. 우미한테도 얘기했어요."

"그 바보한테도 말했다고……? 아니, 걔가 알아도 상관없긴 한데. 어차피 사실이고, 지금은 좋은 추억이기도 하니까."

"……응, 그러네."

두 사람은 자기 자신에게, 그리고 눈앞에 있는 '어린애' 인 나한텐 강조라도 하듯 그렇게 말했다.

리쿠 씨와 시즈쿠 씨가 무슨 말을 하고 싶은지는 안다. 심정도 이해한다.

서로에게 열지만 아직도 감정이 남아 있다. 그러나 언제까지고 그걸 질질 끌 수는 없다.

그들은 이제 어린아이가 아니다. 조금 더 있으면 서른을 넘기게 될 진짜 어른이다. 만나지 못했던 동안, 둘은 세상을 배우고 성장하고 말았다.

서로가 좋다는 것만으로 어떻게 될 시기는 이제 한참 지났다.

그러니 이 이야기는 이제 끝난 것이고, 다 예전 일이라고…….

"있잖아, 릿군. 괜찮으면 나 일 끝나고 한잔 어때? 고등학교 때 내 친구가 이 근처에서 술집을 하거든. 물론 내일 운전에 지장을 주지 않을 정도만 마셔도 되니까."

"그 정도라면……. 근데 너 괜찮겠어? 내일 아침 일찍부터 일해야 하고, 레이지도 있는데……."

"괜찮아. 내일도 일해야 하지만 출근은 오후부터고, 레이지는 엄마한테 돌봐달라고 부탁할 거야. 오랜만에 소꿉친구와 다시 만난 거니까 이해해 주겠지."

"그래. 그럼 아주머니도 그때 일을……."

"……응, 알아. 그날 집에 돌아가서 내가 많이 울었거든."

"……미안해."

"아니, 괜찮아. 하지만 그러니까 우리 더 대화를 해보자. 그때 '리쿠' 네가 무슨 생각을 했는지도 궁금하고, 내가 이 10년 동안 뭘 했는지도……. 실패까지 포함해서 네가 다 알면 좋겠어."

집으로 돌아가는 내일 아침을 앞두고, 시즈쿠 씨는 리쿠 씨한테 모든 걸 밝힐 결심이 선 모양이다.

다 털어놓고 지금까지의 추억을 완전히 과거로 돌려놓은 다음, 리쿠 씨에 대한 마음도 일단락 지을 셈이다.

"……알았어. 그럼 일 끝나면 내 폰으로 연락해. 번호는 체크인할 때 적은 그거니까."

"알았어. 아, 릿군은 SNS 해? 기왕이면 그쪽으로 연락 주고받자."

"그래……. 그건 술 마실 때 하기로 하고. 그럼 마키, 이렇게 됐으니까 우미한테도 잘 말해줘."

"네, 알겠어요. 그럼 우미랑 먼저 자고 있을게요."

리쿠 씨는 시즈쿠 씨에게 저녁 식사도 나와 우미의 몫만 준비하면 된다고 말한 후, 마음을 다잡고는 나와 시즈쿠 씨를 데리고 아까 전 다툼을 사과하러 미조레 할머니 댁으로 돌아갔다.

제일 먼저 우리를 맞이해 준 건 우미였다.

"……어서 와, 오빠."

"그, 그래, 나 왔어. 엄마는?"

"바닥에 쏟아진 맥주 및 기타 등등을 청소 중. ……그리고 할머니가 조금 전에 그 친척 아저씨한테 다시는 오지 말라면서 내쫓았어."

"알았어. ……우미, 미안하다."

"괜찮아. 이래도 가족은 가족이니까. 근데 나한테 사과할 틈이 있으면 얼른 엄마랑 할머니한테 가봐. 자자, 어서."

"그, 그럴게."

우미가 재촉하며 등을 떠밀자 리쿠 씨는 소라 아주머니와 미조레 할머니가 계신 큰방으로 사라졌다.

평소에는 티격태격해도 이럴 때는 제대로 된 남매다.

나는 외동이지만 우미와 리쿠 씨를 보면 좀 부럽다.

"오빠는 그렇다 치고 시즈쿠 씨는 괜찮았어요? 엄마한테 사정을 듣긴 했지만 어디 이상한 스킨십을 당하진 않았고요?"

"엉덩이랑 허벅지가 좀 닿긴 했지만 막 주무르고 그런 건 아니었으니 괜찮아. 오히려 내가 밀치지 못해서 아쉬울 정도인데. 아아, 근데 이제 와서 슬슬 열 받는걸? 당장 쫓아가서 차에 놔둔 가스버너로 그 대머리에 남은 털을 홀랑 태워 영구 탈모로 만들고 싶어졌어."

"그거 좋은 생각인데요? 하는 김에 제가 무릎으로 얼굴을 콱 찍어버릴게요. 성희롱이나 하는 남자는 이 세상에서 다 없어지면 좋겠다니까요. 마키도 그렇게 생각하지?"

"응, 아……. 네, 그렇죠."

두 사람은 농담이겠지만 즐거워하며 웃는 얼굴에 살짝 진심이 보여서(그런 느낌이 들어서) 무섭다.

……우미와 연인 사이어서 정말 다행이다. 그렇지 않았더라면 지금쯤 나는 인간의 형체를 유지하지 못하고 파괴됐을 것이 분명하다.

그 후로도 우미와 시즈쿠 씨를 중심으로 가벼운 잡담을 나누길 몇 분. 리쿠 씨가 사과를 다 했는지 돌아왔다. 다만 지금 어디로 심부름이라도 가려는 것처럼 두 손에는 과일과 과자가 담긴 종이 가방을 잔뜩 든 채다.

"……나 왔다."

"릿군, 할머니께는 죄송하다고 사과드렸어?"

"당연하지. ……근데 이제부터 폐를 끼쳐서 죄송하다고 다른 친척들한테 사과하러 가야 하니까 너희는 먼저 여관으로 돌아가."

"폐를 끼친 건 나도 마찬가지니까 나도 릿군이랑 같이……."

"아니, 할머니가 나 혼자 다녀오래. 그리고 넌 밤까지 일해야 하잖아? 내 옆에 있다가는 술 마시러 갈 시간도 없어져."

"그렇긴 한데……. 그럼 오늘 술값은 내가 낼게. 날 보호해 준 답례도 겸해서. 그건 괜찮지?"

"뭘 그렇게 필사적으로……. 그래, 네가 사는 거라면 마음대로 해."

"응, 마음대로 할게. ……그럼 잘 다녀와, 릿군."

"그래……. 다녀올게."

처음 만났을 때처럼 활기를 되찾은 시즈쿠 씨의 배웅을 받아

리쿠 씨는 차를 내달렸다.

어쩌나 걱정했는데 일단 큰일로는 번지지 않은 것 같다.

"……저 바보 오빠가. 시즈쿠 씨가 '릿군' 이라고 부르면 자기도 '시이 짱' 이라고 부르면 될 것 아니냐고."

"그치? 근데 예전부터 부끄럼쟁이여서. 행동으로 보여주는 것도 좋지만, 가끔은 말로 표현하는 게 나한테는 백 점 만점일 텐데."

"그렇죠? 마키, 너도 듣고 있지?"

"……네, 덕분에 확실히 공부가 됐습니다."

나도 내 마음을 최대한 말로 표현하려고 노력은 하지만, 자꾸만 부끄러움이 앞서서 정작 중요한 순간에 몸이 굳어지고 만다.

나와 우미 사이는 잘되는 듯 보이는 것도 미숙한 나를 우미가 너그러운 마음으로 받아줘서 그렇지, 실상은 시즈쿠 씨가 말하는 만점과는 거리가 멀다.

연인이 됐다고 해서 거기서 끝이 아니다. 그 이후부터도 꾸준히 마음을 전해서 서로 '좋아하는 감정' 을 유지해야만 한다고…… 생각한다.

……리쿠 씨와 시즈쿠 씨처럼 되지 않도록.

미조레 할머니와 소라 아주머니께 인사와 답례까지 마친 우리는 각자의 할 일을 처리하면서 숙소인 '시미즈' 로 돌아갔다. 아까 전의 일로 시간을 잡아먹기도 해서 선물을 느긋하게 고를 틈은 없었지만 그래도 인원수대로 선물을 준비했으니 미션은 성공했다.

어느 관광지에나 있을 법한 만주 선물 세트, 정체를 알 수 없는 귀여운 캐릭터가 달린 키 홀더. 선물치고는 미묘했지만 아마미라면 기뻐할 게 분명하다.

"우미, 저녁 식사 전에 얼른 목욕부터 할까? 오늘은 잔뜩 놀아서 땀도 많이 흘렸잖아."

"그러네. 그럼 오늘은 정말로 같이 씻을까?"

"아, 아닙니다. 근데 오늘은 다른 손님도 있어서 안 되는걸."

"후후, 농담이야~. ……하지만 집에 돌아간 다음이라면?"

"…………."

"묵비권을 행사하시겠다? 자, 어서 솔직히 자백하시지~."

내 마음 같아서는 그러고 싶지만 우리 집의 좁은 목욕탕에 같이 들어가는 건……. 위험한 광경이 뇌리를 스칠 것 같아서 지금은 일단 얼버무리기(보나 마나 못할 것 같지만)로 했다.

소악마 모드의 우미에게 휘둘리면서 겨우 각자의 대욕탕으로 들어갔다. 노천탕은 남성 시간대→여성 시간대로 바뀌기 전에 청소 중이라 입구 문은 단단히 잠겨 있었다.

다른 손님에 방해되지 않도록 커다란 욕탕 구석에 천천히 몸을 담갔다.

"……후우."

두 손으로 온천물을 떠서 얼굴에 뿌리고 천장을 올려다봤다.

즐거웠던 여행도 벌써 이렇게 시간이 지나 내일 오후에는 우리 집으로 돌아가 다시 일상이 시작된다.

우미와 함께하는 시간이 즐거워서 잊어버릴 것 같지만, 연휴가 끝나면 바로 7월이다. 얼마 안 있으면 1학기 기말고사고, 내년에는 꼭 우미와 같은 반이 되겠다는 목표를 내걸고 있는 이상, 시험공부는 절대로 게을리해서는 안 된다.

시험이 끝나면 드디어 본격적인 여름방학이지만……. 그 전에 노조무가 소속된 야구부 여름 대회 예선이 시작되고, 7월 7일 칠석날에는 아마미의 생일이다.

그리고 여름방학에 들어선 8월이면 내 생일도 있고.

공부, 놀이, 소중한 친구를 위한 축하 등등, 오히려 앞으로가 더 바빠진다.

넋 놓고 있는 사이에 여름방학은 지나가고, 그러면 곧 계절은 가을이다.

나와 우미가 '친구' 가 됐던 그 계절이 다시 돌아온다.

조만간 찾아올 우리의 일정은 대략 이런 식이다.

"……그 둘은 어떻게 되려나."

앞서 그런 일이 있어서 그런지 자꾸만 생각하게 된다.

우리의 참견 때문인지는 모르겠지만, 리쿠 씨와 시즈쿠 씨는 오늘 밤 술 한 잔 하면서 지금까지 있었던 일을 솔직히 털어놓게 될 것이다.

시즈쿠 씨가 결혼부터 이혼에 이르게 되기까지의 경위, 시즈쿠 씨의 고백을 거절한 후의 리쿠 씨의 생활 등……. 두 사람만 있으니 드러낼 수 있는 민감한 내용까지.

어떻게 될까, 하고 말하긴 했지만 결국은 모두가 생각하는 결론에 이르게 되지 않을까.

두 어른이 현재 서로의 입장을 냉정히 고려해 결정할 일이다. 그렇다면 타인에다가 어린애인 내가 함부로 끼어들 여지는 없다.

……그건 나도 알긴 하지만.

"일단 나가자."

그렇게 이리저리 생각하는 사이에 잔뜩 열이 올라 어지러워진 나는 다른 때보다 더 빨리 대욕탕을 빠져나왔다.

유카타로 얼른 갈아입고 휴식 공간에 놔둔 마사지 의자에 앉았다. 우미를 기다리며 멍해진 머리나 천천히 식히자는 생각을 하고 있는데,

"! 어어? 마키, 벌써 나온 거야?"

"우미……. 너야말로 왜 이렇게 빨리 나왔어? 평소에는 더 오래 있을 텐데."

"그건 그렇지만. ……오빠와 시즈쿠 씨에 관해 생각하다가 열기 때문에 머리가 어지럽지 뭐야."

"그랬구나. 나랑 똑같네."

"마키도? 하여간 우리는 닮은 점이 많다니까. 마키와 같이 있는 사이에 나까지 참견쟁이 성격이 옮았나 봐."

서로 똑같은 행동을 했다는 걸 알고 눈이 마주친 우리는 동시에 웃음을 터트렸다.

멀리 떨어져 있어도 서로 마음이 통하는 것 같이 기분이 편해졌다.

"있잖아, 마키."

"응."

"우리는 앞으로도 계속 같이 있는 거겠지?"

"……응. 전에 스티커 사진 찍을 때도 썼지만 우린 앞으로도 언제나 함께야."

"헤헤, 고마워. 그래, 우리는 그렇게 약속했으니까."

내 말에 안심했는지 우미는 활짝 웃더니 내 가슴에 얼굴을 묻듯 바짝 달라붙었다.

우미가 이렇게 어리광을 부리는 건 늘 있는 일이지만, 대체로는 불안감을 느낄 때 나오는 행동이기도 하다.

걱정 많은 우미는 리쿠 씨와 시즈쿠 씨 사이에 흐르는 분위기를 우리에게 비춰보고 문득 상상해 버렸던 것일지도 모른다.

풀 죽은 우미를 안심시키기 위해 나는 팔에 힘을 주어 더 꼭 끌어안았다.

"……괜찮아, 우미. 나는 무슨 일이 있어도 네 곁을 떠나지 않을 테니까."

"응, 고마워, 마키. ……난 곁에서 소중한 사람들이 그러는 모습을 보는 게 처음이라서."

"나도 여전히 적응 못 했는걸. 아빠와 엄마 문제는 내 안에서도 매듭을 지을 셈이지만, 그래도 아직 꿈에 나올 때가 있을 정도고."

나는 극복한 줄 알아도 결코 좋은 추억이 될 리가 없다.

분명 앞으로도 좀 더 시간이 필요할 것이다.

"……우미, 오늘 같이 잘까?"

"나야 좋지만……. 그거, 같은 이불에서, 라는 뜻이지?"

"응, 살짝 좁고 답답할지 모르겠지만……. 아, 물론 붙어서 자겠다는 거지 그, 중간에 몸을 만지거나 무슨 이상한 짓은 절대로 안 해."

"그래? 근데 마키는 나랑 같이 자면 대체로 아래쪽이 커지는 ——."

"그……그건 생리 현상이니까 무시해 달라고."

낮잠을 자거나 할 때 혹시 몰라 잘 숨기고 있긴 하지만, 아무래도 다 들킨 모양이다.

……정말이지 우미는 못 이기겠다.

"아, 아무튼 이부자리는 어제처럼 세 명분으로 준비해 달라고 하고 자기 전에 내가 우미 이불에 들어갈게."

"응. ……언제나 고마워, 마키."

"너야말로 항상 내 응석을 다 받아줘서 고맙지. 큰 도움이 되고 있어."

다른 손님들의 눈도 있어서 공공장소에서 벌이는 애정 행각은 적당히 하고 방으로 돌아갔다.

방에는 마침 시즈쿠 씨가 우리가 먹을 저녁 식사를 준비하는 중이었다.

"얘들아, 어서 와. 여기 밥통에 밥 있으니까 더 먹고 싶으면 각자 덜어 먹으면 돼. 식기는 나중에 다른 직원이 회수하러 올 거고."

"알겠어요. ……시즈쿠 씨는 이제 나가세요?"

"응, 로비에 리쿠가 기다리고 있어서 나도 얼른 옷 갈아입고 가야지.”

시즈쿠 씨는 다녀오겠다는 말을 남기고 빠르게 방을 나섰다.

두 사람이 언제 돌아올지는 알 수 없지만, 우리가 자고 일어났을 때는 모든 상황이 정리되어 있을 것이다.

마음은 답답하지만 두 사람이 잘 대화해서 내린 결론이라면 나도, 우미도 그걸 받아들일 생각이다.

우리는 어제와 똑같이 맛있는 저녁을 배불리 먹고 나서 미리 준비해 둔 과자와 주스 등을 먹으며 작은 파티를 연 다음, 리쿠 씨의 귀가를 기다리지 않고 바로 이불 속으로 들어갔다.

리쿠 씨가 돌아올 때까지 자지 않을 생각이었지만, 시간이 자정을 넘자 오늘 쌓인 피로 때문에 자꾸만 눈이 감겼다.

야식 먹은 후에 양치질 및 화장실 가기를 마치고 침실로 돌아오자, 먼저 나를 기다리고 있던 우미가 자기 옆자리를 툭툭 두드렸다.

“……마키, 이리 온.”

“응, 그럼 실례하겠습니다…….”

방의 불을 끄고 시키는 대로 이불 안으로 들어가자, 우미가 내 몸에 바짝 달라붙었다.

거기에 맞춰 나도 우미의 몸에 팔을 두르고 내 품으로 끌어당겨 안았다.

“에헤헤……. 밤에 이렇게 붙어서 자는 거 오랜만이다. 크리스마스 전 그날 이후 처음이지?"

"응. 역시 이러는 게 제일 마음이 편한 것 같아."

이불을 두 개 나란히 깐 상태에서 손을 잡고 자는 것도 좋지만, 나는 우미의 존재를 가장 가까이 느낄 수 있는 이 자세가 제일 좋다.

은은하게 풍기는 달콤한 향기, 때때로 코를 간질이는 살랑이는 검은 머리와 희미한 숨결, 매끈한 흰 피부, 부드러운 몸의 감촉……. 우미와 같이 있을 때 가장 기쁘다고 느끼는 순간 중 하나다.

눈을 뜨면 바로 앞에 몽롱한 눈동자로 나를 바라보는 귀여운 얼굴이 있다.

"……우미, 안 자?"

"너 자는 거 확인하고 나도 잘래."

"그럼 내가 자는 척한다면?"

"후후, 그렇게는 안 될걸? 그런 건 마키 심장 소리 들으면 바로 알 수 있어. ……그리고 지금은 다른 때보다 좀 두근거리고 있고."

"뭐야, 굉장한 능력이네……. 음, 그럼 먼저 실례할게."

심장 소리까지 제어할 수는 없어서 나는 그냥 포기하고 먼저 눈을 감은 후 의식을 가라앉혔다.

바로 옆에서 나를 가만히 바라보고 있을 우미의 시선이 신경 쓰이긴 했지만, 지금 나는 이미 사랑하는 여자친구에게 몸을 맡기고 편안한 상태에 빠져 있는 터라 그 눈길이 내 수면을 방해할

수는 없었다.

어제도, 오늘도 이렇게 우미와 같이 밤을 보낼 수 있어서 행복하다. 그런 생각을 하며 기분 좋은 잠에 빠지려는 순간.

——콕, 콕.

"……으음."

몇 분 후에 뭔가 뺨을 콕콕 찌르는 느낌이 들어서 나는 슬쩍 눈을 떴다.

그러자 당연히 내 바로 옆에서는 잔뜩 졸린 얼굴을 한 우미가.

"우미, 왜 그래?"

"후후후, 마키가 벌써 잠들었나 확인 중."

"잠들기 일보 직전이었어. 너도 졸리지? 내일도 일찍 일어나야 하니까 같이 자자."

"응."

우미를 다시 끌어안고 나는 또 눈을 감았다.

우미의 희미한 숨소리를 들으며 이번에는 정말로 하루가 끝나는구나…… 하는 순간.

——콕, 콕.

"…………."

——콕, 콕콕콕.

"……우미~."

"에헤헤."

잠이 쏟아지긴 하지만, 이렇게 쿡쿡 찌르면 신경이 안 쓰일 수가 없다.

자꾸만 계속되는 찌르기 공격을 견디지 못하고 눈을 뜨니, 장난스러운 우미가 내 바로 옆에서 웃고 있었다.

"우미, 아직 자기 싫어?"

"아니, 졸려. 근데 이대로 자면 아까운 기분이 들어서."

"밤새우는 건 몸에 안 좋다고 가르쳐준 건 우미 너잖아."

"하루 정도는 괜찮아. 마키, 오늘은 같이 졸음의 한계에 도전해 보자, 응?"

"난 이미 한계에 가까운데……. 그거야 나도 아깝긴 하니까 그럼 수다라도 더 떨까."

"후후, 오늘 밤은 재우지 않겠어."

"넌 잠 온다면서 기운이 넘치네……. 하긴 모처럼이니까 오늘은 같이 끝까지 버티지 뭐."

"그렇게 나와야지. 역시 내 남친이야."

"천만의 말씀."

이리하여 내 앞에서는 생활마저 불성실해지는 귀여운 여자친구와 함께, 나는 이틀째 밤의 수다 연장전에 돌입했다.

여행에 관한 화젯거리는 이미 거의 다 소진한 상태여서 지금은 늘 우리 집에서 하듯 게임이나 만화 관련 잡담만 하게 됐지만, 평소와 다른 장소와 상황이라 내용은 같아도 신선함이 느껴졌다.

이런 것도 여행의 장점 중 하나일지도 모른다.

물론 나는 우미만 곁에 있다면 뭐든 다 좋지만.

이후의 일은 잘 기억이 안 나지만 둘이서 대화하며 장난치는 사이에 각자 졸음을 견디지 못했는지 나와 우미는 서로 꼭 붙어서 조용히 잠들고 말았다.

깨끗한 이불은 기분 좋고 에어컨도 잘 가동되고 있어서 서로 붙어 있어도 덥지 않았다.

내일 집에 돌아갈 일정만 아니라면 아마 오전까지 쿨쿨 자고 있었겠지만.

……이번 여행은 그리 마음처럼 자유롭지 못한 듯했다.

——마키, 마키.

“으……. 후아암…….”

누군가가 내 이름을 부르는 소리가 들려 나는 살짝 눈을 떴다. 주변이 살짝 밝아오는 걸 보니 혹시 새벽녘일까.

뒤척이면서 나를 부르는 목소리의 주인 쪽으로 시선을 줬다.

“리쿠 씨, 예요……?”

“그래, 미안하다, 마키. 나 지금 왔어.”

“어서 오세요……. 꼭 외박, 같네요.”

“그러네. 나는 운전해야 해서 술 안 마셨지만 시즈쿠가 좀. 아까 걔를 여기 사장님께 맡기고 지금 돌아온 참이야.”

스마트폰을 보니 아침 5시가 넘은 시각이었다. 시즈쿠 씨가 여관을 나섰던 때가 어젯밤 8시 넘어서였으니까 술자리가 상당히 달아올랐던 모양이다. ……주로 시즈쿠 씨가.

어린 자식이 있는데 아침까지 술을 마시다니 별로 칭찬할 일은 아니지만, 그만큼 서로 잘 대화해서 확실히 결론을 매듭지었을 게 분명하다.

……그랬을 것 같은데 내 눈에 비치는 리쿠 씨는 어제보다 더 괴로운 표정이었다.

좀 미안한 일이지만 지금은 확실히 물어보는 게 좋을 성싶다.

"……근데 무슨 일이세요? 이렇게 일찍 저를 깨우고……. 체크아웃 이전에 아침 먹을 시간까지는 아직 시간이 많이 남았는데. 저와 우미가 같이 자는 게 혹시 거슬리셨어요?"

"아니, 그건 너희가 알아서 할 일이고……. 그게 아니라 내가 너한테 볼일이 있어서……."

"이런 아침부터요?"

"……미안해. 근데 꼭 너랑 둘이서 할 얘기가 있어."

"저랑요? 우미가 아니고요?"

"그래, 저 녀석이 있으면 시끄럽기만 하니까."

리쿠 씨의 태도를 보니 긴히 무슨 할 말이 있나 보다.

나는 눈을 비벼서 흐릿한 시야를 말끔히 한 후 리쿠 씨의 얼굴을 쳐다봤다.

그 얼굴은 마치 뭔가를 망설이는 사람의 것 같았다. 고개를 푹 숙인 채 눈앞에 있는 나를 최대한 안 보려고 시선을 이리저리 움직이는 데다 뺨도 살짝 발갛다.

리쿠 씨는 술을 안 마셨다니까 술 때문에 이런 건 아닐 테고……. 그럼 남은 가능성은.

"마키, 저기…… 너한테 상담하고 싶은 게 있는데."

"상담……? 구체적으로 뭔데요?"
"그게 말이지……."
리쿠 씨는 망설이면서도 나한테 솔직히 밝혔다.
"연애에 대한 상담……이랄까."
"……아하."
나만 깨운 시점에서 무슨 일이 있었다고는 직감했지만 시즈쿠 씨와 일대일 대화를 통해 리쿠 씨의 마음을 흔든, 어떤 잊고 있던 감정이 되살아난 모양이다.
그렇게 되면 이제 시간도 얼마 남지 않게 된다. '시미즈'의 체크아웃 시간은 오전 9시로 되어 있으니까, 남은 시간은 겨우 네 시간뿐으로 리쿠 씨는 서둘러 자기 마음을 정리해야만 한다.
어른으로서 냉정히 판단할 것인지, 아니면 자신의 마음을 솔직히 상대방에게 털어놓을 것인지.
나는 리쿠 씨의 등을 어느 쪽으로 밀어주어야 할까.

5. 앞으로 천천히

방에서 대화하면 우미가 잠에서 깰 것이고, 동생 모르게 이야기하고 싶다는 리쿠 씨의 바람 때문에, 그럼 차라리 아침 목욕을 겸해 대욕탕에서 대화하기로 했다.

쿨쿨 자는 우미를 이불 안에 남겨둔 채 방을 나오자, 먼저 밖에서 기다리던 리쿠 씨가 나한테 타월을 내밀었다.

"미안해, 마키. 저 바보 떼어놓고 오기 힘들었지?"

"아뇨, 좀 시간이 걸리긴 했지만 잘 부탁했더니 허락해 줬어요."

방 밖에서 대화를 나누려면 이불에서 나가야 하는데, 우리가 한 이불에서 붙어 잤으니 당연하게도 내가 일어난 순간 우미는 품속으로 파고들었다. 나한테서 떨어지지 않으려 내 유카타 옷깃을 단단히 붙들기에 우선 그것부터 떼어내야만 했다.

아직 잠이 덜 깬 상태에서 어리광을 부리는 우미에게 잠깐 화장실 좀 다녀오겠다고 부탁하며 손을 놔달라고 했지만, 상담 내용에 따라 아주 오래 화장실에 있다가 오는 꼴이 될 테니 방으로 돌아왔을 때 설교를 들을 각오도 해야 한다.

하지만 그렇게 해서라도 지금은 리쿠 씨의 고민을 들어주고 싶었다.

둘이서 조용한 복도를 걸어 남자 대욕탕으로 갔다. 노천탕도 나쁘지 않겠지만, 안타깝게도 지금 시간은 '청소 중' 이어서 이용할 수 없었다.

유카타를 벗고 탈의용 바구니에 소지품을 담았을 때, 나란히 서서 옷을 벗던 리쿠 씨가 나를 가만히 바라봤다.

주로 하반신 쪽을.

"……흐음."

"가, 갑자기 뭐예요?"

"아니……. 그 뭐랄까, 예상대로의 크기와 형태다…… 싶어서."

"그…… 그건 리쿠 씨도."

"그, 그거야 뭐. 예전에는 더 컨디션이 좋았지만 말이야."

"이게 컨디션으로 변화하고 그러는 거예요……? 아무튼 어떤 느낌인지는 알겠지만요."

남자끼리만 할 수 있는 대화로 친근함을 느끼면서 나는 따듯한 물로 몸을 씻은 후 리쿠 씨와 함께 온천물에 몸을 담갔다.

"후우~……. 어제도 들어갔지만 여기 진짜 좋은 것 같아. 몸 안에 나쁜 게 싹 빠져나가는 기분이야."

"그러네요~……. 욕탕에 들어가는 걸 아주 좋아하는 편은 아니지만, 이런 거면 한 시간이든 두 시간이든 푹 몸을 담그고 싶어요."

후우, 하고 크게 숨을 토해낸 우리는 잠시 묵묵히 천장 조명만 멍하게 바라봤다.

아침 식사 시간까지 온천을 느긋하게 즐기고 싶지만, 그 전에 본론을 잊어서는 안 된다.

휴식은 그다음에 할 일이다.

"그런데 시즈쿠 씨와는 허심탄회하게 말씀 나눠보셨어요?"

"그렇지 뭐. 나는 술을 안 마셔서 정신이 멀쩡했지만 시즈쿠의 기세에 밀려서 이런저런…… 말을 전부 해버렸어."

"다행이네요……. 라고 해도 되는 건가요?"

"그렇지 않을까? 10년 전 일도 사과하고 그랬으니까."

그래도 최소한 해야 할 일은 잘 결판을 지은 것 같아 다행이다.

"역시…… 시즈쿠 씨를 전부터 좋아했던 거군요. 그리고 지금도."

"…………그래, 맞아."

그렇게 답하며 리쿠 씨는 작게 고개를 끄덕였다.

외동에 툭 하면 이사한 데다가 소꿉친구 하나 없었던 나는 상상도 하기 어렵지만, 어릴 때 친구와의 즐거웠던 기억은 아무리 시간이 지나도 색이 바래는 일은 없을 것이다.

특히 그게 아주 많이 좋아하던 여자애였다면 더더욱.

※ ※ ※

——리쿠, 시즈쿠랑 사이좋게 지내렴.

나, 아사나기 리쿠와 시이 짱, 그러니까 시미즈 시즈쿠와의 만남은 그 애가 태어났을 때로 거슬러 올라간다.

나한테는 두세 살 이후의 기억밖에 남아 있지 않지만, 할머니 댁의 낡은 서랍장에 보관된 앨범에는 아기일 때의 우리가 나란히 찍힌 사진이 몇 개나 남아 있다.

우리는 같은 걸 먹고, 같은 장난감으로 놀고, 같은 침대에서 잤다. 시미즈 집안과 우리 집안은 내가 태어나기도 전에 세상을 떠났다는 할아버지 때부터 가족끼리 서로 친하게 지냈던 사이다.

또래 아이가 거의 없었던 것도 있어서 필연적으로 우리 둘이 놀 때가 많아졌고, 그건 철이 들었을 때부터도 변함이 없었다.

"——잠깐만 기다려, 릿군."

"시이 짱, 넌 걸음이 너무 느려. 빨리 안 따라오면 두고 간다?"

"흐앙~. 기다려~."

어릴 때 시이 짱은 건강에 특별한 문제가 있지는 않았지만, 덩치가 작고 체력도 약했다. 나이는 한 살 차이였지만, 내 키가 더 큰 것도 있어서 주변에서는 나이 차이가 많이 나는 남매로 봤다.

이 애는 내가 지켜줘야 한다고 마음먹었다.

처음으로 시이 짱을 만났을 때의 기억은 흐릿하지만, 그때 그 마음만큼은 분명히 있었다.

"으앙~. 릿군~……."

"으으, 하여간 너는……."

나는 바로 왔던 길을 되돌아가, 훌쩍거리는 소꿉친구 곁으로 다가갔다.

내 잘못이 아니더라도 시이 짱이 울면 내가 엄마와 할머니한테 혼날 때가 많으니까 이렇게 되면 대개 먼저 물러서는 수밖에 없었다.

"자, 손잡아줄 테니까 같이 가자."

"……응."

내가 돌아온 것에 안심했는지 금방 울음을 그친 시이 짱은 내 손을 바로 잡는…… 줄 알았는데, 그러지 않고 나한테 엉겨 붙었다.

"야, 너 또……. 손만 잡아줄 거지, 안아주지는 않을 거라고."

"그럼 업어줘."

"그게 그거잖아. ……뭐야, 아직 조금밖에 안 걸었는데 벌써 지쳤어?"

"응, 이제 못 걷겠어."

"이게……."

내가 다 받아주는 바람에 이 당시 시이 짱은 엄청난 어리광쟁이였다.

어른들 앞에서는 얌전하면서 이렇게 둘만 있으면 고집만 부리고, 나한테는 금세 폭군으로 변한다.

이대로 얘를 놔두고 혼자 가버릴까 했지만, 그런 생각만 할 뿐 결국 소꿉친구가 해달라는 대로 다 하고 만다.

"아오, 정말……! 자, 업어줄 테니까 꽉 붙들고 있어."

"! 고마워, 릿군. 너무 좋아."

"으앗……. 뭐야? 갑자기 기운이 넘쳐서……."

나는 그렇게 투덜거리면서도 이 소꿉친구의 말을 거역할 수가 없었다.

왜냐면 이 애를 지키는 게 내 일이니까.

그리고 나도 누가 나를 의지하는 게 싫지 않았다.

시이 짱은 아주 귀여운 소녀였다. 아주 어릴 때는 외모에 별로 신경도 쓰지 않았지만, 초등학생이 되어 다른 학생들과 어울리는 사이에 시이 짱이 왜 그렇게 어른들의 사랑을 받는지 그 이유를 알 것만 같았다.

"릿군."

"…………."

"야~. 릿군!"

"…………."

"저기요, 아사나기 리쿠 씨, 제 말 들려요~? 5월 5일 어린이날에 태어났고, 마지막으로 이불에 지도를 그린 건 반년 전——."

"그래, 그래, 들려. 들리니까 그만 좀 해."

"네가 자꾸 나를 자꾸 피하는 것 같아서 걱정됐단 말이야."

그즈음에는 몸이 약했던 시이 짱도 점차 체력이 붙으면서 다른 아이들과 비교해도 손색없는 체격이 되었다.

동네에서도 소문이 자자한 미소녀, 미래의 '시미즈' 여관 마스코트 아가씨. 어느새 그렇게 불리게 됐다.

"……아무 일도 없어."

"아무 일도 없는데 왜 그렇게 날 피해? ……혹시 나랑 얘기하는 게 싫어졌어?"

"읏……. 아니, 그런 건 아니지만."

"그럼 뭔데?"

단정한 얼굴과 동글한 눈동자. 그런 얼굴이 날 똑바로 보니 대답하지 않을 수가 없었다.

시이 짱이 성장하면서 이제 내 도움도 더는 필요치 않게 됐지만, 여전히 난 시이 짱의 요구에 약하기만 했다.

"……한 살 위의 애들이 뭐라고 한단 말이야. 부끄럽게 항상 여자애랑 붙어 다니기나 한다고. 학교에서도, 다른 곳에서도 틈만 나면 놀리니까 그래서……."

"그래서 나랑 말을 안 하려 한 거야?"

"……응, 맞아."

철이 들기 시작한 아이들에게 흔히 있는 일이지만, 동네에 아이들 수가 적은 것도 있어서 조금이라도 무리에서 무슨 말이라도 들으면 '그게 상식인 모양이구나' 하고 착각하게 된다. 어린이를 둘러싼 세상은 의외로 매우 좁다.

나한테 시이 짱은 어디까지나 '소꿉친구' 이고 이성으로 명확히 구분 짓지도 않았지만, 주변은 우리를 그렇게 보지 않았던 모양이다.

도시에 비해 자극이 적은 따분한 시골에서 그런 나는 최고의 표적이었다.

"흐음~……. 한 살 위의 애들이라면 옆 동네 남자애들 말이지? 늘 셋이서 뭉쳐 다니는 걔네."

"응."

"걔들은 릿군한테 여자애들이랑 같이 있는 게 부끄럽다면서,

자기들은 나한테 '친하게 지내자' 라고 하는구나?"

"……뭐?"

"얼마 전에 릿군이 집에 일이 있어서 학교 안 나왔을 때 나한테 그러더라. 가끔은 자기네랑도 놀자고. 기분 나빠서 바로 거절했지만."

"……그 자식들."

학교에서는 그럭저럭 친하게 지냈는데 뒤에서는 그런 짓을 다 했다니.

나한테는 부끄럽지 않냐 해놓고.

그렇게 생각하니 이렇게 잠깐이라도 소꿉친구를 피했던 내가 바보 같아서 너무 한심하게 느껴졌다.

"그래서, 이제 어떻게 할래? 계속 날 피할 거야?"

"……안 그럴게. 미안해, 시이 짱. 괜히 걱정하게 해서."

"그래, 맞아. 내가 무슨 기분 나쁘게 한 게 있나 해서 아주 조금이지만 불안했단 말이야."

그러면서 시이 짱은 뒤에서 나를 꼭 끌어안았다.

어느 정도 성장했어도 우린 여전히 소꿉친구였다.

"아, 릿군. 오늘 우리 집에서 놀지 않을래? 아빠가 취미로 새로운 오락기를 샀는데 그거 가지고 놀자."

"가지고 노는 대가는 목욕탕 청소로 봐주겠다, 이거네?"

"……헤헤~. 그게~ 이번 주는 손님이 많아서. 자주 청소 안 하면 엄마한테 혼난단 말이야. 이게 여관집 딸의 고통이라고."

"하여간 너도 참……."

그래도 역시 나는 거절하지 않지만.

"……있잖아, 릿군."

"왜."

"잠깐 귀 좀 이리 내 봐."

"어?"

내 허락도 받지 않고, 내 귀에 얼굴을 가져다 댄 시이 짱이 속삭였다.

"——내가 같이 놀고 싶은 남자애는 릿군 한 명뿐이야."

"아, 그……그래?"

"응!"

뺨을 살며시 붉히며 나를 향해 웃는 소꿉친구를 본 순간, 나는 처음 느끼는 감각에 사로잡혔다.

가슴이 두근거리고 부끄러워서 시이 짱의 얼굴을 차마 볼 수가 없었다……. 머릿속 생각은 그랬지만, 시선은 시이 짱의 귀여운 얼굴에서 조금도 뗄 수 없었다.

이때 나는 처음으로 눈앞의 '소꿉친구'를 '한 명의 여자'로 인식하기 시작했다.

다만 그렇게 순조롭게 사이가 깊어지던 나와 시이 짱에게 어른들의 세상은 반강제적인 변화를 요구했다.

……우리 엄마의 두 번째 임신과 출산, 그리고 얼마 전부터 이야기가 오갔던 새집으로의 이사 때문이었다.

아버지의 수입은 적고 셋이 살기에는 생활비도 빠듯해서, 생활이 안정될 때까지 할머니 댁에서 같이 사는 중이라는 우리 집 사정은 어린 나도 이해했었다. 하지만 설마 이렇게 갑자기 일이 진행될 줄은 몰랐다.

물론 가족이 또 생기는 건 기쁘다. 나이 차이가 많이 나는 여동생은 나한테도 귀여운 존재가 될 거고, 앞으로 가족 넷이서 할머니 댁에서 계속 살기엔 공간도 비좁다는 것도 잘 안다.

문제는 시이 짱과 헤어지는 것이었다. 새 친구를 잘 사귈 수 있을까 하는 불안감도 있었지만, 그것보다 좋아하는 여자애와 멀리 떨어져 살게 되는 게 싫었다.

한때는 나만 할머니 댁에서 살 생각도 했지만, 부모님의 설득과 갓 태어난 여동생도 있어서 결국에는 고개를 끄덕일 수밖에 없었다.

당연히 시이 짱에게 이 일을 털어놓았다. 시이 짱도 받아들이고 나를 기분 좋게 보내주려고 했지만, 정작 이사 당일에 가서는 역시나 우리 둘 다 엉엉 울고 말았다. 지금 돌이켜 봐도 살면서 그렇게 울었던 적은 없었던 것 같다.

멀리 떨어져도 언제나 함께라는 것.

최대한 매일 연락을 주고받자는 것.

여름이나 겨울에는 여기로 돌아와서 꼭 같이 놀자는 것.

등등, 여러 약속을 한 다음에 마지막으로 웃으며 작별했지만 배웅하러 온 소꿉친구의 모습이 보이지 않게 된 순간 그쳤던 눈물이 다시 쏟아져 멈출 수가 없었다.

"……리쿠는 시즈쿠를 참 좋아했구나."

"……별로 그렇지도 않은데."

"어머나, 그러니? 그래도 자주 연락해 줘. 넌 아직 모르겠지만, 조금만 연락을 게을리하면 아무리 친했어도 금방 사이가 멀어지니까."

"……나랑 걔는 그렇지 않아."

"처음에는 다들 그런 소리 해……. 아무튼 시즈쿠는 예쁘니까 다른 사람한테 안 뺏기게 노력하렴."

"그, 그러니까 우린 그런 거 아니래도."

연인 사이는 아니지만 서로에게 그 누구보다도 소중한 소꿉친구고 절친한 사이임은 변함이 없다.

시이 짱과 나는 어릴 때부터 늘 함께였다. 우리는 강한 유대감으로 맺어져 있다.

그러니까 아무리 멀리 떨어져도 이 관계가 흔들릴 리는 없다.

절대로.

헤어진 직후는 그렇게 생각했건만.

지금 사는 집으로 이사 온 지 몇 년이 지났다.

이사 당시에 소꿉친구와 헤어지고 싶지 않다고 펑펑 울었던 나도 어느덧 고등학생이 됐고, 몸도 어른과 비교해도 손색없을 정도의 체격으로 성장했다. 일 때문에 자주 집을 비우는 아버지 대신 내가 엄마와 동생을 지키는 입장이 됐다.

"오빠, 뭐 해? 빨리 학교 안 가면 지각한다고 엄마가——."

"그래, 알아. 이제 갈 거야."

어느 날 아침, 초등학교에 갓 입학한 동생에게 그렇게 대답했다.

물론 늦잠을 자느라 학교 갈 준비를 못 해서 이러고 있는 게 아니다.

근황 보고를 위해 매월 시이 짱에게 꼭 보내는 편지. 그 내용을 고민 중이었다.

"……어쩌지, 이걸?"

매월 최소 한 통은 반드시 보내겠다고 약속했지만, 그 기한도 이미 한참 지났다. 조금만 더 있으면 2개월이나 답장을 못 한 꼴이 될 판이다.

내용은 뭐든 상관없다. 공부, 학교, 친구, 최근에 시작한 취미나 최근 열중하는 것 등……. 혹은 요즘 생긴 고민까지 어떤 것이든 좋다.

거짓말하지 않고 솔직히 쓴다면 말이다.

시이 짱한테서는 매월 정해진 때가 되면 꼭 장문의 편지가 온다. 새 친구가 생겼다, 호기심에 피어스를 끼우려 귀에 구멍을 뚫었다가 엄마한테 엄청 혼났다, 릿군과 연락을 주고받는 걸 친한 친구들한테 들켜서 놀림을 받았다 등등, 정말로 한 달에 있었던 일을 꼼꼼하게 다 적어 보낸다.

『요즘 릿군의 편지가 늦어서 걱정돼. 혹시 무슨 고민이라도 있으면 전화도 좋으니 꼭 알려줘. 릿군은 나한테 정말 소중한 소꿉친구니까.』

최근에 받은 편지 마지막에 적힌 메시지를 보고 나는 미안하기만 했다.

시이 짱이 매일 있었던 일을 솔직히 적어 보내주니까 나도 그렇게 해야 한다.

특별한 사건이 없다면 '별일 없다' '공부도 안 하고 게임만 하면서 뒹굴뒹굴 지낸다' 라고 적어 보내면 된다. 시이 짱은 어처구니없다고 하겠지만 편지가 왔다는 사실에 안심은 할 수 있다. 편지가 귀찮으면 직접 전화를 해도 된다.

다만 지금 나는 그 두 가지 모두에 어떤 이유라도 갖다 붙여서 벗어나려는 상태다.

"오빠, 학교~! 라고 엄마가~!"

"……알았어. 지금 갈게."

결국 한 글자도 쓰지 못한 백지 편지지를 책상 서랍 안에 넣고 나는 도망치듯 내 방을 나섰다.

지금의 나는 아침 일찍부터 학교에 가는 건 내키지 않았지만, 백지 편지지와 마주하는 것보다는 차라리 낫다는 심정에 빠져 있었다.

이변을 예고한 징조는 초등학교를 졸업하고 중학교에 입학했을 때부터 이미 시작됐다.

초등학교와 달리 중학교부터는 동급생들과의 대등한 연결 고리만이 아니라 선후배 간 상하 관계에도 신경을 써야만 했다. 새로운 환경, 그리고 '친구' 라는 완전히 바뀐 인간관계. 내성적인 나한테 그건 굉장히 큰일이었다.

그리고 당시 나는 최악의 상태에 직면하고 있었다.

"——선배, 그렇게 꾸물거리지 말고 어서 공 좀 주워주세요. 레귤러 선수인 우리가 실수로 밟아서 넘어지면 어쩌려고요."

"……그래, 미안해. 지금 할게."

"나 참, 부탁 좀 할게요, 선배."

중학생 시절, 원래부터 큰 키 덕분에 나는 배구부에 들어갔지만 운동 신경이 좋지 않아서 3년 내내 만년 후보 선수였다. 연습은 열심히 했지만 좀처럼 실력이 늘지도 않고, 연습 시합 등에서는 늘 서브나 스파이크의 표적이 되어 동급생뿐만이 아니라 하급생한테까지 바보 취급을 당하는 꼴이었다.

그래서 동아리는 물론이요, 반에서도 친한 친구가 거의 없었다. 괴롭힘을 당하지는 않았지만 어디에 있어도 난 늘 혼자였다.

초등학생 때는 꽤 친했던 아이들도 지금은 다른 무리로 들어가 나한테는 아예 관심조차 보이지 않았다.

"……편지에 뭐라고 쓰지?"

학교 일을 쓰고 싶어도 지금의 이 한심한 상황을 시이 짱에게 전하는 것이 자꾸만 꺼려졌다.

지금까지 어떤 때라도 '듬직한 오빠' 였던 내가 조금 사람이 많은 곳에 갔다고 해서 마치 딴사람처럼 조용하고 우울한 학교생활을 하고 있다니.

그런 한심하고 꼴사나운 모습을 어떻게 솔직히 말할 수 있을까.

그것도 어릴 때부터 늘 좋아했던 소녀에게.

그 시절부터 내 편지에는 '동아리' 나 '친구' 에 관한 언급은 사라지고, '공부' 나 '취미' 에 관한 내용, 그때까지만 해도 별로 말하지 않았던 '우리 가족'에 대한 화제로 편지지를 몇 장이나 채워가는 일이 늘어났다.

조금씩 나에 관한 이야기를 의도적으로 없애고 있었다.

그렇게 얼버무리기를 반복하며 소꿉친구에게 걱정을 끼치지 않으려고 겨우겨우 편지 내용을 쥐어짜던 나는 고등학교 입학 후부터 그나마 자랑거리라고 할 만했던 '공부' 마저 점차 못하기 시작했다. 중학생 시절의 무작정 머릿속에 집어넣던 공부법은 이제 통용되지 않는 것인지, 아니면 원래 요령이 없었던 것인지 1년, 또 1년 진급할 때마다 전교 등수는 슬슬 추락했다.

전교 등수가 두 자리에서 세 자리, 세 자리에서 평균 이하로 내려가자 앞으로의 진로까지 위태로워졌다.

"——리쿠, 오늘 면담에서 선생님이 그러시던데 대학은 어떻게 할래? 계획을 바꿔서 지역 사립대로 가겠니? 그렇다면 지금 성적으로 어떻게든 되긴 할 텐데."

"아니, 이대로 할래. 이대로 하고 싶어. ……나, 노력할 테니까."

지금 내 지망 대학은 현에서도 1, 2위를 다투는 수준의 공립대다. 현재 다니는 고등학교의 상위 50명 중 두 자릿수의 인원수라도 합격하면 잘했다고 할 만한 난이도의 대학인데, 현재 내 성적을 고려해 보면 절망적이지만 그래도 나는 선생님과 부모님의 제안을 받아들이지 않았다.

뭔가 하나라도 좋으니 자랑거리를 가지고 싶었다. 건강한 몸 이외에는 운동도, 외모도 평균이나 그 이하쯤 되는 사람이 마지막에 매달릴 수 있는 것이라곤 공부밖에 없다.

노력을 거듭해서 그게 열매를 맺으면 자신감이 생길 것이다.

……소꿉친구에게 내 마음을 전할 용기도.

보험으로 지망해 둔 사립대에도 시험을 볼 것을 조건으로 부모님을 설득한 나는 그때부터 열심히 공부했다.

주변 아이들이 놀이나 연애에 빠져 있는 중에도 나는 책상에 붙어 죽도록 노력했다.

공부는 싫다. 될 수 있으면 놀고 싶고, 게임 플레이나 만화 감상이나 하며 뒹굴뒹굴하고 싶다.

하지만 그 마음 이상으로 소꿉친구의 칭찬을 받고 싶었다.

대단하다, 열심히 했구나, 축하해, 역시 내 자랑거리인 소꿉친구 오빠야——.

멋진 모습을 보여주고 싶었다.

각오를 단단히 하고 노력한 덕분에 하강 중이던 성적은 마침내 사립대는 거의 합격이 확실시될 만큼의 수준까지 올라갔다.

이대로 꾸준히 노력하면 분명 제1지망 대학에도 손이 닿을 터.

조금만 더 시간이 있다면…… 말이다.

※ ※ ※

"——일단 여기까지가 내가 사고를 치기 직전의 일이야. ……미안. 좀 간결히 정리해서 말하면 좋았을 텐데, 괜한 소리까지 다 해버렸네."

"아뇨, 리쿠 씨를 많이 알 수 있어서 오히려 감사한걸요."

여기까지의 내용만으로도 이후 듣게 될 시즈쿠 씨의 고백을 거절한 이유나 당시 리쿠 씨가 어떤 심리 상태였는지가 이해됐다.

좋아하는 사람에게 자신의 멋진 모습만 보여주고 한심한 꼴은 감추자는 생각 한두 번은 다들 해보지 않았을까.

지금의 나 역시 늘 그런 생각만 한다. 공부도, 운동도 표면적으로는 '미래의 나를 위해서' 가 이유지만, 사실은 그저 '열심히 잘하는 내 모습을 우미에게 보여줘서 칭찬받고 위로도 받고 싶다' 일 뿐이다.

좋아하는 사람이 생기면 자꾸만 이렇게 되고 만다. 나 자신은 냉정한 것 같아도, 옆에서 보면 정상적인 판단을 못 하는 것처럼 보이는 상태다.

"공부의 성과가 보이기 시작한 게 고3 겨울인 12월……이었으니까, 당시의 대입 시험 한 달 전쯤이지. 부모님도 1년 정도라면 재수해도 된다고 했지만 그건 거절했어. 재수라도 하면 할머니한테 사정해서 돈 좀 보태달라고 부탁해야 할 것도 알았고, 무엇보다 재수라니 너무 한심해 보여서 시즈쿠한테 뭐라고 보고하기 창피했으니까."

주변에 고민을 털어놓을 또래의 누군가가 있으면 결과가 또 달라졌을지도 모르나, 앞서 말한 대로 리쿠 씨한테 허심탄회하게 지낼 친구는 시즈쿠 씨밖에 없었다.

그러니 더욱 혼자 골몰했을 거고, 결과적으로 시야는 좁아지고 말았다.

리쿠 씨의 말대로 완전히 최악의 상태에 빠진 꼴이다.

"……그래서 그 후에 리쿠 씨는 결정적인 실수를 했다는 거네요."

"그래, 몸도 좀 진정됐으니 마저 얘기할게. ……괜찮아. 곧 있으면 끝나. 정말로 순식간에."

이야기를 듣는 나도 괴로웠지만, 이걸 끝까지 듣지 않는다면 나도 리쿠 씨의 등을 어떻게 떠밀어 주면 좋을지 알 수 없다.

지금까지 리쿠 씨의 과거 이야기는 어디까지나 고민 상담의 전 단계일 뿐이니 말이다. 본론은 지금부터가 시작이다.

※ ※ ※

다음 달이면 드디어 대입 시즌이 시작되는 겨울의 12월, 늘 그랬듯 시이 짱으로부터 편지가 도착했다.

『릿군, 올해는 입시 준비 중이겠지만 연말에는 돌아올 거지? 직접 만나서 격려해 주고 싶으니까 돌아올 때는 꼭 연락해 줘. 시간 꼭 비워둘게.

PS. 그래도 종종 편지 보내주면 좋겠다. 요즘 나만 편지 보내는데 릿군도 답장해 줘.』

너의 소중한 소꿉친구로부터. 편지의 그 마지막 글귀를 보고 나는 가슴이 옥죄는 기분이었다.

가을에 있었던 선생님 및 부모님과의 면담 이후, 쓰다 만 편지는 아직도 내용을 채우지 못한 채 답장을 못 한 지 어느덧 3개월이 지나고 있었다.

자포자기의 심정으로 차라리 전부 다 털어놓을까 하는 생각을 몇 번이나 했다. 학교는 하나도 재미가 없다, 믿을 만한 친구도 없고 요즘은 취미에 투자할 시간도 전부 공부하는 데 쓰고 있다. 그런 부정적인 감정으로 새카매진 편지지를 볼 때마다 정신이 번쩍 들어 그때마다 또 새것을 꺼내 다시 글을 쓰는 작업을 반복했다.

그런 나와는 달리 시이 짱은 매일 즐겁게 청춘을 만끽 중이었다. 나보다 한 살 어린 시이 짱도 내년에는 결국 나랑 똑같은 처지가 된다……는 생각도 들었지만, 그 애는 요령이 좋아서 그런지 성적도 아주 좋고 이대로 성적 유지만 한다면 어느 대학이든 쉽게 합격할 수 있다는 인증을 다 받았다고 편지에 적혀 있었다.

너무나도 대조적인 상황에 눈물이 날 지경이었다.

"……엄마, 연말에 말인데."

"? 올해는 아빠도 일 때문에 바쁘고 리쿠 너도 대입 준비해야 하잖니? 우미도 친구랑 놀 약속을 했다니까 연말에는 집에서 느긋하게 시간을 보낼까 했는데……. 아, 혹시 시즈쿠랑 만날 약속이라도 한 거야?"

"아니, 그건 아니고——."

"어머나, 뭘 그렇게 부끄러워해? 공부도 중요하지만 잠깐이라도 시즈쿠를 만나서 격려받는 게 어때? 너 요즘 초조해하는 것 같으니까. 할머니한테는 내가 연락해 줄게."

"아~……. 그럼 부탁할게."

솔직히 별로 만나러 가고 싶지는 않았지만, 편지 답장도 못 썼고 더는 걱정을 끼치고 싶지 않다는 마음도 있어서 미안함에 고개를 가로저을 수가 없었다.

엄마는 우리를 이미 무슨 연인 사이로 착각하는 것 같지만 전혀 그렇지 않았다.

지금의 나와 시이 짱은 전혀 어울리지 않으니까.

결국 나만 할머니 댁에서 하루만 자고 오는 것이 됐고, 순식간에 연말이 찾아왔다.

시이 짱을 보고 싶지 않았지만 막상 때가 다가오자 긴장이 돼서, 나는 오랜만에 고향으로 돌아갔는데도 할머니한테는 신경도 안 쓰고 거울에 비친 내 외모만 챙기느라 바빴다.

좋아하는 애한테 조금이라도 멋지게 보이고 싶었다.

할머니는 그런 나를 보고 어이없어했지만 잔소리는 하지 않았다.

긴장으로 인해 제대로 목구멍에 넘어가지도 않는 음식을 간신히 삼킨 후 기다리길 잠시.

약속 시각보다 일찍 '딩동' 하고 손님이 찾아왔음을 알리는 초인종 소리가 울렸다.

"할머니, 안녕하세요! 저어, 불쑥 이런 말부터 해서 죄송한데 릿군은…… 돌아왔나요?"

"그래, 평소랑 태도가 좀 이상한 것 같다만. 얘, 리쿠, 손님 왔다~. 시즈쿠가 왔어. 그렇게 앞머리만 만지작대지 말고 어서 나와야지!"

"으, 진짜 잔소리는……. 나도 알아."

할머니는 온 동네를 쩌렁쩌렁 울리는 목소리로 나를 불렀다.

태도가 이상한 건 맞지만, 그걸 하필 소꿉친구 앞에서 폭로하다니.

약간의 부끄러움에 얼굴이 달아오르는 걸 느끼면서 나는 오랜만에 성장한 소꿉친구 앞으로 다가갔다.

"오랜만이야, 릿군. 전에 봤을 때보다 훨씬 더 키가 큰 것 같아. 한 1미터 정도 컸나?"

"야, 내가 무슨 고무줄 인간이냐. 5센티미터 컸어, 5센티미터. 작년 여름부터."

"그것도 대단한 것 같은데. 난 1밀리미터도 안 컸어……. 몸무게만 늘었지."

오랜만에 만난 시이 짱은 훨씬 더 예뻐졌다. 본인은 몸무게가 늘었다고 한탄했지만, 아무리 봐도 몸매 좋은 미소녀일 뿐이었다.

화장할 필요도 없이 깨끗한 피부, 또렷하고 동그란 눈, 예쁘게 생긴 작은 입술, 윤기가 흐르는 긴 검은 머리. 본인한테서 그런 말은 전혀 들을 수 없었지만, 아마 남자 한둘은 접근했을 것이다.

어른으로 성장하면서 소꿉친구의 매력은 더욱 강렬해지고 있었다.

만날 때마다 시이 짱은 점점 멀게만 느껴진다.

"시이 짱, 너…… 머리, 길렀구나."

"아, 이거? 응, 친구가 기르는 게 더 잘 어울린다고 해서 기분전환으로. 교칙 때문에 지금은 포니테일로 묶고 다니는데……. 나,

어울려?"

"아, 응. 괜……찮은데? 나는 그런 거 잘 모르지만. 근데 그, 예쁘다고, 생각해."

"그, 그래? 고마워……. 에헤헤."

부끄러움 때문에 나와 시이 짱의 대화는 다른 때보다 훨씬 어색하기만 했다.

하고 싶은 이야기, 해야 할 사과까지 해야 할 말이 너무나도 많은데, 오랜만의 재회가 하도 기뻐서 그 마음만 넘쳐흘러 대화가 좀처럼 이어지지 않았다.

직전까지만 해도 이 만남이 별로 내키지 않았는데 시이 짱을 본 순간 그런 건 단숨에 싹 날아가 버렸다.

"저어, 릿군. 있잖아……. 좀 춥지만 밖에서 얘기 안 할래? 예전처럼 마을을 한 바퀴 돌면서."

"그래, 네가 좋다면 나야 괜찮지……. 할머니, 그럼 나 잠시 나갔다 올게."

"그러렴. 그리고 시즈쿠를 여관까지 꼭 바래다주고 와라. 이 시간에 돌아다니는 사람은 없지만 그래도 밤길은 위험하니까."

"나도 알아. ……그럼 다녀오겠습니다."

할머니께 너무 늦지 않게 돌아오겠다고 말한 후, 나는 시이 짱과 같이 현관을 나섰다.

밤이 되어 기온은 더욱 내려갔고, 새카만 하늘에서는 눈이 하늘하늘 내리고 있다. 여기가 도시라면 화려하게 반짝이는 거리 조명이나 일루미네이션까지 더해져 환상적인 경치를 자랑했겠지만, 이곳 산촌에서 이런 눈은 일상다반사라 별다른 감회도 못 느낀다.

"……이렇게 걸으니까 옛날 생각이 나네. 눈이 쌓여 새하얘진 길을 우리 둘이 손잡고 걸으면서 발자국을 찍곤 했잖아."

"그런 일도 있었지. 그때 시이 짱 넌 조금만 눈을 떼면 넘어져서 징징거렸는데……. 그럼 내가 못된 장난을 친 줄 알고 할머니한테 자주 혼났고."

"그래서 겨울이 되면 날씨가 어떻든 꼭 손을 잡고 다녔지? ……참 그립다."

그러면서 시즈쿠는 내 손을 향해 시선을 흘끗 던지더니 나를 올려다봤다.

……그렇게 행동하면 마음이 약해지는데.

"……그럼 누가 오기 전까지 오랜만에 손이나 잡을까? 그…… 추우니까 손도 차가워질 테고."

"그, 그러네. 주머니에 손을 넣는 것보다 사람 체온이 더 좋을 테니까."

우리는 그렇게 아무 변명이나 늘어놓으며 서로 손을 맞잡았다.

오랜만에 잡은 소꿉친구의 손은 아주 따듯했고 그리웠다.

예전에는 질릴 정도로 잡았던 소꿉친구의 손은 세월이 지나도 그 촉감은 변하지 않은 채 내 앞에 있었다.

"…………."

"…………."

나와 시이 짱은 몇 안 되는 가로등이 비추는 길을 천천히 걸었다.

손을 잡고 걷는 것뿐인데도 심장이 평소보다 훨씬 빠르게 뛴다.

이 마을을 떠난 지 몇 년. 이사할 때만 해도 그렇게 울던 우리도 서로 떨어져 지내는 사이에 크게 성장하고 많은 것들을 배웠다.

유치원 때까지는 같이 목욕도 했던 우리도 지금은 서로를 완전히 '이성'으로 인식하고 있다.

손을 잡기만 했을 뿐인데 이렇게나 얼굴이 달아오를 정도로.

"릿군, 곧 있으면 시험이지? 이런 거 너무 캐묻고 그러면 안 되겠지만, 공부는 잘돼? 공립 지망이라는 건 알지만 사립도 시험 볼 거지?"

"응, 나는 공립대만 지원하겠다고 했는데 부모님이 사립도 봐야 한다고 하도 그래서. 합격해도 절대로 안 갈 건데."

"후후, 릿군은 그럴지 몰라도 아저씨 아주머니는 걱정이 많으실 거야. 본 시험 전 예행연습이라고 생각하면 되지 않을까?"

"예행연습이 되면 좋겠는데 말이야."

마음속에서는 이미 부담감에 짓눌리기 일보 직전이지만, 시이 짱 앞이라고 허세를 부리느라 그런 건방진 말만 자꾸 튀어나왔다.

아무리 보험으로 지망한 대학이라고 해도, 지금 내 실력으로는 결코 안심할 수 없는데.

"……근데 너도 내년에는 나랑 똑같은 상황일 텐데. 내 걱정이나 하고 있어도 돼?"

"후후후, 그렇게 생각하지? ……근데 이것 봐."

"? 이건…… 전국 모의고사 결과?"

시즈쿠가 코트 주머니에서 꺼낸 한 장의 종이에는 얼마 전 성적표가 나온, 대형 입시 학원이 주최한 시험의 결과가 자세한 숫자와 함께 적혀 있었다. 나도 그 시험을 보고 괴로운 현실을 직면한 지 얼마 되지 않았다.

"……이거 정말 네 것 맞아? 친구 성적이 아니고?"

"우우, 릿군. 지금 날 의심하는 거야? 이름도 거기 적혀 있잖아. '시미즈 시즈쿠' 라는 릿군의 소중한 소꿉친구의 이름이."

"소중한……이라니, 네 입으로 말해놓고 부끄럽지도 않냐? ……아무튼 진짜로 의심하는 건 아니지만."

다시금 숫자를 살펴보니 전 교과목에서 90퍼센트, 교과에 따라서는 만점에 가까운 점수가 기록되어 있다.

학교의 정기 시험과는 달리, 60퍼센트 이상의 점수를 따내기도 비교적 어렵다는 모의고사에서 이 정도 성적이 나오다니. 당연히 지망 대학 판정 결과로 'A' 가 즐비했다.

그중에는 내가 아무리 애를 써도 'D' 이하밖에 나오지 않았던 제1 지망 대학도 있었고.

그 순간 지금까지 마음속 저 밑바닥에서 조용히 잠들어 있던 추악한 뭔가가 조금씩 새어 나오는 느낌이 들었다.

"있잖아, 릿군……. 사실 나도 릿군이랑 똑같은 대학 가고 싶어. 학비도 지금 성적이라면 확실하게 장학금 받으면서 다닐 수 있다고 선생님이 그러셨어."

"……그래? 다행이네."

"응. 학비 이외에는 아르바이트 같은 거로 해결해야 하니까 힘들겠지만, 미래를 생각하면 그게 더 나을 거고……. 그리고 그때는, 릿군도 곁에 있을 테니까."

"그……렇구나."

시이 짱의 눈에는 앞으로 있을 빛나는 미래만 보일 거고 이대로만 가면 그 꿈도 실현되겠지만, 나한테는 다른 광경밖에 보이지 않았다.

지금 나한테는 시이 짱 옆에 있을 만한 능력도, 자격도 없다.

내년 3월, 대입에 실패한 나를 향해 동정 어린 시선을 보낼 것이다.

그리고 환멸할 게 분명하다.

——거짓말쟁이.

——그렇게 잘난 척을 하더니 이게 뭐야?

——릿군, 정말 한심하다.

——최악이야. 지금까지 널 좋아한 내가 바보였어.

아니야. 시이 짱은 그런 말을 할 애가 아니라고.

만약 내가 대입에 실패하더라도 날 격려해 줄 거고, 설령 재수까지 하더라도 '그럼 우리 4년 내내 같이 대학에 다니겠네' 하는 긍정적인 말로 풀 죽은 나를 일으켜 세워줄 게 확실하다.

그러니까 지금 솔직히 사과하면 늦지 않다.

"있잖아, 시이 짱……."

"? 왜 그래, 릿군?"

"……아, 그게──."

말해. 모든 걸 다 밝히고 편해지란 말이야.

쓸데없는 자존심 따위 전부 버리고 지금 품고 있는 고민도, 눈앞에 있는 소꿉친구에 대한 연심도 다 고백해 버리면 된다.

그렇게 하면 아직은 늦지 않는다.

내가 필요한 건 자랑할 학력이나 자격이 아니다.

내가 원하는 건 지금 바로 눈앞에 있는 한 명의 소중한──.

"……릿군?"

"아니, 미안해. 아무것도 아니야."

"뭐야~? 그런 식으로 나오면 더 궁금해지는데~. 어쩐지 기운도 통 없어 보이고……. 필요하다면 내가 고민 들어줄게, 응?"

"……괜찮아. 입시가 코앞이라 좀 불안해서 그래. 그게 다 끝나면 마음도 가라앉을 거야."

"그래? 그럼 다행이지만……."

하지만 고백 직전에 내 안에 남아 있던 미약한 자존심이 방해하고 말았다.

……아니, 괜찮다. 시험까지는 아직 여유도 있고, 힘들지만 가능성이 없진 않다.

원래 시험에서는 마지막까지 희망을 버리지 않는 게 중요하니까.

고백은 확실히 '합격'이라는 결과를 얻고 나서 하자. 잃어버렸던 자신감을 되찾고 지금보다 훨씬 나은 내가 된다면 시이 짱도 날 받아줄 것이다.

지금은 아직 어울리지 않지만 언젠가는.

그렇지만 결국 그 '언젠가'는 아무리 시간이 지나도 찾아오지 않았다.

고등학교를 졸업해서 취직해도, 그리고 오늘날에 이르기까지.

결정적인 실수를 깨달았을 때는 이미 모든 게 늦은 뒤였다.

※ ※ ※

"……후우우우우."

한차례 이야기를 마친 리쿠 씨는 크게 한숨을 내쉬며 고개를 숙였다.

여기까지 듣고 나니 리쿠 씨가 우미랑 참 많이 닮았다는 생각이 들었다. 소중한 사람한테마저 고민을 털어놓지 못하고 한계에 이를 때까지 혼자 끙끙거리는 모습이 남매가 똑같다.

"일단 내 옛날이야기는 여기까지야."

"근데 시즈쿠 씨의 고백에 대한 답이 아직 남은 것 같은데……."

"그 부분 말인데, 내가 그때 일을 거의 기억을 못 해. 어제 시즈쿠한테 들어보니 내가 '미안해'라는 그 말만 계속 반복했다던데……. 내가 확실히 기억하는 건 그 이튿날 아침부터야. 할머니가 그랬는데, 내가 거의 죽은 사람 같은 얼굴을 하고 있었대."

그날을 경계로 서로 연락이 끊긴 두 사람 사이는 대번에 멀어졌다고——.

그게 약 10년 전에 리쿠 씨가 저지른 실수의 전모고, 지금 이런 답답한 상황을 만들어낸 계기이기도 했다.

그 후에 당연하지만 제1지망 대학에 합격하지 못한 리쿠 씨는 보험 삼아 시험을 봤던 사립 대학에는 겨우 합격해서 대학 생활을 시작했다.

대학에 들어가서도 그때까지의 학교생활과 별 차이 없이, 혼자 강의실 구석에서 강의를 듣고 그게 끝나면 집에 들아오기를 반복했다고 한다.

다만 공부만은 꾸준히 한 덕분에 대학 성적도 좋아 취직은 어렵지 않게 했다고 한다. 처음 목표로 했던 길은 아니었지만, 그래도 다이치 아저씨와 똑같은 직업을 얻었다는 건 명백한 사실이다.

그렇게 리쿠 씨는 지금까지의 일을 다 잊고 직장 생활에만 매진했다.

……그러나 여기서도 마치 그렇게 될 운명이라는 듯 리쿠 씨 앞에 함정이 기다리고 있었다.

리쿠 씨는 익숙지 않은 환경에 무리하는 바람에 건강을 망치고 말았다. 인간관계 등의 문제는 없었다지만, 나처럼 커뮤니케이션 능력이 부족한 리쿠 씨한테는 도저히 일이 성미에 맞지 않아 업무 실수나 고민을 끌어안은 채 꾹꾹 참다가 어느 날 눈을 떴을 때 몸이 아예 움직이지 않았고…… 지금의 상황에 이르게 됐다.

그리고 일을 그만두라고 권한 건 다른 누구도 아닌 다이치 아저씨였다고 한다.

"……이제 지금까지의 나야. 생략한 부분도 있지만 간단히 말하자면 내 인생에는 정말로 아무것도 없었어. 넌 나를 존경하는 모양인데, 난 사실 별 볼 일 없는 인간이야. 유일하게 내가 마음을 여는 여자한테도 내 솔직한 마음을 전할 수 없어서……. 내 동생 말마따나 난 정말 한심한 바보라고."

나는 배려하는 마음에 침묵만 유지하고 있지만, 만약 이 이야기를 우미가 듣는다면 지금쯤 불같이 화를 낼 게 분명하다.

그 정도로 예전의 리쿠 씨는 한심하고 꼴사나웠던 것 같다는 생각이, 나도 들었다.

그러나 지금 그런 리쿠 씨가 발버둥 치며 노력 중이다.

부끄러움을 버리고 한참 나이 어린 나에게 연애 고민을 털어놓고 있다.

그렇다, 연애 고민.

그러니까 여기서부터가 이 이야기의 본론이다.

"……그래도 리쿠 씨는 시즈쿠 씨를 아직 많이 좋아하죠? 단념할 셈으로 시즈쿠 씨와 아침까지 대화를 나눴는데 그 때문에 오히려 조금 남았던 연심에 다시 불이 붙었다는 거고요."

"……그래, 맞아."

"확인을 위해 다시 묻겠는데요, 리쿠 씨는 시즈쿠 씨를."

"네, 아주 많이 좋아해……. 면목이 없다."

리쿠 씨는 마치 쥐어짜듯 나에게 솔직한 자기 마음을 고백했다.

어젯밤 오갔던 시즈쿠 씨의 이야기까지 들을 틈은 없었지만,

지금 시즈쿠 씨가 놓인 상황을 고려해 볼 때 아마 그 사람도 상당히 고생을 했을 것이다.

즉, 리쿠 씨처럼 시즈쿠 씨도 함정에 빠지고 말았다는 뜻이다.

"술이 들어가서 그런 거겠지만 시즈쿠가 우는 걸 봤을 때 꼭 곁에 있어 주고 싶다는 생각이 들었어. 내가 먼저 고백을 거절한 주제에 이제 와서 염치없이 군다는 건 알지만……. 마키, 나 한 대 때려줄래?"

"이, 일단 진정하세요. 그 심정 이해하니까."

그냥 웃고 넘어갈 이야기, 혹은 그 자리의 푸념으로 처리할 이야기가 마치 타다 남은 말뚝에 불이 붙듯 리쿠 씨의 마음에 불을 지피는 형상이 되고 말았다.

하긴 원래 많이 좋아했으니 이렇게 될 가능성도 있었겠지만.

어른도 평소에는 속마음을 교묘하게 잘 숨길 뿐이지, 자기 고집을 드러낼 때가 얼마든지 있다.

나는 그런 상황을 약 반년 전에 지긋지긋할 정도로 겪어서 잘 안다.

"마키, 어쩌면 좋을까? 너와 내 동생이라면 아마 '좋아하면 고백해' 라고 말할 테고, 사실 나도 그렇게 생각하긴 하지만…… 그래도, 시즈쿠한테는, 그……."

"그러네요. 시즈쿠 씨한테는 레이지가 있으니까요."

그렇게 몇 번이나 현실에 직면하게 된다.

어린 내 경우를 비춰 말하자면, 적어도 난 아빠의 회사 동료이자 한때 연인 같은 사이였던 (것으로 보이는) 미나토 씨를 처음

본 순간 그다지 기분이 좋지 않았다.

이미 이혼했다고는 하나 엄마를 제일 좋아했던 아빠가 지금은 다른 사람과 가깝게 지내다니. 약간 입장은 다르지만, 레이지는 영리한 아이니까 뭔가 느끼는 바가 있을 것이다.

그럼 포기해야 하는가. 아니, 쉽게 포기할 수 없으니까 리쿠 씨는 이런 고민을 털어놓고 상담을 받으려는 거다.

어린 시절의 감정과 지금까지의 경험으로 키워낸 어른의 상식 사이에서 리쿠 씨는 발버둥 치고 있다.

그런 리쿠 씨를 어떻게든 도와주고 싶다.

우미는 이런 나를 보며 착해 빠졌다고 또 어이없어하겠지만.

리쿠 씨는 이제 그냥 남이 아니다. 나의 사랑하는 여자친구가 걱정하는, 소중한 가족의 일원이다.

"……리쿠 씨, 저어."

"……응."

"죄송해요."

하지만 그게 이 고민 상담에 대한 내 답이었다.

"그래, 하긴 그렇겠지."

"네, 이렇게 저한테 물어보기까지 했는데 죄송하지만 지금 저한테 리쿠 씨가 가장 원하는 답을 드릴 능력은 없는 것 같아요. 연애 경험은 제가 더 있긴 하겠지만, 저는 아직 리쿠 씨와 시즈쿠 씨처럼 사회에 발을 들이지 못한 어린애니까요."

별 탈 없이 '소꿉친구' 라는 관계만 남길지, 아니면 지금까지 모든 걸 무너뜨릴 각오로 마음을 전달할 것인지.

이건 바로 그런 수준의 이야기다. 그러니 지금의 나로서는 거기까지 책임을 질 수가 없다.

"그래서 이 문제는 리쿠 씨가 노력해서 답을 내는 수밖에 없을 것 같아요. 체크아웃까지 별로 시간도 남지 않았지만 그래도 열심히 생각해서 리쿠 씨가 받아들일 만한 결론을 내시는 게 좋겠어요."

내가 그렇게 말하자, 리쿠 씨는 희미하게 미소를 짓고 고개를 끄덕였다.

근본적인 해결은 아니었지만, 리쿠 씨는 고민을 털어놓기 전보다 훨씬 밝아 보였다.

"알았어. 그래, 나 혼자서도 고민되는 문제인데 아무리 들어줄 사람이 없다고 동생 남자친구인 너한테까지 이런 말을 다 했네. ……일단 이야기라도 들어줘서 정말 고마워."

"아니에요. 고민을 다 말씀해 주셔서 저야말로 감사해요."

"하하, 나는 한 대 얻어맞을 각오였는데……. 하긴 이런 면도 너다워서 난 마음에 들어. ……그럼 난 열기 때문에 어지러우니까 먼저 나간다."

"네. ……아, 리쿠 씨, 잠깐만요."

대욕탕을 나가기 직전인 리쿠 씨를 불러 세우자, 리쿠 씨는 늘 우미네 집에서 봤던 그 언짢아하는 표정으로 나를 돌아봤다.

볼일이 끝나자 바로 싸늘한 태도로 돌변한 것에 나는 웃음이 나올 뻔했지만, 그것도 아사나기 리쿠라는 사람의 성격이다.

"왜? 역시 날 한 대 패고 싶어졌어?"

"아뇨, 전 그렇게 끓어오르는 분위기 별로 안 좋아해서……. 그게 아니라 리쿠 씨한테 한마디 해주고 싶은 게 있거든요."

"혹시…… 조언?"

"어떻게 받아들일지는 리쿠 씨께 맡기겠지만……. 책임은 못 지지만요."

인간관계에 대해 아직 아는 것도 별로 없는 나지만, 그런 나라도 리쿠 씨한테 한 가지 전할 것이 있다.

그걸 어찌 받아들이고 생각할지는 리쿠 씨에게 달려 있지만.

"으음……. 그래서 뭔데?"

"네, 어쩌면 비웃을지도 모르지만요——."

————————.

나는 리쿠 씨의 귓가에 대고 솔직한 내 마음을 전했다.

대욕탕 창문을 통해 해가 뜨고 날이 밝아진 바깥 경치를 바라보면서, 드디어 여행은 마지막 날 아침을 맞이했다.

내가 리쿠 씨보다 좀 늦게 대욕탕을 나와 방으로 돌아가자 이미 잠에서 깨어 옷을 다 갈아입은 우미가 나를 맞이해 주었다.

"마키, 아주 화장실에 오래 가 있던데?"

"……죄송합니다."

"오빠랑 같이 방을 나간 건 알았으니까 마키만 잘못한 게 아니긴 하지만. ……그래도 걱정했단 말이야."

"그렇겠네. 정말 미안해. 이제 안 그럴게."

방으로 돌아가자마자 우미의 설교가 시작됐다. 리쿠 씨의 이야기를 듣기 위해서였지만 아무 말도 없이 방을 나갔으니, 괜한 변명은 하지 말고 솔직히 머리 숙여 사과하는 수밖에 없다.

뺨을 꼬집히고 딱밤도 엄청 세게 맞는 등……. 아무튼 많이 혼났다.

"그런데 리쿠 씨는? 나보다 먼저 방으로 돌아갔는데……."

"오빠? 나는 못 봤는데, 아마 다른 곳에서 어슬렁거리고 있겠지. 어디서 뭘 하는지는 모르겠지만 체크아웃 시간 되면 알아서 돌아올 거야."

"그럼 다행이고……."

밖을 확인해 보니 주차장에 차가 그대로 있으니 아마도 목욕탕을 나가 주변을 혼자 산책하는 모양이다.

나와 우미가 있으면 차분히 생각할 수 없을 테니까.

마침 아침 식사 시간도 다 되어서 서둘러 돌아갈 준비를 마친 나는 우미와 같이 1층 식당으로 내려갔다.

그러자 원래는 이 자리에 있을 리 없는 사람이 우리에게 다가왔다.

아침까지 술을 마시고 리쿠 씨의 부축을 받아 방으로 옮겨졌던 시즈쿠 씨가 종업원 차림으로 열심히 서빙을 하고 있었기 때문이다.

"마에하라, 우미, 좋은 아침이야. 어제는 잘 잤니?"

"덕분에요……. 근데 오늘은 낮부터 출근 아니었어요? 어제

술자리가 거했다고 들었는데요."

"아~……. 응. 그렇긴 한데 레이지도 유치원 가야 하고 나도 잠들 수가 없어서. 괜찮아. 하루 밤새우는 것쯤은 예전 회사에서도 해봤거든."

"그건 여러 가지 의미로 안 괜찮은 느낌이……."

어제부터 한숨도 못 잤다면서 시즈쿠 씨의 표정은 조금도 피로해 보이지 않았다. 화장으로 잘 감추고 있는 건지, 아니면 그저 오기로 버티는 것인지……. 어쨌든 피곤한 표정의 리쿠 씨와는 비교가 되지 않을 정도로 힘이 넘치는 사람이다.

혹시 지금까지의 고민을 모두 털어내서 속이 개운해지기라도 한 걸까.

시즈쿠 씨의 마음속은 지금 그 누구도 알 수 없다.

"……둘 다 고마워. 레이지도 그렇고, 릿군…… 아니, 리쿠에 대해서도. 리쿠 일은 좀 참견이 심하다 싶었는데, 그래도 덕분에 예전처럼 돌아갈 수 있었고 차분히 대화도 해서 다행이었어."

"……죄송해요. 우리 바보 오빠가 폐만 끼쳐서."

"아니야, 오히려 사과는 내가 해야지. 늘 내 생각만 하느라 리쿠가 얼마나 힘들었는지 모르고 무신경하게 상처만 줬어……. 오히려 리쿠가 여전히 내 소꿉친구로 남아주니까 그게 더 행운이지."

이대로 가면 두 사람 사이는 영원히 '평범한 소꿉친구'로 고정될 것이다.

그게 나쁜 일이라는 생각은 들지 않는다. 1년에 한두 번 리쿠 씨가 미조레 할머니 댁으로 돌아올 때마다 시즈쿠 씨를 만나 술이나 한잔하며 옛날이야기로 꽃을 피운다면, 그건 그것대로 편한 관계일 테니 말이다.

시즈쿠 씨의 입장을 돌아봤을 때 그 길밖에 선택할 수 없다.

만약 그 이상의 관계를 원한다면 본인 말고도, 상대방에게도 큰 각오가 필요할 테니까.

시즈쿠 씨가 먼저 그 선을 넘을 수는 없다.

……그러니까.

만약에 그래도 시즈쿠 씨와 앞으로의 길을 함께 걷고 싶은 마음이 강하다면.

"——시즈쿠, 잠깐 나 좀 보자."

시즈쿠 씨가 우리 몫의 아침 식사를 테이블 위에 놔두고 다시 일하러 돌아가려는데, 문득 입구에서 리쿠 씨의 목소리가 들렸다.

아무래도 리쿠 씨 나름대로 결론을 낸 모양이다.

"이제야 왔네……. 저 바보 오빠가."

"진정해……. 각오도 된 것 같으니 우린 가만히 지켜보자."

잠을 제대로 못 자서 그런지 리쿠 씨의 얼굴에는 피로가 가득했다. 머리칼은 덜 말랐고 눈 밑에는 희미하게 다크서클까지 드리워진 모습이…… 마치 예전의 나를 보는 기분이 들었지만, 시즈쿠 씨와 마주하는 지금 모습은 이제까지 중 제일 멋있고 듬직하게 보였다.

내가 생각했던 모습 그대로의 '오빠' 가 그곳에 있었다.

"릿군……. 아, 그러고 보니 아침은 먹었어? 바로 가지고 올 테니까 재들과 같이 기다리고 있——."

"아니, 아침밥은 됐어. 그보다 너한테 할 말이 있어서. ……아주 중요한 얘기야."

"윽……!"

리쿠 씨가 그렇게 말을 꺼낸 순간, 그때까지 어둡기만 했던 시즈쿠 씨의 눈이 활짝 뜨이더니 빛이 번뜩였다.

그 모습을 확실히 목격한 나와 우미는 서로 마주 보며 쓴웃음을 지었다.

……뭐야. 이러니저러니 해도 저 둘은 그냥 변명만 늘어놓았을 뿐이지 결국 처음부터 그런 거였구나.

한 번은 헤어져서 서로 다른 길을 걸었지만, 다시 서로에게 이끌렸다.

어른이라는 건 참 성가신 듯하다.

아무튼 이제 시즈쿠 씨의 마음을 어떻게 움직일 것인가.

리쿠 씨라면 분명 잘해 낼 것이다.

둘은 다른 사람들의 눈도 있어서 일단 아침 식사가 끝나길 기다린 후, 다시금 대화할 자리를 급히 만들기로 했다.

이틀 동안 지낸 객실에 작별을 고하고 1층 로비로 나간 우리는 아사나기 가족의 차가 세워진 주차장으로 향했다.

그런데 이미 차 앞에는 두 명의 '소꿉친구' 가 서로 마주 보고 있었다.

"……있잖아, 레이지. 엄마는 이분하고 할 말이 있으니까 마에하라…… 마키 형한테 가서 기다려줄래? 금방 유치원 버스가 오겠지만 그때까지 엄마가 갈게."

"응."

레이지가 시즈쿠 씨의 손을 바로 놓더니 곧바로 내 쪽으로 다가와 폭 안겼다.

이 하루 이틀 사이에 레이지가 나를 아주 잘 따르게 됐는데, 어쨌든 앞으로도 레이지와는 오래 알고 지내게 될 듯하니 사이좋은 관계를 유지해야겠다.

미조레 할머니, 시즈쿠 씨, 레이지, 리쿠 씨.

겨우 사흘간이었지만 내 안에 소중한 사람들이 또 늘어났다.

"마키 형."

"응? 왜 그래, 레이지?"

"……엄마는 저 아저씨를 좋아해?"

"후후, 글쎄. 레이지는 만약에 엄마가 저 사람을 좋아한다면 어떻게 할래?"

"……모르겠어."

"그래. ……그렇지."

레이지가 어떤 마음을 가지게 될지는 훗날의 문제다. 시즈쿠 씨도 언젠가 레이지에게 모든 걸 말할 것이고, 상황에 따라서는 레이지가 리쿠 씨를 좋게 여기지 않을 수도 있다.

그래도 두 사람은, 아니. 리쿠 씨는 어떤 생각을 하고 있을지.

저 멀리서 새의 지저귐이 울리는 중, 리쿠 씨가 입을 열었다.

"시즈쿠, 그…… 할 얘기가, 있는데."

"으, 응. 중요한 얘기가…… 뭔데?"

"응……. 중요한 얘기라고 해야 하나, 부탁에, 가까운데——."

"? 부탁?"

"그래. 저어, 나를 '시미즈'에서 일하게 해주지 않겠어? 잡일도 괜찮고, 너희 아버지 밑에서 일을 배워도 되니까."

"……응?"

기대했던 대답이 아니었는지 시즈쿠 씨는 순간 고개를 갸웃거렸다. 우리도 비슷한 반응을 보였지만, 이렇게까지 분위기를 만들어놓은 리쿠 씨가 그걸 다 망칠 리가 없다.

지금부터가 리쿠 씨 나름대로 내놓은 답일 것이다.

"어제도 말했지만 나도 이제 좀 일을 해야 할 것 같아서……. 물론 '시미즈'에서 구인 중인지 아닌지도 문제가 되겠지만."

"우리는 늘 일손 부족이니까 프런트든 요리사 견습이든 누가 한 명 들어오면 도움이 되지……. 중요한 이야기는 그게 다야?"

"그래, 어떻게든 일하고 싶어. ……너랑 같이."

"……!"

리쿠 씨의 본심을 알아차렸는지 시즈쿠 씨의 눈동자가 살짝 촉촉해졌다.

리쿠 씨, 힘내요. 조금만 더 힘내면 돼요.

"시즈쿠…… 아니, 시이 짱. 몇 번이나 말했지만 그때 일은 정말 미안해. 그게 내 본심은 아니었는데, 소꿉친구로만 지내는 게 싫었는데 네 마음을 짓밟기나 하고……. 너한테 잔인한 짓을 해버렸어.”

“……그래, 맞아. 릿군 바보. 바보, 바보. 그때 내가 얼마나 상처받았는지 알아? 그 좋아하던 밥도 일주일 넘게 목구멍에 넘어가지 않았고, 갑자기 벌컥 우는 바람에 친구들이 걱정했다고. ……왜, 왜 받아주지 않은 건데! 만약 그때 연인 사이가 됐다면 릿군의 걱정 따위는 내가 다 없애줬을 텐데. ……대학도 같이 갔을지도 몰라. 왜, 대체 왜……. 릿군은 바보야. 멍청이. 저질. 꼴도 보기도 싫어.”

“시이 짱, 미안. ……정말 미안해.”

눈물이 한가득 고인 시즈쿠 씨가 힘없이 리쿠 씨의 가슴을 팍팍 때렸다.

하잘것없는 허세를 버리고 자기 마음에 솔직해졌다면 이렇게까지 일이 꼬이진 않았을 거다.

겨우 딱 하나의 단추를 잘못 끼웠다.

그것만으로 아기 때부터 시작된 두 사람의 인연이 엇나가고 말았다.

“……하지만 내가 더 바보였어. 상처받았을 때 잘해준다고 다른 사람한테 넘어가서는 결국…… 나는.”

“더는 말 안 해도 돼. ……괜찮아.”

“미안해. 릿군, 미안해…….”

이제 2, 3년만 지나면 삼십 대가 되는 두 사람이 남의 시선은 개의치 않은 채 눈물을 흘리고 있다.

10년이 넘게 연락이 끊겨 소원해졌다고 해도 둘은 오랫동안 서로를 잊을 수 없었나 보다.

시간이 흘러 둘은 어른이 됐다. 심지어 시즈쿠 씨는 지켜야 하는 자기 자식까지 있다. 이제 와서 과거를 되돌려 다시 시작할 수는 없다.

그래도 두 사람에게 아직 서로를 향한 마음이 남아 있다면.

시즈쿠 씨가 어느 정도 진정되자 리쿠 씨가 입을 열었다.

"지금 '예전처럼 돌아가 다시 시작하자' 라느니 '사귀자' 같은 말을 할 생각은 없어. 그러면 너무 뻔뻔하기도 하고 너나 레이지한테 실례가 될 테니까……. 그래서 네가 앞으로의 나를 봐줬으면 좋겠어. 소꿉친구가 아니라 같은 직장에서 일하는 동료로, 내가 너와 레이지의 눈에 들 수 있는지를."

"……릿군은 그래도 괜찮아? 직원 모집은 하지만 우린 다른 곳에 비해 월급도 적고 아빠 밑에서 견습으로 일하면 쉴 틈도 없어. 아침에는 물건도 들이고 준비하느라 정신이 없고, 성수기에는 밤까지 일이 안 끝날 때도 있는데……. 이 집 딸인 내가 할 소리는 아니지만 솔직히 권하고 싶지는 않아."

시즈쿠 씨마저도 이렇게 바쁜데, 신입인 리쿠 씨한테는 더욱 고된 일이 될 것이다. 예전 직업과는 분야가 완전히 달라 한마디로 정리할 수는 없지만, 바쁜 거로 따지자면 여기가 더 심할지도 모른다.

하지만 이미 각오를 다진 리쿠 씨는 전혀 동요하지 않고 고개만 끄덕였다.

"괜찮아. 마침 취업 지원 센터에서도 지금은 소개할 만한 일자리가 없다는 말을 들었거든. 군기가 빠진 몸과 마음을 다잡기에는 오히려 좋지……. 난 네가 생각하는 것보다 훨씬 요령도 없고 꼴사납고 한심한 인간이니까. 아마 처음에는 엄청 폐만 끼칠 거야."

"후후, 그렇겠지. 앞으로 챙겨줄 내가 힘들겠는걸? 사생활에서는 릿군 뒷바라지도 하고, 직장에서는 어설픈 신입 직원 일도 봐줘야 하고……. 아마 얼마 안 가서 진절머리를 낼지도 몰라. ……그런데도 정말 괜찮겠어?"

"그때는 그렇게 해도 상관없어. 이건 원래 그럴 수밖에 없는 상황이야. '예전으로 다시 돌아가서 시작하자' 가 아니라 새롭게 '지금부터 시작한다' 니까……. 시작하기에 너무 늦은 나이겠지만 그래도 이게 내가 낸 답이야."

지금까지의 관계성을 버리고 새롭게 제로부터 시작하는 '아사나기 리쿠' 의 모습을 보여준다.

그게 직전까지 고민에 고민을 거듭해 낸 리쿠 씨 나름의 결론인가 보다.

이제까지의 자기 자신과 시즈쿠 씨, 현재의 자신과 시즈쿠 씨, 그리고 마지막으로 자신의 솔직한 마음까지도 고려해서.

내가 보긴 참 멀리 에둘러 가는 선택 같다. 이곳이 예전에 살아서 익숙한 장소라고 해도 전혀 경험하지 못한 분야의 직업에 뛰어드는 거다. 일에 익숙해질 때까지 몇 년이 걸릴지 알 수 없고, 레이지와 친해질 수 있을지도 문제다.

더 효율적인 방법도 있을 것이다. 그렇지만 나는 이렇게 번거롭게 사는 리쿠 씨가 싫지 않다.
착한 마음씨를 가진 어른인 리쿠 씨답게 진지하고 올곧은 대답이었다.
"……하여간 바보 오빠야."
그렇게 내 옆에서 우미가 중얼거렸다. 말로는 타박을 줬지만, 희미하게 젖은 눈동자와 미소가 감도는 표정에서는 가족을 아끼는 다정한 마음씨가 드러나 있었다.
"지금 여기서 이런 말을 하는 건 좀 그렇지만……. 그래도 이대로 있다가는 여전히 한심한 인간으로 끝날 것 같으니까 시즈쿠 너한텐 내 마음을 확실히 전할게."
"아――."
시즈쿠 씨를 가만히 끌어안은 리쿠 씨는 그날의 겨울밤에 끝끝내 전하지 못했던 자기 마음을 입에 올렸다.
"시이 짱, 어릴 때부터 좋아했어. ……사랑해."
"……흐으으윽."
리쿠 씨의 마지막 한마디에 그때까지 꾹 참고 있었던 시즈쿠 씨의 감정이 폭발했다.
맑은 눈동자에서 줄줄이 떨어지는 눈물에 그 자리에 있던 나와 우미도 어느새 코를 훌쩍였다.
"미안, 시즈쿠. 이 한마디만 했더라면 이런 상황까지 오지 않았을 텐데."
"그래, 릿군은 진짜 바보야……. 근데 정말 나라도 괜찮아?

이제 젊지도 않고, 돌싱에다가 아이까지 있는데……. 무르려면 지금밖에 없어. 앞으로의 인생을 전부 우리한테 다 바치게 될 텐데 괜찮은 거 맞아?"

"응, 이제 결심했고 원래부터 그러고 싶었어. 공부도, 일도…… 네가 어디서 본다고 생각하니까 더 노력했던 거야. 전에 했던 일은 무리하느라 건강도 망쳤지만…… 앞으로는 괜찮을 거야."

"……그건 내가 있어서?"

"그래, 맞아. 그리고 레이지도. 너희 둘 앞에서는 이제까지처럼 게으르게 살 수 없으니까."

이제 시즈쿠 씨와 레이지를 모두 받아들일 결심이 섰다는 뜻이다.

지금의 리쿠 씨는 다이치 아저씨 못지않게 듬직하게 보였다.

항상 자기 방에서 밤늦게까지 게임만 했던 리쿠 씨는 어디로 간 것인지.

아무리 좋아하는 사람 앞이라고 해도 너무 달라진 게 아닌가…… 싶었지만, 그러고 보니 나도 리쿠 씨와 비슷했다는 사실을 새삼 깨달았다.

우미의 앞에서라면 나도 평소보다 더 많이 힘을 낼 수 있다.

나도, 리쿠 씨도 의외로 단순한 사람이다.

지금까지 우여곡절이 많았지만, 그래도 평화롭게 끝나서 참 다행이다. 그렇게 생각하는데 내 발치에서 상황이 흘러가는 걸 지켜보던 레이지가 내 소매를 꾹꾹 잡아당겼다.

"……형, 버스 왔어."

"어? 아——."

빵 하는 가벼운 경적 소리가 난 쪽으로 눈길을 주니, 어느새 레이지를 데리러 온 유치원 버스가 정면 입구에 와 있었다.

알맞은 타이밍에 제한 시간도 끝난 듯하다.

"! 앗, 레이지를 얼른 데리고 가야 하는데——."

"아, 저랑 마키가 레이지를 데리고 갈 테니까 시즈쿠 씨는 좀 더 우리 바보 오빠 좀 돌봐주세요."

"어? 그, 그래도——."

"시즈쿠 씨는 지금 눈물로 얼굴이 엉망이에요. 화장도 무너졌고 눈도 새빨개서…… 그런 얼굴로 나서면 무슨 일인가 하고 더 걱정할걸요?"

"아……. 나도 참, 부끄러운 모습을 다 보였네……. 릿군, 혹시 손수건이나 티슈 갖고 있어? 내가 급하게 옷 갈아입고 나오느라 방에 다 두고 나와서."

"아, 응. 자, 손수건."

"고마워. ……에헤헤."

정신을 차리고 황급히 눈물을 닦는 시즈쿠 씨와 쓴웃음을 지으며 그 모습을 바라보는 리쿠 씨.

마치 예전의 '소꿉친구' 두 사람으로 돌아간 것 같았다.

저런 상태라면 앞으로도 괜찮을 듯하다.

두 사람 사이에는 이제 응어리 따윈 더는 남아 있지 않으니까.

"레이지, 그럼 우리랑 같이 가자."

“……응.”

엄마인 시즈쿠 씨를 한 번 흘끔 본 레이지는 우리의 손을 잡고 유치원 버스로 걸어갔다. 고등학생인 우리와 레이지를 본 인솔 선생님은 순간 깜짝 놀랐지만, 저 뒤편에 있는 시즈쿠 씨를 보고 곧장 상황을 파악한 모양이다.

“마키 형.”

“응?”

“엄마가 울었어.”

“응, 근데 슬프고 외로워서 운 건 아니야. 너무너무 기뻐서 우신 거야.”

“기쁜데도, 울어?”

“그래. 나중에 크면 여러 가지 일로 울게 돼. 나도 가끔 그래.”

“아하~……. 그럼 어른은 다 울보네?”

“그럴지도 몰라. 레이지보다 훨씬 더 울보야.”

“……힘내.”

“응, 힘낼게. 고마워, 레이지. 잘 다녀와.”

“또 보자. 다음에는 이 누나하고도 친하게 지내자, 알았지?”

“……응.”

얌전히 고개를 끄덕인 레이지는 버스에 올라탔다. 우미를 싫어하는 건 아닐 테지만……. 어딘지 모르게 레이지는 나나 리쿠 씨와 같은 냄새가 나는 것 같다.

그러니 리쿠 씨와도 분명 친하게 지낼 수 있을 것이다. 게임이라는 공통의 취미도 있으니까.

우미와 둘이 손을 흔들며 유치원 버스를 배웅하자, 이어서 리쿠 씨가 운전하는 차가 나왔다.

"시즈쿠 씨랑 둘이 있게 해줬는데 오랜만에 알콩달콩한 시간 안 보내도 돼? 키스 정도는 제대로 해줬어?"

"너희 같은 닭살 커플도 아니고 남들 앞에서 그런 걸 어떻게 하냐? ……그런 건 더 내가 정신 차리고 나서 할 거야."

"어휴, 귀찮아……. 그러니까 시즈쿠 씨를 울리는 거잖아. 한심하긴."

"넌 왜 이렇게 말이 많냐? 그보다 얼른 엄마나 데리러 가자. 엄마랑 할머니한테 아까 일도 다 말해야 하니까. ……그리고 아버지한테도."

일단 사건은 어느 정도 마무리된 것 같지만 앞으로가 더욱 큰 일이다. 갑작스럽게 큰 결심을 했으니 리쿠 씨도 그 책임을 져야만 한다.

리쿠 씨에게도, 그리고 그 외의 아사나기 가족 구성원들에게도 오늘부터 새롭게 스타트를 끊게 된다.

여름을 앞두고 정신없이 바빠지겠지만 그래도 큰 문제는 없을 것이다.

리쿠 씨는 이제 혼자가 아니다. 가족이 있고, 내가 있고, 무엇보다 시즈쿠 씨가 있다.

모두 손을 잡고 힘을 모으면 어떻게든 다 된다.

"있잖아, 마키, 그러고 보니."

"? 우미, 왜 그래?"

"우유부단한 오빠의 등을 떠밀어 준 게 마키라는 건 상상이 되는데……. 저 고리타분한 바보 오빠의 마음을 움직이다니 대체 어떤 마법을 부린 거야?"

"아, 그건 나도 궁금한데. 마에하라, 앞으로를 위해 이 누나한테도 좀 가르쳐주겠니?"

"시즈쿠 씨, 아직 일하러 안 가셨네요. ……그게, 무슨 대단한 말을 한 건 아니라 비밀로 할 내용도 아니지만."

리쿠 씨가 열심히 우리 짐을 차에 싣는 동안, 나는 두 사람에게만 살짝 리쿠 씨에게 마지막으로 했던 그 조언을 알려줬다.

"제가 한 말은 정말 한마디였어요. 지금의 제가 말하면 더 설득력이 있을 것 같아서."

아직 '어린' 고등학생인 내가 '어른'인 리쿠 씨에게 거들먹거리며 연애가 뭔지 가르침을 주는 그런 부끄러운 짓은 할 수 없다.

하지만 굳이 딱 한마디, 내가 할 말이 있다면 그건.

"——좋아하는 사람과 함께하는 매일은 즐겁다, 이거였어요."

에필로그 1 연장전

2박 3일의 여행도 금방 끝나서 이제 집으로 돌아가는 일만 남았다.

첫날부터 마지막 날까지 여러 일이 있어서 피곤했지만, 계속 기분 좋게 지낼 수 있었고 우미와의 추억도 만들 수 있어서 참 즐거웠다.

"――어머님, 이 사흘 동안 정말 감사했습니다. 다음에는 꼭 그이와 같이 인사드리러 올게요."

"그래라. 오랜만에 너희를 봐서 좋지만, 역시 다이치가 없으니까 숨이 턱턱 막히는 것 같으니 그렇게 하면 좋겠구나."

"숨이 막히세요? 어머나, 어디 아프신 것 아니에요? 혼자 계실 때 무슨 일이라도 있으면 곤란하니 이제 어디 요양 시설에 들어가는 것도 고려해 보시는 게 어때요?"

"네가 우리 집안 며느리가 된 지 세월이 이렇게나 지나도 여전히 입은 살았구나. 그런데도 손주 녀석 둘이 아주 잘 컸어. 역시 우리 아들의 자식이야."

"제 아이들이기도 한데요."

""…………….""

리쿠 씨와 시즈쿠 씨는 이 사흘 동안 완전히 화해해서 응어리를 풀었지만, 이 두 분 사이에 쌓인 눈은 아직 녹기까지 시간이 걸릴 모양이다.

그래도 서로 하고 싶은 말은 사양하지 않고 쏟아내는 걸 보니 그런 의미에서 보면 결코 두 분은 사이가 나쁘지 않은 것 같다.

생글생글 웃으면서 시선으로 불꽃을 튀기며 싸우는 고부 옆에서, 리쿠 씨와 우미는 또 저런다며 한숨을 푹 내쉬고 있다.

"근데 할머니, 아까 말했던 대로 또 여기서 신세를 질 것 같아. 이사 준비 다 되면 연락할 테니까 그사이에 내 방 좀 원래대로 해줘."

"그래, 알았다. ……나 참, 이 나이가 돼서 손주 녀석과 둘이서 살아야 하는 날이 올 줄이야. 그런데 리쿠, 다음에 또 시즈쿠를 울리면 이번에는 내가 용서 안 한다. 그렇게 착한 애는 요즘 찾아보기도 힘들어."

"알았어. 명심할게."

앞으로 형식적인 면접을 거치게 되겠지만, 그래도 채용은 확정일 것 같다(아니, 확실히 채용이다)고 시즈쿠 씨가 약속했으니까 리쿠 씨도 그럴 생각으로 앞으로 준비할 듯하다.

물론 집안의 가장인 다이치 아저씨의 최종 허락이 남아 있긴 하지만 미조레 할머니와 소라 아주머니가 납득했으니, 분명 리쿠 씨도 지금까지 머물었던 방을 떠날 것이다.

떠들썩했던 아사나기 가족의 집도 이걸로 아주 조금 쓸쓸해지겠다.

"그럼 할머니, 이만 갈게. 자, 마키도 인사드려."

"응. ……그럼 미조레 할머니, 다음은 우미와 둘이서 찾아뵙겠습니다."

"그래, 너희는 언제든 환영해 줄 테니 시간 날 때 얼마든지 오려무나."

선물로 과일과 과자 등도 잔뜩 받은 우리는 차창에서 얼굴을 내밀고 다시 한번 할머니께 머리를 숙였다.

다음이 언제가 될지는 알 수 없지만, 미조레 할머니가 정정하실 때 또 찾아뵙고 싶다.

그리고 돌아가는 길의 차 안은 운전하는 리쿠 씨를 제외하고 다들 아무 말도 없었다.

조수석의 소라 아주머니도, 뒷좌석에 앉은 나와 우미도 출발한 지 얼마 되지 않아 마치 정신을 잃기라도 한 것처럼 잠에 빠져들었다. 그러고 보니 이른 아침부터 깨운 리쿠 씨의 고민을 들어준 것도 있어서 별로 잠을 자지 못했다.

여행은 집에 도착하고서야 끝난다고 하지만, 내 개인적으로는 이미 잔뜩 만끽해서 배가 부른 느낌이다.

갔을 때와 똑같이 휴식을 취하면서 천천히 우리가 사는 평소 일상 풍경 속으로 돌아갔다.

내일부터 또 늘 그랬듯 학교가 시작된다. 3일 연휴로 완전히 휴식 모드로 들어선 머리로 갑자기 통상적인 수업이라니…….

우울하기 이를 데 없지만 기대감이 없지는 않다.

내가 제일 좋아하는 우미도 항상 곁에 있고, 학교에 가면 아마미와 닛타, 노조무 같은 친구들이 맞이해 줄 테니까.

이 여행에서 겪었던 일을 그 친구들에게도 이야기하고 싶었다. 물론 그중에는 차마 할 수 없는 이야기도 있지만, 다들 흥미진진하다며 귀를 기울일 게 분명하다.

우리의 이야기에 아마미는 일일이 반응을 보일 것이다. 캐묻길 좋아하는 닛타는 '차마 할 수 없는 이야기'에 관해서도 알아내려 할 거고, 노조무는 그런 닛타를 보고 어처구니없다며 타박을 줄 게 뻔하다.

그걸 상상하니 우울했던 기분도 조금은 나아지는 것 같았다.

이런 기분이 드는 게 얼마 만일까.

그렇게 차에서 전해지는 진동을 요람 삼아 새근새근 잠들어 있길 몇 시간.

"——키, 마키, 일어나. 집에 도착했어."

"으음……?"

내가 리쿠 씨의 커다란 손에 몸이 흔들려 눈을 뜨고 보니, 차는 이미 우리 집 아파트 앞에 도착한 후였다.

계속 잠든 상태여서 더 그렇겠지만, 귀갓길은 여행 갈 때보다 훨씬 더 담백하게 끝났다.

갈 때만 해도 짐은 최대한 가볍게 쌌지만, 미조레 할머니로부터 받은 선물이나 아마미를 비롯한 친구들에게 줄 선물까지 담겨 있어서 가방은 두 손으로 다 들 수 없을 정도로 잔뜩 부푼 상태였다.

우리 집 현관 앞까지 거리가 얼마 되지도 않지만, 이것도 제법 중노동이다.

"그럼 마키, 마사키 씨한테 다음에 같이 한잔하자고 말 전해 주렴. 오랜만에 할 얘기가 많으니까. 알겠지?"

"하하……. 알겠어요. 그런데 술 너무 많이 드시지는 마세요."

이 사흘 동안 소라 아주머니는 마음이 쉴 시간이 적었을 테니, 나도 엄마한테 넌지시 아사나기 가족의 고부간 문제를 전달해 둬야겠다.

우리 엄마도 그런 점으로 고생을 했을 테니 소라 아주머니의 말 상대로는 제격일 것이다.

"마키, 이번에 정말 고마웠어. 나이도 훨씬 어린 너한테 머리를 숙이는 한심한 짓도 했지만, 덕분에 시즈쿠랑 화해도 했어. ……고맙다."

"그렇게 말씀해 주셔서 기뻐요. ……시즈쿠 씨한테 했던 마지막 그 말, 정말 멋졌는걸요."

"관둬. 또 생각나려 하잖아……. 아무튼 너한테는 큰 빚을 졌어. 또 무슨 일 있으면 내가 도와줄 테니까 공부든 뭐든 힘든 일 있을 때 언제든 연락해. 내 동생이 귀찮다거나 그런 간단한 얘기라도 되니까."

"……죽어, 망할 오빠."

"앗, 우미……. 일단 지금은 없지만 앞으로 무슨 일 있으면 꼭 말씀드릴게요."

특히 리쿠 씨와 가까워진 일은 개인적으로 큰 수확이었다.

조금 나이 차이는 있지만 노조무에 이어 또 남자의 대화가 가능한 귀한 사람이고, 무엇보다 우미의 오빠이니 시즈쿠 씨나 레이지까지 포함해서 사이좋게 지내고 싶다.

리쿠 씨와 소라 아주머니께도 몇 번이나 깍듯이 고개를 숙여 감사 인사를 한 후, 아사나기 가족의 집으로 돌아가는 차를 배웅했다.

……그리고 마지막으로 계속 즐거운 시간을 함께 보냈던 여자친구 우미는.

"있잖아, 우미."

"응? 왜?"

"우미는 왜 나랑 같이 차에서 내렸어? 넌 집에 안 가?"

"저녁 식사 전까지는 돌아갈 거야. 그리고 그렇게 짐이 많은데 혼자 어떻게 들고 가겠어? 할머니가 널 아주 마음에 들어 해서 그런지 선물도 이렇게 많이 줬고."

우미의 말대로 두 손으로 간신히 들 수 있기는 해도 여기서 걸어 우리 집까지 걸어가는 건 좀 힘들다. 그래서 우미가 옆에 남아 줘서 솔직히 고마웠다.

"……그리고, 말이야."

"우미?"

우리 둘이 짐을 들고 엘리베이터에 올라탄 순간, 우미가 어리광이라도 부리듯 내 몸에 다가붙어 속삭였다.

"좀 더, 음……. 마키랑 꽁냥거리고 싶어서……. 오빠랑 시즈쿠 씨가 행복하게 끌어안고 있는 걸 보니까 나도 번쩍 스위치가 켜졌다고 해야 하나."

그 점에 대해서는 나도 같은 마음이었다.

오랫동안 쌓였던 마음이 드디어 통한 순간의 리쿠 씨와 시즈쿠 씨를 봤을 때, 나도 솔직히 멋지다고 느꼈다.

우리도 언제까지 이렇게 서로를 원하며 살면 좋겠다는 생각이 들었다.

그러니까 한마디로 우리의 닭살 커플 모드에도 불이 제대로 붙었다는 뜻이다.

여기로 돌아오는 길에 푹 잠들긴 했지만, 그사이 우린 여행 갈 때보다 더 바짝 붙어 있었다. 소라 아주머니와 리쿠 씨는 아무 말도 하지 않았지만, 뒷좌석에서 우리는 서로 꼭 끌어안은 채였다.

애정 넘치는 다른 커플의 모습을 보더니 우리가 더 사이가 좋다며 경쟁하는 짓이나 하고……. 새삼스럽지만 우린 참 심각하게 닭살 돋는 커플이다.

일단 엘리베이터를 내려서 사흘 만에 집으로 돌아간 나는 오랜만에 우리 집의 냄새를 맡고 후우, 하며 한숨을 돌렸다. 주말 내내 집을 비운 탓에 엄마가 늘 그랬듯 집 안을 어지럽히지 않았을까 걱정했지만, 재떨이에 다 피운 담배 몇 개비가 놓여 있는 것 빼고는 출발 전과 그리 달라진 것이 없었다.

내가 없어도 엄마는 잘 생활했던 모양이다. 냉장고에 만들어 뒀던 반찬도 깔끔하게 먹어치웠는지 없었다.

"마키, 과일은 채소 칸에 넣으면 돼?"

"응, 젤리 같은 건 금방 먹을 테니까 냉장고 아무 데나 넣어줘."

"그래, 알았어."

며칠 보관할 수 있는 과자류는 식기 선반 아래에 있는 수납장에 넣었다. 유통 기한이 짧은 건 냉장고 안에 보관하거나 이따가 바로 간식으로 먹을 수 있도록 해서, 종이 가방 안에 가득 차 있던 미조레 할머니의 선물을 모두 정리했다.

여행 중에 입었던 옷과 타월 등은 세탁기에 넣고 그 외의 짐은 내 방에 놔둔 후에야…… 나도 드디어 소파에 앉아 좀 쉴 수 있게 됐다.

"……후우, 피곤하다."

"하지만 그래도 굉장히 즐거웠어. 중간에 휴게소에서 우리 둘이 커다란 소프트 아이스크림을 먹고, 할머니 댁에서도 맛있는 거 많이 먹었잖아. 밤에는 편의점에서 사 온 과자와 주스도 먹고."

"우리 먹기만 한 것 같아."

"후후, 몸무게도 늘어났을 테니까 앞으로는 자제 좀 해야겠다. ……그것 말고 우리 둘이 있을 때 이런저런 일도 있었지, 그치?"

"아, 응……."

여행의 개방적인 분위기 때문인지, 평소라면 머뭇거리게 될 일도 제법 했다.

첫날 산길에서의 일이나 노천탕에서의 혼욕 등……. 원래는 강에서 노는 게 중심이었는데, 그걸 훌쩍 뛰어넘을 정도의 행동은 다 한 것 같다.

……그리고 지금도.

"있잖아, 마키. 다시 묻겠는데."

"……응."

"마키는, 그, 나랑…… 하고 싶어?"

"……아, 으음."

조금 말문이 막혔지만 나는 확실하게 대답했다.

"……하고 싶어, 굉장히."

솔직히 이미 인내력도 한계에 도달한 듯하다.

모두 미수로 끝나버리긴 했지만, 몸에 남은 감촉은 지금도 선명하다.

마침내 제대로 만진 우미의 가슴은 부드러웠고, 목덜미에 키스했을 때의 땀 맛도 기억이 난다. 그리고 실오라기 하나 걸치지 않은 모습으로 온천물에 몸을 담근 우미의 달아오른 피부도.

집으로 돌아오면서 푹 잔 덕분에 체력도 회복됐겠다, 이제 남은 일은 사흘 동안 등장할 틈도 없었던 그걸 사용해 보고 싶은 마음뿐이라는 것도.

"근데 마키는 은근 차분한 것 같다? 두근거리고는 있지만 첫날 미수로 끝났을 때보다 심장 소리도 별로 안 크고."

"역시 우미한테는 숨길 수가 없구나……. 응, 사실은 좀 망설여져. ……아니, 정확히는 망설이기 시작했다는 거겠지만."

우미와 성적 행위를 해보고 싶다는 마음은 변함이 없지만 이번 여행을 통해…… 아니, 리쿠 씨와 시즈쿠 씨 두 사람을 보고 다시금 생각이 바뀌었다.

좀 더, 천천히 나아가도 되지 않을까 하고.

"아마도 내가 많이 초조했던 것 같아. 우미 너랑 빨리 연인이 됐고 나름 닭살 돋는 커플 짓도 많이 했지만, 최근 두세 달은 행동이 그다지 크게 달라진 것도 없으니까."

"매너리즘에 빠진 것 같다……는 뜻이야?"

"그럴지도 몰라. 우리가 마지막 선을 넘는 것 빼고는 여기까지 좀 빨리 왔잖아? 그래서 이렇게나 사이가 좋으면 얼른 끝내버리는 게 좋지 않을까 하고 몸과 마음이 착각한 것 같달까……."

경험이 없으니 나는 주변의 이야기나 인터넷에서 언뜻 본 내용을 참고로 삼아 왔다. 그때마다 친구나 가족의 조언도 있었고, 크리스마스나 밸런타인데이, 우미의 생일 등은 시행착오를 거치며 노력했지만 성적인 부분은 좀처럼 어디다 고민을 털어놓기 어렵다. 친구나 가족은 물론이고, 여자친구한테까지.

그래서 요즘은 혼자 끙끙거리며 생각에 잠길 때가 많았다. 사귄 지 반년이 됐으니까……. 다른 사람은 더 빠르기도 하다는데……. 그리고 이런 건 남자친구인 자신이 생각해야만 한다는 의무감에 사로잡혔다.

우미는 늘 다정하고 내가 하는 일은 뭐든 좋게 봐줘서 어떤 상황이든 나를 배려해 주지만, 원래는 그런 것까지 포함해서 잘 대화해 보는 게 좋다고 여겨졌다.

부끄럽지만 연인 사이니까, 그리고 미래를 염두에 둔다면.

리쿠 씨와 시즈쿠 씨처럼 먼 길로 뱅 돌아서 가지 않게끔.

둘이 예전과 같은 관계로 돌아간 건 참 멋진 일이었지만, 우리는 그렇게 되고 싶지 않고 그런 사이가 되어서도 안 된다고 본다.

"이제 와서 아무것도 안 하겠다니 좀 바보 같긴 하지만……그래도 지금처럼 기세를 몰아서 하는 게 아니라 천천히 생각해 보고 싶어. 좋아하는 사람의 '처음' 이니까 더 아껴주고 싶다고나 할까."

"그렇구나. 근데 연애는 기세를 붙여서 하는 거라던데? 실제로 우리 아빠랑 엄마는 그걸 계기로 결혼했대. 고생은 좀 한 것 같지만."

"물론 일리는 있어……. 하지만 그러니까 더더욱 우리 둘이서 맞춰나가고 싶어……. 근데 지금 우리 서로 입장이 좀 달라진 것 같다? 괜찮아?"

"나는 그냥 뭐 예를 들어서 그렇다는 거니까. ……근데 나로서는, 음."

부끄러워서 고개를 숙이면서도 우미는 자기 마음을 확실히 나한테 밝혔다.

"나는, 그, 이제 언제든 괜찮아. 마키 말고 다른 사람과 사귈 생각도 없고 그, ……도 할 거니까."

"그, 그렇구나……. 하긴 아마 부모님이 말하는 '상식 범위 내' 라는 것도 그런 것일 테니까."

정작 중요한 부분에서 우물거리긴 했지만 기본적으로 의도는 전해졌으니 처음은 이 정도로도 충분할 것이다.

"아, 아무튼 나는 마키의 그런 면은 싫지 않아. ……얼마 전처럼 또 그렇게 네가 잘 분위기를 만들면 나는, 뭐, 괜찮으니까."

"으, 응. 알았어. 부족한 점이 많지만 그때는 노력해 볼게."

그때의 광경을 머릿속으로 떠올리자 뺨이 단번에 열기로 홧홧해졌다.

특히 여행 첫날에 아무리 기분이 고조돼도 그렇지, 잘도 그런 대담한 짓을 해버렸다.

……그것만큼은 다른 사람한테 절대로 말할 수 없다.

우리 둘만의 비밀이다.

"아무튼 야한 뭐 그런 건 좀 천천히 하기로. 그럼 지금부터 마키 앞에서 입어보려고 했던 또 다른 수영복도 나중으로 미뤄야겠네."

"……아, 그건."

"얘, 마키, 둘이서 상의까지 했으면서 벌써 마음이 흔들리면 어떡해?"

"미안……. 근데 네 수영복 차림은 계속 기대했었거든."

"으, 마키 바보, 밝힘증! ……하지만 어쩔 수 없으니까 조금만이야. 이번에만 특별히다?"

"……감사합니다."

이미 집으로 돌아와 정리도 어느 정도 됐지만, 나와 우미의 '여행' 은 좀 더 연장될 것 같다.

에필로그 2 넌 그래도 괜찮겠어?

"——아아~. 더워~……."

7월이 되고 처음 맞는 주말 아침. 푹푹 찌는 더위를 결국 견디지 못한 나는 침대에서 몸을 일으켰다.

평소 같으면 바로 나갈 준비를 마치고 학교로 가야 할 시간이지만, 아까도 말했듯 오늘은 휴일이다. 그래서 별다른 볼일이 없을 때는 점심 전까지 잘 때가 많은데, 오늘은 도저히 이 찜통더위를 버틸 재간이 없었다.

여름이 싫지는 않지만 더위는 견디기 힘들다. 땀으로 금방 화장이 무너지지를 않나, 선크림이나 땀 제거 스프레이 등 항상 에티켓에 주의를 기울여야만 한다.

땀으로 축축해진 티셔츠를 벗고 에어컨이 있는 1층 거실로 향했다. 우리 집 에어컨은 1층 거실과 2층 언니 방에만 있어서, 시원한 바람을 쐬고 싶으면 꼭 가족 공용 공간으로 가야만 한다.

언니와 사이가 나쁜 건 아니지만 에어컨 때문에 계속 언니 방에 죽치고 있는 것도 마음이 쓰인다. 한 살 위인 언니는 중요한 대입 준비 때문에 공부가 한창이기 때문이다.

"우나 언니, 안녕."

"좋은 아침이야, 니나."

에어컨 스위치를 켜면서 우리 자매는 가벼운 인사를 나눴다.

나 닛타 니나와 언니인 닛타 유나. 우리 자매는 닛타 집안의 좁은 독립 주택에서 조용히 살고 있다.

"너, 집에 있다고 또 그렇게 칠칠치 못하게……. 얼마 전에 엄마한테도 옷 그렇게 입는다고 혼나지 않았어?"

"진짜 말 많네……. 아빠 엄마도 출근해서 지금 없고, 금방 옷 갈아입을 텐데 뭐 어때서. 그보다 언니는 지금 학원 가려고?"

"응, 독서실이 집중도 더 잘되고 집이랑 다르게 에어컨 온도로 잔소리도 안 들으니까. 그런 너는 약속이라도 있니? 자, 여기 아침밥."

"고마워. 아니, 뭐 그냥."

나는 부메랑처럼 날아오는 식빵을 덥석 받아 한 입 베어 물었다. 대충 차린 아침이지만 휴일의 나는 대체로 이런 식이다.

"그냥……? 니나, 웬일로 그렇게 말을 얼버무려? 아, 혹시 남친이랑 데이트? 하여간 어린애가 벌써부터 발랑 까져서."

"그럴 리가 있겠어? 오늘은 친구…… 아니, 친구의 지인이 동아리 대회 첫 시합이라 나도 같이 응원 가려는 것뿐이야."

"동아리……면 무슨 부인데?"

"……야구부."

"역시 남자 맞네."

"그러니까 그게 아니라고. 친구야, 일단은."

입시 준비로 바빠 잘 놀지도 못해서 그런지, 유난히 캐묻는 언니가 귀찮아 죽겠다.

언니는 자기 일은 잘 말해주지도 않으면서 동생 일은 뭐든 다 캐내려 하고……. 다소 입시 스트레스도 있겠지만, 그래도 좀 나를 내버려 뒀으면 좋겠다.

그렇지만 중학교 시절에는 꽤 놀았던 나도 고등학교 입학 후부터 그럴 기회가 점차 줄고 있다.

남자친구 절찬 모집 중이기도 하고 늘 기회를 노리고는 있지만, 이제는 예전보다 닥치는 대로 행동하지는 않게 됐다.

외모만이 아니라 평소 행동이나 언동, 상식 등에도 신경을 쓰게 됐다고 해야 하나……. 그래서 더욱 눈이 높아졌고 친구들한테서도 눈높이를 좀 낮추는 게 어떠냐는 말을 듣긴 하지만……. 겨우 몇 개월 만에 뼛속까지 외모를 따지던 내 의식이 달라지냐고 묻는다면 순순히 수긍하기는 좀 어렵다.

"니나, 요즘 친한 남자애 없니? 만약에 있으면 나한테도 소개해 주라."

"뭐? ……일단 여친이 있는 애가 한 명 있고, 보기만 해도 더운 야구 바보가 한 명 있는데 어느 쪽이 좋아?"

"……그럼 됐어."

"그럼 묻지를 말든가."

자매라서 그런지 우리는 남자 취향도 매우 비슷하다.

그 두 남자애도 친구로서는 괜찮지만, 연애 대상으로 볼 수 있느냐고 한다면…… 그건 뭐 상대방도 똑같은 생각일 것이다.

학교에서도 손꼽히는 미소녀가 둘이나 있으니 조금 얼굴이 반

반할 뿐인 나는 안중에도 없을 것이다.

……특히 두 남자애 중 한 명은 자기 여친에 푹 빠진 사람이고. 그리고 또 한 명인 야구 바보는 절벽 위의 꽃에만 일편단심인 순정 소년이다.

하긴 그렇기에 이성으로 의식하는 일 없이 그 둘을 편하게 대할 수 있는 것이지만.

누가 노리고 있더라, 누가 너를 좋아하는 것 같더라.

귀찮기만 한 남녀 무리에 있는 것보다 지금이 훨씬 속 편하다.

위원장…… 아니, 마에하라 마키와 아사나기 우미라는 닭살 커플을 중심으로 나와 아마미 유우, 세키 노조무까지 다섯 명은 고등학교를 졸업하고서도 될 수 있으면 오래 어울리면 좋겠다.

공부하러 학원에 가는 언니를 배웅한 후, 나도 외출 준비를 시작했다.

오늘은 세키가 나가는 시합을 응원한다는 명목이라 그렇게까지 차림새에 신경을 쓸 필요는 없다. 다만 바깥의 뜨거운 날씨에서 열리는 시합이라 피부가 타지 않게 준비는 잘해두고 싶다.

"……이 정도면 되겠지?"

휴일이기도 하고 기분전환도 겸해서 평소랑 다른 곱창 머리끈으로 머리를 묶고 그 외에는 티셔츠와 7부 스키니진을 골랐지만, 손톱은 귀찮아서 그냥 놔뒀다. 시내 중심부로 놀러 나가는 거라면 좀 더 맵시를 내겠지만, 이건 그냥 동아리 응원 정도일 뿐이니 그렇게 기합을 잔뜩 넣어봤자 부끄럽기만 하다.

그리고 내가 아무리 애를 써도 그 둘 옆에서는 별다른 인상도 못 줄 테니까.

여고생다운 최소한의 몸단장을 마치고 집을 나온 나는 집합 장소이기도 한 유우찡의 집으로 향했다. 처음 계획으로는 자전거로 시합 장소인 야구장까지 갈 셈이었지만, 유우찡의 어머니이기도 한 에리 아주머니가 차로 태워준다고 하셔서 그 말을 따르게 됐다.

약속 시각보다 10분 이상이나 일찍 아마미 가족의 집에 도착하자, 마침 정원에서 집 지키는 개(일단은) 로키의 기쁜 울음소리가 들렸다.

아무래도 그 닭살 커플도 비슷한 타이밍에 온 모양이다.

"——안녕, 우미."

"아, 니나. 항상 아슬아슬하게 도착하더니 오늘은 웬일로 일찍 왔네?"

"일찍 일어나고 보니까 심심해서. 그런데 저기서 우리 위원장은 뭘 하고 계신대?"

"아니, 딱히 뭘 하는 건 아니지만……. 요즘 로키가 마키를 좋아하는 것 같더라."

——멍, 멍멍!

"히익……. 그, 그렇게 얼굴 핥지 말라고……!"

기쁘게 꼬리를 마구 흔드는 로키가 마에하라를 깔아뭉개는 듯한 자세로 얼굴과 온몸을 핥아대는 모습이 보였다.

사람을 잘 따르는 로키가 저렇게까지 좋아하는 일은 없었던 것 같은데.

마에하라가 약해 보이니까 많이 괴롭히고 가지고 놀아야겠다는 마음일지도……. 그렇게 생각한 순간, 나도 모르게 깔깔 웃었다.

너무나도 훈훈한 광경이어서 웃음이 나왔다.

"……니나, 오늘은 기분 좋은 것 같아."

"그래? 난 늘 이런 식이었는데. ……뭐야? 혹시 내가 위원장을 보고 흐뭇해하니까 질투라도 했어?"

"그, 그럴 리가. 네가 마키를 이성으로 보지 않는 것도 알고, 마키는 나한테 일편단심이니까 만약 네가 그런다 해도 너만 안됐다는 거지……."

"……푸훗."

"뭐가 그렇게 우스워?"

"아하하, 하여간~ 그렇게 뻔한 반응을 보여요."

일편단심인 게 누구인데! 하고 타박이라도 주고 싶다.

평소에는 어떤 일이든 냉정한 우미가 남자친구인 마에하라 얘기만 나오면 바로 알기 쉬운 성격으로 돌변한다. 우미는 본인도 머리로는 알고 있는 듯하지만, 자신을 빼고 마에하라가 나나 유우찡, 그 외에도 최근에 친해진 나카무라를 포함한 반 아이들과 얘기라도 하면 질투로 토라진다.

아무리 봐도 마에하라의 눈에는 자기밖에 안 들어온다는 걸 알면서도 우미는 툭하면 마에하라의 위로를 받고 자신이 마에하라에게 제일임을 매번 확인한다.

그런 우미까지 포함해서 나는 그게 내심 웃겨서 견딜 수가 없다.

……물론 그것도 어디까지나 내가 마에하라와 친구처럼 지낼 때만 해당하는 거겠지만.

"있잖아, 우미."

"……왜?"

"그, 만약에 말이야, 만에 하나 내가 '위원장을 좋아하게 됐어' 라며 위원장한테 고백이라도 하면 어떻게 할래?"

"……뭐? 니나, 혹시 정말로 마키 좋아하는 거 아니야? 나 절대로 안 줘. 마키는 내 거라고."

"아니, 예를 들어서 그렇다는 거지. 그런 무서운 표정 짓지 마……. 아니, 요즘 위원장이 다른 여자애들하고도 대화하고 그러잖아? 나카무라, 아라엣치, 그리고 니토리, 호죠까지……. 그러니까 그중에는 '얘 괜찮은 것 같아' 하고 생각하는 애가 나오지 않을까 이거지. 나는 절대로 그럴 일 없지만."

"절대로라니, 그건 그것대로 좀 열 받네……. 아무튼 그럴 가능성이 제로는 아니겠지. 마키가 다른 여자애를 좋아하게 될 가능성은 제로지만."

"네네, 연애 자랑은 그만하시고. 그래서 어때? 그럴 때 우미 넌 어떻게 할 거야?"

"음~……."

우미는 잠시 생각에 잠기더니 나직이 대답했다.

"——절교, 한다거나."

"……뭐?"

"아니, 그건 농담이고. 그래도 그런 일이 생기면 좀 싫은데……. 잘 알지도 못하는 애라면 모를까 친구잖아? 분명 사이가 어색해질 텐데."

"그거야 그렇지. 나도 중학교 때 비슷한 일을 겪었으니까."

우미는 금세 평소의 부드러운 표정으로 돌아왔지만, 아주 잠깐 나는 깜짝 놀라고 말았다.

절교라는 단어를 꺼냈을 때의 우미는 절대로 '농담'을 말하는 얼굴과 목소리가 아니었으니까.

조금 궁금해서 그냥 가볍게 물어본 것뿐인데.

그만큼 아사나기 우미에게 마에하라 마키라는 남자애가 중요해진 모양이다.

……잠시라도 지금까지의 교우 관계를 싹 정리해 버려도 좋다고 생각할 정도로.

오랜만에 어색한 분위기가 감도는 바람에, 내가 어떻게 화제를 돌릴까 고민하던 차였다.

"아! 애들아, 안녕. 잘 왔어~!"

마침 딱 알맞은 타이밍에 구원의 손길이 뻗쳐왔다.

유우찡이 활짝 웃으며 우리를 맞이했기 때문이다.

"좋은 아침이야, 유우찡."

"안녕, 유우."

"응, 안녕~! 아, 마키도 안녕."

"시, 실례하겠습니다……."

로키에게서 겨우 해방됐는지 마에하라가 이쪽으로 다가온다.

개한테 실컷 당하고 나서 그런가 얼굴은 평소보다 더 별 볼 일 없어 보였지만, 복장은 의외로 괜찮다. 여름 니트에 아래는 베이지색 반바지, 샌들에 모자. 아마도 우미가 골라준 것인가 보다.

"아, 마키, 얼굴이 번들번들해……. 자, 내가 닦아줄 테니까 이쪽 봐."

"으, 응……. 고마워, 우미."

"천만의 말씀. 후후, 자, 가만히 있어야지."

꼼꼼하게 남자친구를 챙기는 우미와 그런 그녀의 헌신을 기쁘게 받아들이는 마에하라.

원래부터 사이좋은 두 사람이었지만, 그것보다 더 둘의 사이가 깊어진 것 같다.

연인……이 아니라 꼭 부부처럼.

"후후, 우미도 마키도 여전하네. 근데 손수건으로만 닦으면 냄새날 테니까 세면실에 가서 침을 씻어내고 와. 자, 둘 다 어서, 어서!"

"잠깐…… 유우, 그렇게 등 떠밀지 않아도 되는데."

"아, 그럼 잠깐 빌릴게……."

"그래, 들어와. 아, 니나치도 빨리 와."

"알았어~."

활기찬 유우찡에게 떠밀리는 식으로 우리는 오랜만에 아마미네 집으로 들어갔다. 여전히 깔끔하고 널찍해서 청결한 분위기가 나는 거실이다. 정원이 없어서 거실에 빨래를 너느라 정신 어지러운 우리 집과는 전혀 다르다.

집안 좋고, 성격도 밝고, 친구 생각도 극진하고……. 게다가 깜짝 놀랄 정도의 미소녀.

내가 지금까지 만난 사람 중에 가장 인간적으로 완성된 소녀——. 그게 바로 내가 생각하는 '아마미 유우'다. 너무 현실에서 동떨어져 있어서 열등감도 들지 않는다.

"유우, 그럼 잠깐 세면실 좀 쓸게."

"응, 그래. 세안용 비누나 핸드워시 같은 것도 다 써도 돼."

닭살 커플이 세면실로 사라지고 나자 거실에는 나와 유우찡 둘만 남았다.

그러고 보니 이렇게 유우찡과 둘만 있는 것도 2학년 올라와서 처음이다.

"니나치, 저 둘이 예전보다 더 가까워진 것 같지 않아? 여전히 둘이 좋아 죽긴 하지만 분위기가 좀 달라진 것 같아."

"맞아, 근데 이건 어디까지나 추측이지만 저 둘은 아마 여행 갔을 때 한 것 같아. 확실해."

"? 하다니…… 뭘?"

"……으응?"

다 알겠거니 하는 전제로 말했는데, 아무래도 유우찡은 지금 말로 전혀 이해를 못 했나 보다.

유우찡도 '그쪽' 지식이 아예 없는 것도 아니겠지만…… 이런 점까지 이 애는 완전히 순수 그 자체다.

"아~…… 그게 말이지, 내가 말하고 싶은 건 그……."

"————————."

"! 아, 그, 그렇구나……. 그거……."

내가 유우찡의 귓가에 대고 속닥거리자, 유우찡은 얼굴만이 아니라 귀 끝까지 토마토처럼 새빨개져서 수줍게 고개를 푹 숙였다.

……내 친구, 너무 귀여운 거 아니야?

"그, 근데 확실히 들은 건 아니니까 어쩌면 아닐지도 몰라……. 근데 무슨 진전이 있었던 건 맞는 것 같아. 내가 슬쩍 캐보려고 했는데, 아마미도 위원장도 결국은 '노 코멘트' 였거든."

"그, 그렇구나……. 근데 걔들이 그렇게 되면 오히려 기쁜데. 그런 행위……를 한다는 건 그만큼 둘이 더 가까워졌다는 증거니까."

"걔들의 행복이 유우찡의 행복이기도 하다, 뭐 이런 거?"

"응, 깊이 생각해 본 적은 없지만 아마 그런 것 같아."

"……그래, 그렇다면 뭐 나도."

이 무리의 중심은 그 둘이라고 생각하니까 나도 유우찡의 의견에는 찬성이다.

그 둘이 있기에 우리는 이렇게 모여 있다. 어느 한쪽이 빠지면 순식간에 균형이 무너질 테니 싸우는 것보다는 야한 짓까지 할 정도로 친밀한 게 (정말로 했는지는 모르겠지만) 더 안심이다.

……그렇지만.

"있잖아, 유우찡."

"응?"

"……아까 얘기, 들었어?"

"……어? 으음, 무슨 얘기? 내가 너희 맞이하러 나가기 전에 다들 무슨 말이라도 했던 거야?"

"……아아, 응. 세키 응원하는 데 뭐 가지고 갈까 하고. 야구 응원하려면 메가폰 같은 그런 거 필요하잖아?"

"그거 말이구나. 아빠 방에 그런 거 있을 테니까 가지고 갈까? 그래야 걔도 기운이 날 거 아니야."

"그래, 분명 그럴 거야. 나도 이따가 적당히 챙겨 가려고."

"부탁해."

자리에서 일어나 2층의 부모님 방으로 가는 유우찡의 뒷모습을 보며, 나는 혼자 나직이 중얼거렸다.

"……유우찡, 넌 거짓말을 너무 못하는구나."

난 평소 주변 분위기를 파악하려는 버릇이 있어서 우미와 대화하면서도 확실히 봤다.

나와 우미의 대화가 끝날 때까지 반쯤 열린 현관문 앞에서 유우찡이 가만히 기다리던 모습을.

그리고 우미가 '절교' 라고 말했을 때, 몸을 크게 떨었던 것도.

내가 이변을 느낀 건 반 대항전 후에 뒤풀이가 끝났을 때였다.

멀리서 봐서 확실치는 않았지만 잠든 마에하라의 머리를 쓰다듬을 때의 유우찡은 내가 봐도, 그리고 물론 우미한테도 보인 적 없는 표정을 짓고 있었다.

아주 사랑스러운 것을 보는 듯한 열띤 시선과 다정한 손길——. 지금까지 이성으로 좋아한 사람이 없었다고 했던 본인에게 자각이 있었는지는 모르겠으나 그 후의 수상한 태도를 봐도 거의 감정이 싹튼 건 틀림없다.

"두 사람의 행복은 나의 행복……. 그래, 그게 제일 평화롭긴 하지."

……하지만 유우찡.

——넌 그래도 괜찮겠어?

나는 아무도 없는 거실에서 이제까지 살면서 가장 소중히 여긴 친구를 향해 그런 물음을 던졌다.

후기

4권 마지막에서 예고했던 대로 5권도 무사히 발매했습니다.

독자 여러분께 늘 신세를 지고 있습니다. 저자입니다.

우선 지금은 이 이야기부터 해야 하겠네요.

9월 24일 스니커 문고 35주년 기념 인터넷 생방송에서도 알려드렸던 대로 '반에서 두 번째로 귀여운 여자애와 친구가 되었다, 텔레비전 애니메이션 기획 진행 중!' 이라는 상황입니다.

2021년 12월 말에 제1권이 출판되고부터 곧 2년이 되는 이 타이밍에 나온 안내지만, 처음에 담당 편집자님으로부터 애니메이션 이야기를 들었을 때의 기억이 지금도 선명합니다. 작품을 출판하면서 작품의 애니메이션화는 라이트노벨 작가라면 한 번은 목표로 하고 싶은 일인데, 설마 제 작품에 그런 제안이 들어올 줄이야……. 솔직히 지금도 실감이 안 납니다.

다만 이번 발표는 어디까지나 '제작 진행 중' 일 뿐이지 '애니메이션화 결정' 이 아닙니다. 앞으로 기획이 조금씩 형태를 잡아나가게 될 것이고 정보에 대해서도 차례로 공개가 되겠지만, 제대로 된 모습으로 발표하는 건 아직 훗날이 될 테니 독자 여러분께서는 꾸준히 변함없는 성원을 보내주시면 좋겠습니다.

소설에 관해서입니다만, 지금 예정으로는 마침 반환점을 넘은 곳까지 온 것 같아요. 자신 안에 싹트기 시작한 마음을 서서히 자각하는 유우를 걱정스럽게 바라보는 니나, 마지막 부분에서는 각자의 마음속에 잔물결이 일어나기 시작하는데 일단 우미와 마키 두 사람의 모습과 함께 차분히 지켜봐 주시길 바랍니다.

5권 역시 계속 많은 분이 도움을 주셔서 감사합니다.

스니커 문고 편집부 및 담당 편집자님. 애니메이션 기획도 있어서 앞으로도 신세를 지게 되겠지만, 계속 힘이 되어주시면 기쁘겠습니다.

휴가 선생님, 이번 권도 큰 도움을 주셨네요. 삽화 이외에도 기념 일러스트 등 귀여운 우미를 잔뜩 볼 수 있어서 작가로서 너무나 기쁩니다.

코미컬라이즈 쪽의 오노 선생님 및 얼라이브 편집부 여러분, 교정 담당자 여러분, 애니메이션 기획과 관련된 분들, 그리고 독자님들.

'반 두 번째' 시리즈는 이렇게 많은 분의 도움으로 이렇게 존재합니다.

소설, 코믹스, 그리고 애니메이션까지.

앞으로도 함께 시리즈를 잘 만들어보면 좋겠어요. 감사합니다.

※이 후기 내용에는 2023년 출간 당시의 정보가 있습니다.

반에서 두 번째로 귀여운 여자애와 친구가 되었다 5

2025년 10월 15일 제1판 인쇄
2025년 11월 01일 제1판 발행

지음 타카타
일러스트 휴가 아즈리

옮김 김진아

제작 · 편집 노블엔진 편집부

발행 데이즈엔터(주)
등록번호 제 2023-000035호
주소 07551 서울특별시 강서구 양천로 570 NH서울타워 19층
대표전화 02-2013-5665

ISBN 979-11-380-6256-5
ISBN 979-11-380-5623-6 (세트)

한없이 자유분방한 성녀님과 보내는,
달콤하고 고귀한 청춘과 사랑의 이야기가 시작된다——.

방과 후의 성녀님이 고귀하지만은 않다는 것을, 나는 알고 있다

1~3

"같이 갈래?"

——밤 11시. 평범한 고등학생 쿠라키 야마토는 편의점에 다녀오는 길에 학교에서 '성녀'로 불리는 미소녀, 시라세 세이라와 마주친다. 그리고 이 말을 계기로 한밤중의 번화가에서 함께 시간을 보내고, 그때부터 두 사람의 교류가 시작되었다.

처음으로 해보는 다트 던지기, CD 교환, 라멘 가게 순례. 가끔 응석을 부리고, 조금은 장난꾸리기 기질도 보이는 성녀님과 교류하는 사이, 칙칙했던 일상이 색채를 띠는데…….

NOVEL ENGINE

토즈카 리쿠 지음 | 타쿠본 일러스트 | 2025년 9월 제3권 출간

청춘의 상상, 시동을 걸어라!